U0463884

黄伟珍 著

文学批评导论：

理论与实践

四川大学出版社
SICHUAN UNIVERSITY PRESS

图书在版编目（CIP）数据

文学批评导论：理论与实践 / 黄伟珍著 . -- 成都 ：
四川大学出版社，2025. 5. -- ISBN 978-7-5690-7753-7

Ⅰ. Ⅰ06

中国国家版本馆 CIP 数据核字第 20259B7H97 号

书　　名：文学批评导论：理论与实践
　　　　　Wenxue Piping Daolun：Lilun yu Shijian
著　　者：黄伟珍

选题策划：梁　平　叶晗雨　杨　果
责任编辑：杨　果
责任校对：李　梅
装帧设计：裴菊红
责任印制：李金兰

出版发行：四川大学出版社有限责任公司
　　　　　地址：成都市一环路南一段 24 号（610065）
　　　　　电话：（028）85408311（发行部）、85400276（总编室）
　　　　　电子邮箱：scupress@vip. 163. com
　　　　　网址：https://press. scu. edu. cn
印前制作：四川胜翔数码印务设计有限公司
印刷装订：成都金阳印务有限责任公司

成品尺寸：170 mm×240 mm
印　　张：12. 25
字　　数：243 千字

版　　次：2025 年 7 月 第 1 版
印　　次：2025 年 7 月 第 1 次印刷
定　　价：60. 00 元

扫码获取数字资源

四川大学出版社
微信公众号

本社图书如有印装质量问题，请联系发行部调换

版权所有 ◆ 侵权必究

前　言

在一个人工智能能够生成诗歌、创作小说，甚至模仿文学巨匠风格的时代，人们或许会问：为什么我们仍然需要学习文学理论？如果机器能够生产文学作品，那么研究理解文学的框架又有什么意义？答案不在于文学的生产结果，而在于它的阐释、生成语境及其人文本质。文学承载着人类独特的体验和情感深度。《毛诗序》说，诗是"志之所之也，在心为志，发言为诗"，是"情动于中而形于言"①；西方诗人 T. S. 艾略特也说，"真正的诗歌在被人理解之前就能传递情感"（Genuine poetry can communicate before it is understood）②。文学理论不仅是对文学作品的分析，更是对人类情感、文化和社会现象的深刻洞察。AI 可以通过复制形式模仿人类创作，但它无法完全理解人类情感的深度与复杂性。

文学理论的浑融性，让我们整体性地感知文学世界、超验世界，而又能够如哲学家一般冷静地洞察自己所生存的世界。通过阅读文学理论，我们不仅可以学会如何从复杂的文本中提取意义，还可以学会如何质疑或反思既有的观念，从而培养我们的批判性思维和人文精神，这一点在信息爆炸的时代尤为重要。文学理论并非一种脱离实际的抽象活动，它与阅读和写作的实践紧密相连。没有实践的理论是空洞的，没有理论的实践是盲目的。本书通过将理论与具体文学作品结合起来进行阅读，示范如何让理论与文本共舞，旨在于在阅读和分析、情感和理性之间架起桥梁，让文学成为一种鲜活的、不断演变的对话，而非静态的成品。

文学批评从来不是一座孤岛，它诞生于人类对语言、故事和意义的永恒追问，又在不同时代的思潮激荡中不断重塑自身。本书是引导人们探索文学理论的一种邀请，但并非将其视为目的本身，而是作为阅读和写作行为的重要伴

---

① 郭绍虞主编：《中国历代文论选》，上海：上海古籍出版社，2012 年，第 30 页。

② T. S. Eliot, *The Complete Prose of T. S. Eliot: The Critical Edition Vol*, 3. *Literature: Politics, Belief, 1927 － 1929*, Frances Dickey & Jennifer Formichelli, eds., Baltimore: Johns Hopkins University Press, 2015, p. 701.

侣。它呼吁我们拥抱文学的复杂性，质疑其假设，并称颂其反映和塑造人类境况的力量。在一个日益被算法主导的世界中，让我们铭记：文学——以及试图理解它的理论——仍然是对人类意义最深刻的表达之一。

著　者

目　录

第一章　新批评

新批评（New Criticism）旨在建立一种文学分析方法，系统地研究文本如何通过自身形式特征传达意义。它强调通过文本细读去探讨文学作品作为独立的、自我指涉的美学客体的价值。

第一节　理论发展

新批评出现在 20 世纪早期至中期，主要回应了当时文学批评过度关注历史、传记或心理背景等"非文学性"因素的趋势。第二次世界大战后，人们开始提倡更加科学的、具有结构主义特征的文学分析方法，美国大学的兴起以及文学研究的专业化，都为新批评的蓬勃发展创造了有利环境。

一、理查兹

I. A. 理查兹（I. A. Richards）常被视为新批评的先驱，尤其是他在细读方面的研究和对文本情感与智力效果的关注备受瞩目。他的著作《实用批评：文学判断研究》（*Practical Criticism: A Study of Literary Judgement*，1929）是新批评的奠基性文本之一。书中记载了理查兹在剑桥大学教学时的一个实验。在课上，他精选不同时代、不同类型的诗歌，其中既包括文学经典，也包含一些鲜为人知、名不见经传的作品，在不提供作者姓名和历史背景等文本外部信息的情况下，让学生展开文学分析和评价。理查兹发现，学生的解读存在不少共性的问题。例如，一些学生无法理解诗歌，"无论一般的读者还是资深读者，经常无法理解诗歌最基本、最明显的含义……他们总是曲解诗歌的情感、语气和意义"①；有学生在阐释文学作品的过程中，甚至完全忽视文字的声音、节奏和韵律等形式效果②；有学生还将文学作品与自己的回忆进行比附，甚至还产生了某种"固定反应"（Stock Responses）③，把诗歌看作个人情感和偏见的触发器，释义的时候完全忽略原文，自说自话，把个人感情和客观的批判性解读混为一谈，忽略了原文的反讽意味和文本的复杂性；还有一些学生的阐释只是简单复述原文，即重述作品"说了什么"，而没有关注作品是"如何说""说得怎么样"等问题。这些问题反映了学生（即便是受过文学教育的学生也不例外）在理解诗歌的时候，常常脱离文学作品本身的要素，并不由自主地受到个人情感、文化偏见以及历史语境的影响，从而无法对作品做出客观而深刻的评价。

要弥补这一缺陷，理查兹认为最重要的一步，就是要进行文本细读（close reading）：先搁置各种外部因素和前提假设，如作者的传记、历史背景或社会影响等，要"就文本看文本"（the text and text alone），认真考察作品自身的语言、结构、语气和意象等构成要素。文学批评应关注文本本身及其固有特质，使用一种直接的、客观的阅读方式，聚焦读者与文学作品之间的互动，文本的意义来自读者的阅读体验，因此需要特别关注文本本身的语言、形式和结构。在这种方法中，读者应该与文本的语言和意象进行互动，解读这些元素所引发的情感回应和理性思考，并通过细读揭示文本中潜在的模式和意义，而不是个人强行施加给文本解释。总之，理查兹力求从文学批评中去除个人偏见和外部影响，倡导一种客观的、不带个人色彩的文本分析。

理查兹的《实用批评：文学判断研究》一书在文学理论中具有重要意义，它质疑传统批评中那种强调作者意图、传记和历史背景的方法的有效性，通过倡导一种更加客观的文本分析方法，将文学研究转向以文本形式为中心的"文学本体论"，这种方法后来对新批评以及其他形式主义批评方法产生了重要的影响。

---

① I. A. Richards, *Practical Criticism: A Study of Literary Judgement*, London: Kegan Paul, Trench, Trubner & Co. Ltd., 1930, p. 14.

② 理查兹的原文用了一个非常生动的比喻，他把文字比作"思想之耳"（mind's ear）、"思想之舌"（mind's tongue）和"思想之喉"（mind's larynx），以此说明文学文本不仅仅是书面的字体，还具有韵律、节奏等声音的形式特征。

③ See I. A. Richards, *Practical Criticism: A Study of Literary Judgement*, London: Kegan Paul, Trench, Trubner & Co. Ltd., 1930, p. 15.

二、艾略特

《传统与个人才能》（*Tradition and the Individual Talent*，1919）是英国诗人和评论家 T. S. 艾略特（T. S. Eliot）于 1919 年首次发表的一篇具有影响力的文章。在这篇文章中，艾略特探讨了个人艺术家与他们继承的文学传统之间的关系。艾略特认为，作家或诗人的创作并非孤立存在，而是文学传统中不可分割的一部分，既从中汲取养分，又必须为其作出贡献。艾略特对诗人是"孤独的天才"（a solitary genius）这一看法提出疑问，并强调了传统在塑造个人创造力中的作用。[①]

艾略特眼中的文学传统并非静止不动的，它是一个动态的、不断演变的过程，每一部新作品都是传统的一部分，既受到传统的影响，又反作用于传统，参与传统的构建：过去因为现在而改变，正如现在需要过去的指引。作品与传统的关系，就像英国玄学派诗人约翰·多恩（John Donne）提及的个人与整个人类的关系一般：

> 没有谁是一座孤岛，
> 在大海里独踞；
> 每个人都像一块小小的泥土，
> 连接成整个陆地。
> 如果有一块泥土被海水冲刷，
> 欧洲就会失去一角，
> 就像一座山岬，
> 一座庄园，
> 无论是你的，还是你朋友的。
> 无论谁死了，
> 都是我的一部分在死去，

---

① 艾略特认为浪漫主义导致了一些现代性的问题，如过度理想化的"自我"、主观性太强等，这削弱了诗歌的广度和深度。在《玄学派诗人》（*The Metaphysical Poets*）中，艾略特提出"感知分离"（dissociation of sensibility）的概念，批评了 17 世纪之后的诗人（包括浪漫主义诗人）的作品中思想与情感的分离。他认为，浪漫主义诗歌往往沉溺于情感，未能充分融入思想的严谨性，而玄学派诗人则可以做到"感知统一"（unified sensibility）。

因为我包含在人类这个概念里。①

艾略特提出，诗人要有一种"历史感"（historical sense），这种感觉是任何一名年龄超过 25 岁的成熟的诗人都应该拥有的品性。具备这种能力的作家，能充分感知"过去的过去性"（pastness of the past）和"过去的现在性"（presence of the past）②，并在创作的过程中，将自己所处的时代写进骨髓，让作品有机地融入整个民族的传统之中。这种感知力既是"即时的"，也是"永恒的"，是一种将过去和现在联结的意识，能够让作家对自己所处位置的时间性和当代性产生清楚的认识。

在艾略特看来，诗歌应该是"非个人化的"（The Impersonality of Poetry），伟大的诗歌应超越个人情感和主观经验，为了更伟大的价值，诗人必须不断放弃自我、牺牲自我（self-sacrifice），不断地消灭个性（extinction of personality）③，或者说，诗人只是充当"媒介"的作用：

> 诗人不应表达"个性"，他只是一种特殊的媒介，让印象和经验以一种特别的、不可预料的方式进行传达。对于个人来说重要的印象和经验，对于诗歌来说可能毫无价值；在诗歌中有价值的东西，很可能对于诗人的个性而言无足轻重。④

这个"媒介"必须是"去个性化"（depersonalization）的，如同科学般客观、冷静。诗人要像化学实验里的催化剂一样，诱发其他物质之间的化学反应，将情感和经验转变成一种客观的形式，但自身的性质没有改变——诗人不能将个人的印记留在作品之中。艾略特说："一个诗人越是伟大，越能将感受的个体与创作的主体区分开来，只有这样，创作主体才能很好地消化并转化作

---

① John Donne, *Devotions Upon Emergent Occasions together with Death's Duel*. Ann Arbor: The University of Michigan, 1959. pp. 108−109.

② See T. S. Eliot, "Tradition and the Individual Talent," *The Sacred Wood: Essays on Poetry and Criticism*, London: Methuen & Co. Ltd., 1950, p. 49.

③ See T. S. Eliot, "Tradition and the Individual Talent," *The Sacred Wood: Essays on Poetry and Criticism*, London: Methuen & Co. Ltd., 1950, p. 53.

④ T. S. Eliot, "Tradition and the Individual Talent," *The Sacred Wood: Essays on Poetry and Criticism*, London: Methuen & Co. Ltd., 1950, p. 56.

为创作物质来源的情感。"[1] 这一点颇似王国维先生提出的——诗人对宇宙人生，既要"入乎其内"，更需要"出乎其外"，与自己的情感和经历保持距离，客观地进行审视，方能写出有高致的诗歌：

> 诗人对宇宙人生，须入乎其内，又须出乎其外。入乎其内，故能写之；出乎其外，故能观之。入乎其内，故有生气；出乎其外，故有高致。[2]

只不过艾略特眼里的诗人，除了要"走出自我"，还需要将个人的情感融入更广泛、更普遍的诗歌传统中。在传统与诗人角色关系上，艾略特认为，作家的原创性并不体现在与过去的割裂上，而体现在他们如何重新诠释和重塑文学传统上：

> 我们总是想方设法找出一个诗人与前人（尤其是他们的直接前辈们）的不同之处，并从中获得快乐。事实上，如果我们能抛开这种"找不同"的偏见，就会发现，一部作品中最优秀的、最具有个人特色的东西，往往也是逝去的诗人或文学前辈们作品里最伟大的品质。[3]

诗人要和传统持续对话，任何一首诗的成功都取决于它如何与传统的诗歌互动并为之增添价值。也就是说，诗人的个人才华是由他们与文学传统的互动、修正和贡献来定义的，诗人的创造性行为是个人才华与过去集体影响的结合。艺术作品的意义不应被归结为作者的个性或情感宣泄，它应该是"非个人化"的，即诗人只是一个更广泛、永恒的艺术传统的载体。一首诗的价值在于它的客观性，在于其能够在传统与个体才华的独特表达之间所实现的平衡。

艾略特关于传统和"非个人化"艺术的观念强化了文学作品必须被视作一个自足、自主的对象，即文学必须作为文本之间持续对话的一部分来研究，一部作品意义和重要性依赖于它与先前作品的关系来进行判断，而非作者个人情

---

① T. S. Eliot, "Tradition and the Individual Talent," *The Sacred Wood: Essays on Poetry and Criticism*, London: Methuen & Co. Ltd., 1950, p.54.

② 王国维：《人间词话》，见郭绍虞主编，《中国历代文论选》，上海：上海古籍出版社，2012年，第446页。

③ T. S. Eliot, "Tradition and the Individual Talent," *The Sacred Wood: Essays on Poetry and Criticism*, London: Methuen & Co. Ltd., 1950, p.48.

感。他的这篇文章对 20 世纪中叶的文学批评方法，特别是在美国兴起的新批评，产生了深远的影响。

三、俄国形式主义

俄国形式主义深受 20 世纪胡塞尔现象学"将知识的对象隔离出来，以保持其纯粹的纯净状态"的观念的影响，指出文学不再是观察世界的窗口，恰恰相反，文学的一些特性，让它区别于哲学、社会学或传记。形式主义认为，文学会产生变化是因为文学本身需要不断打破文学传统，产生新的方式。也就是说，文学的发展源自文学手法自身的变更，这个过程是自主的，与社会、历史语境等没有关联。例如，塞万提斯的《堂吉诃德》（*Don Quixote*，1605，1615）是对当时流行的骑士文学的嘲讽，这部作品的产生不是源于作家塞万提斯个人的生平经历，而是得益于文学自身的发展，尤其是小说这种形式的发展，使得这位成问题的主人公得以再现。

在形式主义看来，文学不是哲学或社会学的注脚和依附，它就像壁画一样，是一个独立的存在，通过一些再现的手法（representational devices）创造一个现实，让读者捕获一些印象，使文学变得"文学"（to make literature literary），具有"文学性"（literariness）。对于这种"文学性"，最重要的一种呈现方式就是"陌生化"（defamiliarization）。它以一种陌生或新颖的方式（如不同寻常的视角或语言），展示人们熟悉的、平常的事物或经验，迫使读者从新的角度去看待他们。正如维克托·什克洛夫斯基（Viktor Shklovsky）所说：

> 艺术就是让人重拾对生命的感觉，让人感受事物，让石头具有"石头性"（to make the stone stony）。艺术的目的就是让人们对事物变得有感觉，而不只是呈现已知的样子。艺术技巧就是让物体变得"陌生"，让形式变得不那么容易把握，从而增加感知的时长，因为感知过程本身就是审美目的。艺术就是感受物体的"技巧性"：物体本身并不重要。①

艺术就是要创造"震撼效果"（shock effect），从而打破人们对事物的常规印象和看法，一部作品需要通过"技巧性""艺术性"的"陌生化"处理，

---

① Viktor Shklovsky，*Theory of Prose*，Benjamin Sher trans.，Elmwood Park：Dalkey Archive Press，1991，p. 6.

打破读者的惯性思维，从而延长他们对语言和事物的感知。

"陌生化"理论认为，形式与内容不可分割，并尤其强调形式的作用，甚至提出"形式即意义"的看法。这一手法重视各种文学手法或技巧，特别关注节奏、声音和结构等形式在创造独特的美学体验中起到的作用。虽然新批评流派没有直接采用"陌生化"这样的概念，但它对语言如何创造意义的关注，对文学中如象征、意象、语气和隐喻等元素的研究，与形式主义相契合。对于新批评家来说，形式的"陌生感"是一部文学作品具有力量和意义的核心，因此有必要将这些手法视为文学作品整体美学效果的一部分，进行细致而深入的分析。

第二节　主要概念

新批评的核心理念是，文学作品的意义存在于文本本身。遵循这一方法的批评家认为，作品应被视为一个自足的、独立的实体，所有解读作品所需的元素都内含于文本之中。新批评的基本概念也主要是围绕这个核心观点展开。

一、文本自主性、统一性和有机整体

文本自主性（autonomy of the text）强调文本是独立的存在，文本的意义就在文本内部，要想获得文本意义，无需参考作者传记、历史背景或读者反映等诸多外部因素，只需认真解读文本本身就可以了。

新批评家反对"意图谬见"（Intentional Fallacy）——那种试图通过推测作者的意图来理解文本的做法。文学作品一旦产生，就不再属于作者，也不属于批评家，而是一个独立体：

> 一个批评家怎么能知道作者的意图是什么？他怎么可能知道诗人想做什么？……诗不是批评家的，也不是诗歌作者的（诗歌一旦产生，就脱离作者独立存在了，作者不再决定它的意义，也无权控制它了）。[1]

也就是说，一首诗一旦诞生，就不再属于诗人，而是变成公共的了，它的

---

[1]　W. K. Wimsatt Jr. and M. C., "The Intentional Fallacy Author（s），" *The Sewanee Review*，Vol. 54，No. 3，1946，pp. 468－488.

词语或句子也是独立存在的，作者的目的与文本的意义无关，因为文本本身是一个独立体。

同样，新批评也反对"感受谬见"（Affective Fallacy）——将文本阐释建立在读者的情感反应基础之上的方法。新批评认为，诗歌不是情感的放纵或个性的表达，而是要远离情感，远离个性。任何试图用主观的、不太可靠的情感去确定客观的文本的意义之行为，都是不可取的，文本的意义应基于文本的形式要素进行分析：一首诗歌是公共知识的对象，因此对它的评价必须依据其结构、语言、连贯性和统一性，而非依据它可能引发的主观感受。

新批评中另一重要概念为统一性（unity）。它指的是文本不同因素，如主题、形式、措辞和结构等，最终都服务于某种统一的效果。文本如一个有机整体（organic wholeness），各个部分虽有各自的功能，但就像交响乐中不同的乐器有不同功能，最终却能奏出和谐的篇章。诗歌的价值，在于它是一个连贯的、自治的整体。因此，批评的首要原则是统一性问题，即文学作品是否构成整体，各个部分是否协调并服务于这个整体效果。

在西方批评史上，最早提出文学有机论的是亚里士多德。在强调情节的整体性的时候，他写道：

> 事件的结合要严密到这样一种程度，以至若是挪动或删减其中的任何一部分就会使整体松裂和脱节。如果一个事物在整体中的出现与否都不会引起显著的差异，那么，它就不是这个整体的一部分。[①]

为了美，一个有生命的有机体，或任何由部分构成的单一体，都需要让各个部分有一个整齐的安排，而且还应有一定的比例大小，因为美依赖两个因素：大小与秩序。之后的批评家如贺拉斯、普洛丁等，也都曾强调诗歌中各个部分的组合关系以及与整体之间的关系。

在新批评中，统一性和有机整体被看作艺术的最高成就，韵律、音步、意象和结构共同作用，从而形成一个统一的效果，以下面这一句为例：

> 月亮沉入白色的波涛，
> 我的岁月也在下沉，哦！

---

① 亚里士多德：《诗学》，陈中梅译，北京：商务印书馆，1996 年，第 78 页。

如果"白色"一词换成与之接近的"银色"，同时将后一句的感叹号的位置移动一下，变成：

> 月亮沉入银色的波涛
>
> 我的岁月，哦，也在下沉！

这两处改变看似无关紧要，但意义却发生了微妙的变化。把感叹号放在"哦"后面，表明了诗人是在强调内心的感慨，而不是"下沉"的动作。同时，也不能把"白色"换成其他颜色，因为"白"在这里暗示了死亡和沉寂，而"银色"则不具有这样的含义。

总之，新批评认为文学作品是自成一体的独立存在，在"作者—文本—读者"三者中，文本的意义是独立的，不由另外二者决定，诗的各种成分也不是像砖块一样堆积起来的，而是像构成穹顶的各个部分一样，它们相互对抗，相互平衡，最终形成一个有机整体。

二、张力、反讽与悖论

张力（tension）主要指诗歌中各种矛盾冲突的统一。艾伦·泰特（Allen Tate）在《诗的张力》（*Tension in Poetry*，1938）中提出，诗歌是"外"（extension）和"内"（intention）的统一，即语词的延伸含义与字典本义有机而圆满的结合。罗伯特·佩恩·沃伦（Robert Penn Warren）在《纯诗与不纯诗》（*Pure and Impure Poetry*，1942）中说：

> 诗歌结构的本质是什么？首先，它含有各个层面的对抗。诗歌结构与口语结构的张力……节奏的正式与语言的非正式之间的张力，一般与特殊，具体与抽象，隐喻要素之间以及美与丑的张力……散文体与诗歌体……
>
> 诗人就像柔术高手一样，善于利用对手的对抗力——这是诗歌的核心。换句话说，一首好诗必须自食其力。它朝静止运动，这个运动必须充满对抗，否则毫无意义。[1]

---

[1]　Robert Penn Warren，*Selected Essays of Robert Penn Warren*，New York：Random House，1966，p. 27.

对于各种矛盾和对抗的调和，是诗歌张力的体现，即沃伦所说的"包容性"（inclusiveness）。沃伦强调，诗中的不纯因素正是由诗中相反相成的各种矛盾因素构成的，在对立面的冲突和调和中，诗的进程得以完成。这种张力并非缺陷，而是伟大诗歌的本质特征，使其能够包容多样的人类体验和情感。例如，罗伯特·弗罗斯特（Robert Frost）的《雪夜林边小驻》（"Stopping by Woods on a Snowy Evening"，1923）一诗写道：

> 树林是如此可爱，幽深而浓密，
> 但我有承诺在身，不得不履行，
> 还需赶多少路才能安睡啊，
> 还需赶多少路才能安睡。[①]

雪夜中的树林静谧而充满诱惑，而"承诺"（promises）和"路程"（miles）则暗示现实的责任与生命的旅程。雪夜森林的宁静抒情性与诗人身上背负的义务形成张力，象征着逃避现实与履行责任之间永恒的矛盾。此外，诗歌还可以通过语言风格的对立，如口语化与高雅语言之间的张力，获得更丰富的内涵。如在艾略特的《J. 阿尔弗雷德·普鲁弗洛克的情歌》（"The Love Song of J. Alfred Prufrock"，1915）中，高雅的措辞（"我敢不敢扰乱宇宙？"）与现代生活的平凡细节（"我用咖啡匙丈量人生"）[②] 形成鲜明对比，叙述者对存在性困境的宏大思考与他对琐碎日常问题的关注之间形成的张力，暗示了现代人破碎的身份认同。

反讽和悖论则是张力的重要表现形式。其中，悖论指的是一个看似自相矛盾的陈述，却蕴含着深刻的道理。新批评派学者克林斯·布鲁克斯认为，诗歌是由悖论构成的，"诗的语言就是悖论的语言……科学家认为真理要去除一切悖论，对于诗人而言，只有通过悖论，才能抵达真理"[③]。例如，在多恩的诗歌[④]《死神，别骄傲》（"Death, Be Not Proud"，1633）中最后一句"死亡，

---

① Robert Frost, *Collected Poems of Robert Frost*, New York: Halcyon House, 1942, p. 275.

② See T. S. Eliot, "The Love Song of J. Alfred Prufrock," in Margaret Ferguson, Mary Jo Salter, Jon Stallworthy, eds., *The Norton Anthology of Poetry*, New York: W. W. Norton & Company, 1970, pp. 767—769.

③ Cleanth Brooks, *The Well Wrought Urn: Studies in the Structure of Poetry*, London: Dobson Books Ltd., 1947, p. 3.

④ 新批评对玄学派诗人有很高的评价，因为他们可以把"最不同质的"的思想结合在一起。

你终将死去"（"Death，thou shalt die"）[①]，看似充满矛盾，但作者却借此来说明包括死亡在内的一些事物里蕴含的自我毁灭的因素，从而加深了我们对死亡的理解。又如约翰·济慈（John Keats）在《古瓮颂》（"Ode on a Grecian Urn"，1820）里的那句诗：

> 听见的乐声虽好，但若听不见
>
> 却更美；所以，吹吧，柔情的风笛[②]

"听不见的乐声却更美"，看似矛盾，实则暗示了现实与想象、实在与艺术之间的关系：听得见的乐曲尽管在现实中是存在的，但终有曲终人散的时候，而留在古瓮上面的歌声虽只能凭借想象，却可以天马行空，遨游宇宙，永不消逝。

反讽则是指言语表达的内容与其实际或理解的意思形成对比，通常揭示表象与现实之间的矛盾。对于新批评学派而言，反讽是一种揭示文本复杂性和紧张感的工具，它使表面意义变得复杂，往往能加深对人物、主题或情节的理解。例如，被视作"英国文学之父"的乔叟在《坎特伯雷故事集》（*The Canterbury Tales*，约 1387—1400 年）的《总序》（"The Prologue"）中，通过反讽手法刻画了女修道院长这一形象，揭示了其宗教身份与世俗行为之间的矛盾。表面看似褒扬的描述，如"她很有怜悯之心，无比虔诚，看到老鼠被捕，也要哭泣"[③]，实则暗讽了中世纪教士阶层的虚荣、本末倒置和虚伪虔诚。在 18 世纪英国小说家乔纳森·斯威夫特（Johnathan Swift）的《一个谦卑的建议》（"A Modest Proposal"，1729）一文中，面对爱尔兰底层民不聊生、食不果腹的现象，作者居然给出这样的建议：解决穷人过剩的方式，就是让穷人多生孩子，然后把婴孩作为美味佳肴卖给富人。[④] 斯威夫特以反讽的语气批判了当时英国政府的无作为和资本主义"人吃人"的剥削制度。简·奥斯汀（Jane Austen）的小说《傲慢与偏见》（*Pride and Prejudice*，1813）也以反

---

① John Donne, *The Complete Poems of John Donne*, Robin Robbins, ed., London: Pearson, 2010, pp.541—542.

② John Keats, "Ode on a Grecian Urn," in Margaret Ferguson, Mary Jo Salter, Jon Stallworthy, eds., *The Norton Anthology of Poetry*, New York: W. W. Norton & Company, 1970, pp.512—513.

③ Geofrey Chaucer, *The Canterbury Tales*, London: Penguine Books, 1977, p.23.

④ See Johnathan Swift, *Swift's Itish Writing: Selected Prose and Poetry*, Carole Fabricant and Robert Mahony, eds., New York: Palgrave Macmillan, pp.123—132.

讽手法著称，小说开篇写道："普天下有一个公理，一个单身汉只要拥有巨额财产，就一定需要娶位太太。"① "公理"原本指的是在物理、数学或天文等领域的重大科学发现，但奥斯汀却将其突降②为"娶妻"这样一个再稀松平常不过的事情，以反讽的语气揭示了当时社会对婚姻和财富的看法。

三、复义

复义，英文为"ambiguity"，有时也翻译成"含混""多义""模糊性"或"朦胧"③，主要指文本中存在两种或多重解读，具有不同层次的理解与意义。威廉·燕卜荪（William Empson）认为，语言任何细微之处，无论多么微小，都能留下丰富的阐释空间。④ 模糊性让文本中的词语和句子常常包含多层含义，这并非文学的缺陷，而是复杂或深刻文学作品的特质。燕卜荪根据不同程度的复杂性和解读深度，将复义分为七种类型，下面将具体展开说明。

（一）字面意义与引申意义并存

燕卜逊认为，这一类复义几乎包括了具有重大文学意义的一切，因而也是最难界定的。一个词既可以指物体本身，也可以指其引申的意义：

> 这种意义是几乎不可言传的。是超越任何分析研究的。人们说这话的意思，与其说是你将获得更多的信息（这种信息你马上可以得到），毋宁说你将消化这些信息，毋宁说你在理解语言的微妙和诗歌的社会内容方面将更有经验；你将对诗所描绘的东西更熟悉，更能想象它，更能从中得到体验；或者说，你将它归纳进自己能够理解的一类事物。⑤

即便是从物体本身引发的意义，在不同的读者那里可能也不尽相同。例

---

① Jane Austen, *Pride and Prejudice*, New York: Bantam Dell, 2003, p.1.
② "突降"是英文中常见的一种修辞手法，英文为"understatement"，有时也翻译为"低调陈述"。
③ 考虑到汉语中"朦胧"一词已经有固定的文化含义，本书没有采用归化的翻译策略，而采用异化法，选择更加忠实于英文"ambiguity"一词的翻译，采用"复义"一词。
④ See William Empson, *Seven Types of Ambiguity*, London: Chatto and Windus, 1949, p.4.
⑤ 威廉·燕卜荪：《朦胧的七种类型》，周邦宪、王作虹、邓鹏译，杭州：中国美术学院出版社，1996年，第4页。

如，弗罗斯特的诗歌《未选择的路》（"The Road Not Taken"，1916）：

> 金黄的林中有两条岔路，
> 可惜不能两条都走，
> 我独自一人久久伫立，
> 极目远眺其中一条，
> 直到它蜿蜒消失在灌丛中①

这里的"路"在字面意义上指的是森林中的实际小路，同时也可以象征人生的道路，或是日常生活中的抉择。不同的读者基于个人的生活阅历可能有不同的解读，如：道路的单向性可能暗示了时间的线性流逝，分岔的路径说明了选择的不可逆性，一旦踏上某条路，便难以回头；未走的路则承载着人对另一种可能的幻想，虽然选择本身塑造了人生，但未选之路的遗憾和诱惑始终存在。

（二）两个或更多的意义融合为一个意义

这种表达常包含两种不同的隐喻。例如，"他是擂台上的猛虎"既可以解读为描述某人凶猛的性格，也可以指他们的身体敏捷或力量强大。这两个意义——凶猛和敏捷——结合在一起，创造了一个更加丰富的英勇人物形象。莎士比亚的《哈姆雷特》中有一句："脆弱啊，你的名字是女人！"可以看作哈姆雷特在指责他的母亲格特鲁德不该在父亲去世后迅速与克劳狄乌斯结婚，也可以被理解为对人类脆弱和不完美的指责。

（三）同时出现两个表面上毫无联系的意义

这是指一句话中出现的几个意义之间看似无关，实则紧密相连。如"懦夫在死亡之前死了许多次"，这里的"死"一词可以指字面意义上的死亡，也可以解读为懦夫因害怕对抗或失败以致生命平庸，虽生犹死。

（四）意义看似矛盾或无关

虽然意义看似矛盾或无关，但结合在一起却能够揭示作者复杂或冲突的心理状态。例如，"他既开心又难过"这句话，揭示了说话者或作者内心的矛盾

---

① Robert Frost, *Collected Poems of Robert Frost*, New York: Halcyon House, 1941, p. 131.

或情感张力，使他们的心理状态更加复杂和微妙。

（五）写作过程中形成新的意义

这是指作者不是从一开始就清晰地把握全部观念，而是在写作过程中才逐渐发现自己的思想，从而产生一些不太确切的含义。[①] 随着情节的推动，某个词或短语的意义可能也会发生变化。例如，在霍桑的小说《红字》（*The Scarlet Letter*，1850）中，女主人公海斯特胸前佩戴的"A"字，原指"通奸"（Adultery），是其教区用以惩罚和羞辱她的方式，但随着故事的发展，女主人公身上展示出越来越多高贵的品质，如独立、勇敢和善良，这个字母便有了"能干"（Able）、"天使"（Angel）等象征意义。文本中的这种不确定性，折射了作者对善恶边界的模糊性的思考，它邀请读者共同探索道德的意义。

（六）读者被迫自行解释文本意义

这是指文本所说的话是自相矛盾或互不相干的，读者必须自己解释这些东西。在这种情况下，陈述本身并没有提供明确的意义，读者必须自行解读或创造意义，进而产生各种不同的解释。例如，"我想我明白你的意思"这一句话，既可以表示说话者理解了对方的意思，也可能意味着说话者对对方的意思并不确定，只是在做出一种假设。这种模糊性使读者扮演积极的角色，而不同的读者可能得出不同的结论。

（七）文本完全自相矛盾

这种类型是复义的最后一类，燕卜荪称之为"最含混的一类"：

> 一个词的两种意义，不仅含混不清，而且是由上下文明确规定了的两个对立意义，因而整个效果显示出作者心中并无一个统一的观念。……
> 这一类的矛盾可能毫无意义，但永远不是毫无作用：它至少说出了讨论中的主题，而且给主题一种强度……[②]

---

① 参见威廉·燕卜荪：《朦胧的七种类型》，周邦宪、王作虹、邓鹏译，杭州：中国美术学院出版社，1996年，第242页。

② 威廉·燕卜荪：《朦胧的七种类型》，周邦宪、王作虹、邓鹏译，杭州：中国美术学院出版社，1996年，第302～303页。

这一类型的复义的标准是源出心理学的，而非逻辑学的，它表现的是一种完全的矛盾，往往揭示了作者思维中的潜在的分歧或分裂，暗示了作者观点中的复杂性或矛盾。

燕卜荪将复义划分为七种类型的做法，实际上是将一种人为的分类体系强加于语言这一天然具有流动性的特质之上。这种分类暗示了意义可以被清晰解剖，而这与德里达等后结构主义者的观点相悖——后者认为语言本质上就是不稳定的，始终抗拒任何固定的阐释，例如"美即丑，丑即美"这句台词，可能同时符合燕卜荪提出的第二、第三和第七类复义。但是我们也要看到，在人工智能深度介入文学创作的当下，燕卜荪的"复义七型"（Seven Types of Ambiguity）理论不仅没有过时，反而可以成为检测 AI 文本情感空洞的试金石与捍卫人类创作独特性的理论武器（如表 1-1）。这一 20 世纪 30 年代诞生的复义诗学，在算法写作时代依然能够焕发出新的批判能量。

表 1-1　AI 实现不同复义类型的可能性

燕卜荪复义类型	AI 实现可能性	人类创作对比案例
第一类 （隐喻多向投射）	低 （依赖预设语料关联）	狄金森"希望是长羽翼的东西" （具象与抽象双向激活）
第四类 （意识中的意义分歧）	零 （缺乏潜意识的矛盾冲动）	乔伊斯《尤利西斯》中布卢姆对"metempsychosis"的误读与顿悟
第七类 （彻底的意义分裂）	负值 （算法回避逻辑悖论）	贝克特《等待戈多》"无事发生，无人到来"的存在主义复义

在这个意义日益两极分化的世界里（被简化为"对/错""真/假"的二元对立），燕卜荪对复义的礼赞，恰似一记重要的警钟——它提醒我们：最伟大的文学，正如生活本身，恰是在那些悬而未决、矛盾交织、充满美妙不确定性的地带蓬勃生长。

第三节　批评与实践：
以迪金森和霍桑的作品为例

新批评倡导的细读法，指的是对文本进行仔细、持续的解读，专注于语言、结构和形式元素，以便揭示更深层的含义。细读关注文本中的每一个细节，如词语选择、意象、句法、象征意义和修辞手法等，将阅读重点完全放在文本本身，关注内部的连贯性、各个元素如何协同作用从而构建意义。下面将从张力和含混的角度分别举例说明。

一、迪金森诗歌《一只鸟儿走下小径——》中的张力

从结构上看，这首诗（见表 1-2）一共有五节，每小节有四行，采用ABCB 的押韵模式。每个诗节的第二行和第四行押韵，形成一种温和的节奏，烘托了自然界的祥和与宁静。诗的韵律主要使用三步抑扬格和四步抑扬格，使诗歌具有简单、对话般的语调，反映了诗人在观察鸟儿活动时的静默观照性质。诗歌的语气（tone）在整个过程中也发生了微妙的变化。起初，语气是观察性的，稍显冷漠，诗人安静地注视着鸟儿。在观察鸟儿的日常动作的过程中，逐渐流露出一种好奇。然而，在诗的后半部分，语气变得更加敬畏和崇敬，特别是在描述鸟儿飞行时，传达了一种静谧的威严。最值得一提的是，整首诗歌还巧妙地展示了多种力量之间的冲突和平衡，形成了多个维度的张力。

（一）自然界与人类界之间的张力

鸟儿走下小径的意象，描绘了一个小生命即将进入人类建造的小路，初步建立自然界与文明构建秩序之间的紧张关系的情形。"小径"暗示了一个边界，一个人类在自然环境中创造的清晰界限。鸟儿沿着这条路运动，体现了它的自由属性，但与此同时它也置身于一个人类空间之中，它在这个环境中的存在暗示了野性与驯化的共存。诗中鸟儿的行为在接近边界时变得更加意味深长。诗歌第二小节中墙的出现，带来了一个具体的边界，将野性的自然与人类的有序世界截然分开。鸟儿小心翼翼地朝墙跳去，仿佛意识到了自己在人类主导的空间中面临的限制。诗歌第四小节中的"我"作为人类世界的代表，只是个冷静的观察者，没有去干扰鸟儿，仅仅是轻轻地递上一块面包屑，然而鸟儿似乎并不以为意，人类是自然界的观察者，但总是处于外部，无法融入其中。鸟儿不知道有人在观看它，或许它也完全不在意生物界其他物种的关注，这突出了在人类世界之外，还有一个无视人类感官、自在自为的世界。

表 1-2　《一只鸟儿走下小径——》

A Bird came down the Walk—	一只**鸟儿**走下**小径**——
He did not know I saw—	他不知道我在看着——
He bit an Angleworm in halves	把一条**蚯蚓**啄成两半
And ate the fellow，raw，	吞了那家伙，生的——，
And then he drank a Dew	然后吸了一滴露
From a convenient Grass—	从附近的一棵**草**上——
And then hopped sidewise to the Wall	接着侧身跳到**墙**边
To let a Beetle pass—	让一只**甲虫**通过
He glanced with rapid eyes	他眼珠疾转
That hurried all abroad—	匆匆四处张望——
They looked like frightened Beads，I thought—	就像受惊的**珠子**，我想——
He stirred his Velvet Head	他轻轻摆动**天鹅绒**般的**脑袋**
Like one in danger，Cautious，	像人身陷险境，**警觉不安**，
I offered him a Crumb	我递给他一小块**面包屑**
And he unrolled his feathers	他舒展羽毛
And rowed him softer Home—	轻柔地划着回**家**——
Than Oars divide the Ocean，	宛如船桨划开**大海**，
Too silver for a seam—	银白一片，没有裂缝——
Or Butterflies，off Banks of Noon	或似**蝴蝶**，从**正午**的岸边
Leap，plashless as they swim. ①	跃出，游动时波纹不兴。②

（二）暴力与和谐的张力

　　叙述者观察到鸟儿那本能的、近乎暴力的行为："他把一条蚯蚓啄成两半/生吞了那家伙"这一行为展现了自然生存机制最原始的力量。鸟儿啄食蚯蚓，是出于生存需要而非某种选择，体现了自然界本身的生死循环。虫子在这场赤裸裸的生存行为中成了被动的参与者，"啄成两半"这一描述与人类对舒适和秩序的渴望形成了鲜明对比，揭示了自然界的混乱与残暴。鸟儿不单纯是人类

---

　　① Emily Dickinson，"A Bird Came Down the Walk—," in Margaret Ferguson，Mary Jo Salter，Jon Stallworthy，eds.，*The Norton Anthology of Poetry*，New York：W. W. Norton & Company，1970，p. 633.

　　② 译文参考了杨铁军、Eleanor Goodman 和 Jane Eberwein 的译作。参见王柏华、Martha Nell Smith 主编：《栖居于可能性：艾米莉·狄金森诗歌读本》，成都：四川文艺出版社，2022 年，第 108 页。对于原诗中名词首字母大写的现象，由于中英文字的差异，中文译文无法完全对等，故笔者主要采取加黑的方式进行处理。

文学中常见的美丽或自由的象征，同样也是一种受本能和需求驱使的生物。看似柔弱纤小的鸟儿，却可以威胁甚至毁灭比它更弱小的物种。但紧接着，充满生存本能的行为被一个更温和的意象取代：鸟儿从旁边的草上吸了一滴露水。露水是一个细腻纯洁的形象，常与清晨的清新和事物的开端联系在一起，这反映了自然界柔和而纯洁的一面。轻松自在的鸟儿饮露意象，与它之前啄吃虫子的暴力行为形成了对照。第二小节诗篇中，鸟儿在跳跃时，又给一只甲虫让路，这一看似被动或随意的行为，无形中却给其他生命提供便利。"蚯蚓""鸟儿""草""露"和"甲虫"等意象之间的互动，暗示了自然界万物之间的微妙的联系，一切都处于不断地运动之中。

原始的生存本能的冷酷与自然界万物和谐相处的意象并置，反映了自然界的双重性。这两种行为展示了暴力时刻与和平时刻之间的流动性，体现了自然界固有的微妙平衡。这些看似矛盾的意象展示了自然世界的复杂性和不可预测性。在这个世界里，暴力和美丽的行为都是生命循环的一部分。

（三）紧张与自由的张力

在第三小节中，鸟儿"眼珠疾转"的意象，则传达了一种紧迫感和高度警觉的意识。此刻的鸟儿处于高度警戒状态，不断扫描周围环境以寻找潜在的威胁。这一动作赋予鸟儿一种焦虑和紧迫感，暗示它在当前环境中感到了某种威胁或不适应。"匆匆四处张望"的神情反映了鸟儿的自由与人类观察者之间存在的紧张关系，与它之前的悠闲自如形成了鲜明的对比。

诗歌以两个延伸的意象结束，鸟儿舒展羽毛在空中飞翔的动作，比桨划开海洋还要轻柔，就像蝴蝶在空气中"游动"一样。它的动作超越物理世界的限制，流畅而轻盈。从对鸟儿捕食行为的具象描述到对鸟儿飞行时几乎超凡的描绘，这一意象的转变，暗示了一种从世俗到崇高的隐喻性上升。同时，这也标志着鸟儿在人类世界里短暂逗留和互动后，拒绝了人类空间的束缚，最终摆脱了边界，回归属于它的家园——广袤的天空，一个人类难以触及的自然世界。

该诗中展现的自然与人类、暴力与和谐以及紧张与自由之间的张力，使得诗歌的层次更加丰富，不仅增强了诗歌的美学吸引力，还探索了自然世界的复杂性以及人类与自然的关系。

需要指出的是，迪金森诗歌手稿（见图1—1）中大量的破折号，不规则的大小写、空行和断句，也给注重形式的新批评留下了无限阐释的空间，有兴趣的读者可以尝试做进一步解读。

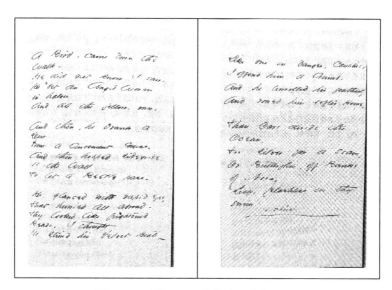

图 1-1　手稿《一只鸟儿走下小径——》

二、霍桑小说《好小伙布朗》中的含混手法

　　霍桑的《好小伙布朗》（"Young Goodman Brown"，1835）讲述了一位年轻的清教徒男子古德曼·布朗的故事。他在一个夜晚踏入森林，离开了他的妻子菲丝（Faith）。尽管菲丝恳求他留下，布朗仍感到必须踏上这段神秘的旅程。在幽暗的森林中，他遇到了一位手持蛇形手杖的人物（魔鬼的化身），此人声称了解布朗的家人及其隐藏的罪恶。随着他们越走越深，布朗惊讶地发现，包括宗教领袖和他的教理问答老师[①]在内的受人尊敬的镇民，正前往一个邪恶的聚会。他意识到，那些他曾敬仰的虔诚的人——威严的总督、德高望重的牧师、虔诚的老妇、名门淑女——实际上暗中与魔鬼勾结。布朗最终来到一个可怕的仪式现场——女巫的安息日。他在参与者中看到了菲丝。绝望中，他大声呼喊，让她抵抗黑暗。就在此时，布朗发现，上述场景突然消失，自己孤身一人在森林中，他无法确定之前的所见所闻是真实还是梦境。回到塞勒姆后，布朗感到极度沮丧和痛苦，丧失了所有的信仰。他对包括菲丝在内的所有人都心存怀疑：每一个虔诚的外表下，都可能藏着看

---

　　① "教理问答老师"（the catechism teacher）：以问答形式教授他人宗教信仰原则和信条的人。在天主教、路德宗以及一些新教教派中，教理问答老师帮助学生（通常是儿童或新皈依者）理解核心的宗教教义、实践以及道德准则。

不见的罪恶。

这部小说中频繁使用复义的手法。从名字上看，古德曼（"Goodman"）既可以是名字"古德曼"，又有"好小伙"（good man）的意思。但是，当我们称某个人为"好小伙""好人"的时候，很可能就已经蕴含"坏小伙""坏人"的意思了。在小说中，布朗正是这样一个矛盾的统一体。一方面，他相信妻子，相信自己所在的社区人们的正直和美德；另一方面，当魔鬼邀请他一起深入森林，去揭示与他共同生活的人们的真实面貌以及他们与邪恶的秘密联系的时候，他又禁不住诱惑，最终接受了魔鬼的邀请，这也暴露了他内心的怀疑与不安。

此外，古德曼的妻子的名字菲丝，英文单词为"Faith"，也具有多重象征意义，如"信仰""信任"等，小说第一页就多次提及该词。① 它既包含字面意义也包含抽象意义。一方面，她是布朗的妻子菲丝，是故事中的一个人物角色；另一方面，她代表宗教信仰、道德正直以及人们对精神理想的"信任"或某种"信仰"。当布朗说"我的菲丝没了"（"My Faith is gone"）② 时，既指他的妻子菲丝被邪恶的集会夺走了，也指他失去了对信仰的精神依赖。菲丝头上的粉色的丝带也有多重意义。文中每一次出现，她都佩戴着粉色丝带，这已经成为她的标志。小说开篇就写道：她帽子上的粉色丝带在风中飘舞③；在小说的最后，当菲丝迎接回家的丈夫的时候，头上依然佩戴着粉色丝带，"菲丝头上戴着粉色丝带，焦急地盯着前方，看到他时激动地沿街跳过来"④。粉色，介于纯洁的白色和象征罪恶或激情的红色之间，这本身就意味深长，具有含混性。粉丝带在小说中到底有什么意义呢？是爱情、纯真和美德？还是邪恶、虚伪，抑或是善与恶的结合？它是指性、女性气质还是基督教信仰？菲丝是一个纯洁忠诚的妻子，还是堕落的邪恶参与者？此外，菲丝在女巫集会中的不确定存在也充满复义：她是否真的在那里，还是只是布朗的自我投射？如果是布朗的自我投射，那是不是又反映了人性的复杂性？……这些悬而未决的矛盾和多义性，增强了故事的复杂性，迫使读者在这种不确定性中寻求可能的意义，追

---

① See Nathaniel Hawthorne, *Young Goodman Brown and Other Short Stories*, New York: Dover Publications, Inc., 1992, p. 24.

② 小说第一页"Faith"一词出现了五次。See Nathaniel Hawthorne, *Young Goodman Brown and Other Short Stories*, New York: Dover Publications, Inc., 1992, p. 30.

③ See Nathaniel Hawthorne, *Young Goodman Brown and Other Short Stories*, New York: Dover Publications, Inc., 1992, p. 24.

④ Nathaniel Hawthorne, *Young Goodman Brown and Other Short Stories*, New York: Dover Publications, Inc., 1992, p. 34.

问人性、信仰的本质。

总之，布朗也好，菲丝也好，他们都不只是一个角色，也体现着故事中的复义性——围绕他们的象征意义及其行为的不确定性。他们的角色体现了表面意义与更深层象征意义之间的张力，促使读者去探索关于信仰、信任和道德不确定性的悖论。

三、方法评价

新批评作为一种批评流派在 20 世纪 20 年代兴起，但它的一些核心理念并非那个时代新生的。例如，关于整体与部分的关系，早在亚里士多德《政治学》中就有讨论，而文学方面，最直接的讨论，大概要追溯到 19 世纪中叶小说家埃德加·爱伦·坡（Edgar Allan Poe）（以下称"爱伦·坡"）在《创作哲学》（*The Philosophy of Composition*，1846）中提出的"整体效果"（whole effect）或"单一效果"（single effect）了。它指一部文学作品需通过精心的布局和技巧，如故事背景、语气和措辞等的综合作用，给读者一个统一的情感和心理印象。爱伦·坡曾以自己的诗歌《乌鸦》（"The Raven"，1845）举例说明这种效果。他的短篇小说《厄舍府的倒塌》（"The Fall of the House of Usher"，1839）也是这方面的杰作。从跨文化的角度看，中国传统中也不乏对诗歌声音或文字形式的探讨，如《文心雕龙》中的《声律》《章句》《练字》篇，以及李渔的《闲情偶寄》中的《声务铿锵》均有所涉及；对于诗的复义的探讨，中国诗学传统中向来就有"不著一字，尽得风流"的含蓄一说[1]；中国传统诗学中的"气势说"、梅尧臣的"诗有内外意"与新批评张力论亦有相通之处[2]；关于诗人与传统的关系，《文心雕龙》的《通变》篇也有探讨。

新批评中的一些基本概念之所以历久弥新，在文学和批评上一直有着强劲的生命力，大概还因为它们背后还具有一些哲学的意蕴。诗歌语言中出现的复义，可以看作对世界的复杂性的艺术反映[3]；而诗歌的张力说，本质上是我们熟悉的矛盾双方对立统一观点的体现，蕴含着辩证法的思想。尼采曾说过，随着人的每一次成长，他的反面也必须同时增长，对于普通人而言，一旦增加多方面的因素以及对立之间的张力，他们很快就会毁灭，最伟大的人应当是最能

---

① 关于"复义"与"含蓄"的比较，详见樊梦瑶：《"含蓄"与"含混"的中西互鉴——以燕卜荪、张戒、钱锺书的相关论述为中心》，《中国文学批评》，2024 年第 2 期，第 101~108 页。
② 参见李清良：《气势与张力》，《湖南师大社会科学学报》，1993 年第 4 期，第 71~76 页。
③ 参见赵毅衡：《重返新批评》，成都：四川出版集团，2013 年，第 146 页。

够强烈地展现存在的对立面的人。① 伟大的人格与伟大的诗歌，在本质上是有相通之处的，它们都不是去逃避否定的力量，或者去消解张力，而是能很好地平衡各种矛盾和对立面。作为张力最为重要的表现形式之一，反讽在整个英国文学传统中有着重要的地位，从乔叟、莎士比亚到石黑一雄，无数作家都对其情有独钟。"没有反讽，就像树林中没有了虫鸣鸟叫"，反讽的地位可见一斑。不过，反讽也不只是一个语言与意义的矛盾，它具有生命哲学的意义。古希腊神话里的俄狄浦斯王从知道神谕的第一天起，就试图摆脱自己的"杀父娶母"的命运，但他人生旅途上每一步、每一个决定，都是在朝这个命运迈进，这构成了巨大的反讽。小说家奥斯汀，一生共创作了6部长篇小说，每一部都以快乐婚姻结束，但她自己本人却因害怕婚姻而选择终身不嫁。奥斯汀的文字世界与她个人对婚姻态度之间的张力，构成了巨大的反讽。神话也好，小说也好，似乎都在告诫我们，生命本身就是个巨大反讽。②

新批评的这些基本概念，不只是纯粹的技巧问题，它们背后蕴含我们对世界的感知和深刻思考。作为一个流派，新批评或许已淡出历史的舞台，它对社会语境和历史语境的避而不谈，也多为后人所诟病。但作为一种阅读方法，尤其是它所强调的文本细读法（close reading），在文学批评中仍然有着不可替代的地位。赵毅衡先生在《重返新批评》一书的导论中也说道，那些看似"超越"了新批评的文学流派，无论是结构主义还是女性主义流派，在具体分析作品时，用的依然是新批评开创的细读法。③ 可以说，正确理解文本，依然是我们进行一切文学批评的起点，正如罗伯特·兰博所说，我们今天都是新批评家，无论你是否喜欢这个称呼，我们总是要分析诗歌中的才思（wit），关注其中的词语、意象和反讽等。④

---

① See Friedrich Nietzsche, *The Will to Power*, Walter Kaufmann, ed., Walter Kaufmann and R. J. Hollingdale, trans., New York：Vintage Books，1967，p. 470. 此外，尼采还曾写过一个幸福公式：a Yes, a No, a straight line, a goal（一个"是"，一个"否"，一条直线，一个目标）。里面就包含了肯定和否定这一组矛盾的相互作用力。

② 反讽既是一种修辞手法，也是一种存在本质。当代西方对反讽的探讨遍及各个领域，如《美国历史的反讽》《叙述、宗教与科学：1700—1999年本质主义与反讽的对抗》《帝国时代的反讽：民主与自由的滑稽面》《反讽之声：音乐、政治和大众文化》等。即便如此，面对人生世相，我们也不可全然采取一种"反讽"的态度。朱光潜在《诗论》中开篇介绍完"诗的起源"后，就对"诗与谐隐"展开讨论，区分了"悲剧的诙谐"（豁达）和"喜剧的诙谐"（滑稽）两种人生态度，对我们如何应对充满反讽的人生，颇具启发性。参见朱光潜：《诗论》，北京：北京出版社，1984年，第25~53页。

③ 参见赵毅衡：《重返新批评》，成都：四川出版集团，2013年，第5页。

④ See Robert Langbaum, *The Modern Spirit: Essays on the Continuity of Nineteenth-and Twentieth-Century Literature*，New York：Oxford University Press，1970，p. 11.

第二章　文体学

新批评理论提供了文学分析的基本原则，文体学（Stylistics）则通过一种更详细的语言学方法来研究文学文本，并尤其关注文本意义的产生机制。它采用语言学的模型或理论原则，通过对语音、词汇、句法、语义以及文本的语用和话语特点进行定量或定性研究，探讨语言如何在更细微的层面上构建意义。一些文体学家主要关注文本的创作者，例如研究某位作者的写作风格；另一些文体学家则更注重文本本身（广义上包括所有类型的话语）；还有一些文体学家专注于探讨读者在意义建构中的作用。

第一节　理论发展

文体学是一门跨学科的研究领域，主要研究语言中的风格，尤其是文学文本中的风格，探讨语言特征如何影响意义、效果以及审美体验。文体学的起源可以追溯到古代修辞学，亚里士多德和西塞罗等学者曾研究语言的说服和装饰作用，但作为一门正式学科，它在 20 世纪开始成形，并随着时间推移，融入了认知学、语料库和多模态等诸多方法。

一、理论渊源

文体学与西方古典时期的"修辞学"有类似之处，二者都是关于如何进行说服的艺术，即如何通过词汇、语法和具体的修辞手法实现最大的影响力。修辞学在中世纪与文法、逻辑、算术、几何、天文和音乐等，同被列为"七艺"，是有意从事神学、法律、政治等生涯的人士必须接受的训练。19 世纪后，修辞学逐渐演变为我们今天所说的修辞手法，被吸纳到语言学领域之中。① 直到

---

① 这个时期兴起的语文学（philology）主要关注语言的发展。

20 世纪，对语言历史的关注才使文体学的研究重心逐渐转移到对语言体系的形成和语言意义的生成的关注上来，尤其是布拉格语言学派代表人物罗曼·雅各布森（Roman Jakobson）著作的诞生更促成了这一转变。雅各布森提出了"前景化"或"突出"（foregrounding）的概念，即认为一部作品或一个作家的语言中总有一些独特的风格特征。1958 年，"关于风格的会议"（Conference on Style）在印第安纳大学举办。1960 年，托马斯·塞贝克（Thomas Sebeok）的《语言风格》（*Style in Language*，1960）一书得以问世，提倡应更加科学和客观地解读文学。

20 世纪 70 年代，人们开始关注文体的功能和语境的问题。其中，最有影响力的是韩礼德的功能语言学。它将语言看作"社会符号学"，语言意义的生成是一个社会现象，语言影响社会同时也受到社会的影响，即所有的语言选择都是功能性的，因此无论是语言学家还是文体学家，都应该研究具体语境里语言的功能。20 世纪 80 年代，语言学研究不再只是孤立地研究句法或词汇，而开始进行整部创作的"话语分析"，这个观点吸引了非语言学家对语言学研究的兴趣。与此同时，语言学家也开始在自己的研究中融入女性主义、结构主义和后结构主义的批评思想，并形成了后来的"新文体学"（New Stylistics）。

二、主要分类

文体学是一门跨学科的理论，将语言学和文学研究联系在一起。此外，它还从哲学、文化理论、社会学、历史学和心理学里汲取养分，形成了多个分支。

（一）批评文体学

批评文体学（Critical Stylistics）深受批评语言学和批评话语分析（Critical Discourse Analysis，简称 CDA）的影响，关注社会意义如何通过语言彰显出来。其中，罗杰·福勒（Roger Fowler）是批评语言学的主要代表人物，他试图解释社会意义，如权力和意识形态如何通过语言表达出来，语言又如何影响我们对世界的感知。批评话语分析最重要的代表人物是诺曼·费尔克拉夫（Norman Fairclough）。不论是批评语言学还是批评话语分析，都是基于韩礼德的系统功能语法展开，认为语言"建构"意义，而非"再现"意义。批评话语分析另一个关键的概念是"自然化"，即一些话语和理念在应用语境中已是如此根深蒂固，以至于我们都不会去注意到它们。

（二）情感文体学

从情感的维度研究文体虽然于近几年开始流行，但它并不是新鲜事物。早在亚里士多德的"净化"（catharsis）说里，就表现了对观众情感的关注。广义上的"情感"（affect）包含"感情"（emotion）、"感觉"（feeling）和"情绪"（mood）。其中，"感情"指在面对重要场合时个体所表现的多元反应，如大脑的回应、生理的变化、面部表情、神态或语调的突变以及可能采取的行动。情感批评主要源自新批评中的"情感谬误"一说，只不过新批评拒绝情感，而情感文体学却将情感作为研究重点。在当代读者反映批评的重要理论家斯坦利·费什（Stanley Fish）看来，情感批评（affective criticism）就是要让人远离"物自身"（thing itself），从而进入不同的、变动的读者的初步印象中去。情感批评强调读者对文本的情感和心理反应，其不仅关注文本的结构、意义或创作意图，还关注文本的风格和语言（如语气、意象、节奏和词汇选择等）如何激发读者的特定情感、情绪或心理反应（如愉悦、愤怒、恐惧、同情等）。

（三）女性文体学

女性文体学主要通过对语言的研究，探讨女性主义的一些问题，关注性别对于文本的生产和阐释的影响。女性文体学家关注处于弱势的女性群体，常常通过分析语言在微观层面如何给主导的观念信息编码，从而揭示性别的二元对立。例如，通过对西尔维娅·普拉斯《钟罐》（*The Bell Jar*，1963）中及物性动词的分析（Transitivity analysis）说明主人公的无力感，因为在文本中她从来都不是行动者。[①]

（四）认知文体学

认知文体学（Cognitive Stylistics）也被称作认知诗学（Cognitive Poetics），是一门跨学科的研究。其结合了认知科学、语言学、文学研究和心理学的观点，旨在探讨读者如何理解和解释地回应文学文本。认知文体学试图

---

① See D. Burton, "Through Glass Darkly: Through Dark Glasses," in R. Carter, ed., *Language and Literature: An Introductory Reader in Stylistics*, London: George Allen and Unwin, 1981, pp. 195-214.

通过探讨文学修辞、风格和叙事技巧如何引发认知和情感反应，来解释文学语言如何影响读者的思维，以及认知框架（如图式、框架或心理空间）如何塑造读者与文本的互动问题。

（五）语料库文体学

语料库文体学（Corpus Stylistics）是文体学的一个分支。它运用语料库语言学的方法研究文学文本中的语言使用模式，通过使用计算工具分析大规模的数字化文本集合（语料库），识别传统细读方法难以察觉的语言模式、频率和文体特征。研究者可使用如 WordSmith Tools、AntConc 或 Sketch Engine 等软件，进行关键词、索引和搭配分析等研究，从而客观地分析词频、搭配、句子结构及其他语言特征。与聚焦于个别文本的传统文体学不同，语料库文体学可以分析大规模数据集，揭示多部作品、不同体裁或不同时期之间的文体趋势。例如，对莎士比亚戏剧的语料库文体分析可能会考察"thou"和"you"等代词的频率，以理解语气和角色关系的变化。同样，还可以通过对文本中出现的大量的隐喻进行分析，揭示其与特定主题或体裁的关联。

（六）多模态文体学

多模态文体学属于跨学科文体学的分支，是一个相对较新的领域，主要关注多种符号模式（如文本、图像、声音、手势和空间设计）如何构建、解释和传达意义。除可以被用于对印刷文字的分析之外，多模态语体工具还可以分析其他符号模式的意义构建，如排版、颜色、布局和视觉图像等。事实上，从文体学视角来看，所有的交流和文本都是多模态的，因为书面语言无一例外地涉及了文字、排版或书写等空间呈现模式。多模态语体学家进一步拓展了"文本"的概念，将文字叙事、可能的视觉图像、排版布局、书籍封面、纸张质量和书籍物质实现方式等，都纳入考量范围。①

总体上看，文体学不仅是文学领域的一种研究方法，还延伸到广告、学术写作、新闻报道以及电视、图像广告、电影、多模态出版等非虚构性形式的领

---

① 通过将意义建构视为一种多符号现象，多模态文体学还可用于分析戏剧、电影和漫画。这一方法扩展了传统的文体分析，主要关注语言元素（例如对话、叙述）如何与视觉、听觉或空间元素相互作用，共同传达意义。例如，在分析电影场景时，多模态语体学方法可能会分析摄影角度和照明（视觉模式）、背景音乐的音调和音量（听觉模式）、口语对话及肢体语言（语言和手势模式）等是如何共同作用从而构建意义的。

域。有了语言学的基础，文体学得以成为具有广阔视野的、系统性的分析方法。尽管文体学的跨学科性有时也受到争议，不过这也正是它的优势，其给文学批评提供了许多富有启发的可能性。

第二节　概念与方法

传统的细读依赖直觉和印象，相比之下，文体学更加体系化，二者主要有以下几个区别：首先，细读将文学视作审美艺术，认为文学语言有自己的规律，因此常将它与日常语言区别对待，而文体学则关注文学语言与日常语言的关联。[①] 其次，文体学常使用一些语言学专业术语，如"及物性""不及物性""词汇化不足"（under-lexicalization）和"黏合"（cohesion）等，而细读使用的则是更常用的语汇，如"反讽""悖论"和"张力"等。此外，文体学比细读法更加客观、科学。细读法强调批评者本人对语言的敏感和熟练（tact），而文体学批评则试图设立一些通用的批评流程和法则，给文学"去魅"（demystification）。以下将对文体学中的关键概念展开论述。

一、前景化

"前景化"[②]，在文体学中是一个关键概念，指的是通过使用偏离或重复等手法，使文本中的某些元素更加突出或显眼，从而吸引读者注意，主要有以下两种常见形式。

（一）偏离（偏离语言规范）

偏离主要发生在语言背离预期或常规的时候，它打破了既定的规范，突出文本中的某些元素，常见形式有：

1. 词汇偏离：使用不常见词语或创造出的新词。
2. 语法偏离：打破句法规则，如使用句子片段。

---

① 对待文学语言与日常语言的不同态度，在英语中并非新鲜事。浪漫主义时期诗人华兹华斯就认为诗性语言是朴实无华的，越接近人们日常使用的语言越好；而柯勒律治则认为诗性语言要有自身的独特性，区别于日常的语言。

② 该词与"陌生化"理念紧密相关，常被用于绘画艺术中，原指通过改变画面上某物体的尺寸或颜色进行凸显。

3. 语音偏离：声音模式的不规则，如押韵或节奏中的不规则现象。

4. 图形偏离：不寻常的版式、排版或标点符号的使用。

例如，卡明斯的《有人住在一个奇怪的小镇》（"anyone lived in a pretty how town"）：

anyone lived in a pretty how town

(with up so floating many bells down)

spring summer autumn winter

he sang his didn't he danced his did.

Women and men（both little and small）

cared for anyone not at all

they sowed their isn't they reaped their same

sun moon stars rain[①]

该诗不按常规使用标点符号，非规则的大小写（如出现在句首本该大写的"anyone"一词没有大写）和破碎的句法（如"he sang his didn't""they sowed their isn't"），都与规范的书面英语背道而驰。诗人用这种方式扰乱读者的预期，创造了独特的节奏和意义。

（二）平行结构（结构或模式的重复）

平行结构主要通过对句子结构、声音或意义的重复，引起读者对文本中特定部分的关注，主要有以下几种：

1. 句法上的：重复句子结构（例如，回文法、短语以相同的方式开头）。

2. 语音上的：声音的重复，如头韵或押韵。

3. 词汇上的：相同词语或相似意义在文本不同部分的重复。

例如，在莎士比亚《哈姆雷特》中的著名独白"To be or not to be, that is a question"中，"to be"和"not to be"之间的句法平行结构引起了对存在这一核心哲学问题的关注。而在马丁·路德·金的《我有一个梦想》演讲中，重复的短语"我有一个梦想"创造了句法上的平行结构，强化了核心信息。在

---

① E. E. Cummings, *Complete Poems: 1904－1962*, George James Firmage, ed., London: W. W. Norton & Company Ltd., 1991, p. 515.

T. S. 艾略特的《荒原》中，偏离表现在诗的碎片化、非线性结构中，而平行结构则体现在水、荒原和重生等反复出现的意象中。这些突出的元素加强了幻灭、混乱、重生和希望的主题。

前景化打破了人们习以为常的语言认知方式，是一种艺术技巧上的"陌生化"（defamiliarization），通过强化或弱化某些传统规范，使熟悉的语言变得陌生，增加感知的难度和长度，从而增强文本的主题或象征意义。同时，前景化还具有美学意义，使文学语言更加令人愉悦或印象深刻，通过表达的新颖性提高了语言文字的审美价值，让读者更深入地与文本互动。

二、语域

语域（register）指的是在不同语境中使用的语言种类，受正式程度、听众和目的等因素的影响，如法律文件和随意对话之间存在语气差异。语域主要受三大主要因素的影响：领域（field），即发生了什么；人称（tenor），即谁参与其中；方式（mode），即沟通是如何进行的。领域指的是沟通的主题或内容，可能从高度专业化话题到日常生活不等，如在一篇科学论文中，领域可能涉及与生物学相关的专业词汇，而在随意的对话中，话题则可能是周末计划这样简单的事情。人称指参与者之间的关系，包括正式程度、权威性和社会角色等方面，如学生与教授之间的对话将比亲密朋友之间的对话具有更正式的语域。而方式则指沟通的形式，如口头与书面、正式与非正式、同步（面对面）与不同步（电子邮件）等。常见的语域可以分为以下四种。

（一）正式语域

正式语域主要用于专业、学术或法律场合，如学术论文、正式演讲、法律合同等。

（二）非正式语域

非正式语域用于日常随意的交流，如与朋友聊天、个人信件等。

（三）技术性语域

技术性语域用于医学、法律或科学等专业领域，如医疗报告、工程手册等。

（四）咨询性语域

咨询性语域常见于一方提供专业意见或建议的对话中，如医生与病人之间的交流等。

需要注意的是，语域是动态的，可根据领域、人称或方式的变化而变化。例如，商业电子邮件中的语域本应是正式的，但如果参与者关系亲密，语气可能会更个人化。

三、文体特征

针对风格的研究，就是探讨文学家语言使用的艺术法则。不同作家之间、同一作家的不同作品之间，都可能有独特的风格。一个作家语言的独特性，可能对于另一个作家来说，就不那么重要。所以，没有绝对的标准规定文学应该研究哪些特征。不过，还是需要有一个基本的文体特征列表，以便我们在展开文体批评时更加具有针对性和系统性。以下将从词汇、语法、修辞手法以及衔接与语境几个层面展开讨论。

（一）词汇层面

1. 在总体上，可以考察"用词简单还是复杂""正式还是口语化""是描述性的还是评价性的""文本中是否有一些俗语或常见的固定搭配""文本中固定搭配与何种口语或语域关联"等问题。

2. 在具体上，则可以从名词、形容词、动词和副词等类别展开。

（1）名词：抽象名词还是具体名词，有哪些抽象名词（如事件、感觉、过程、道德、社会等）以及专有名词与集合名词的使用情况如何。

（2）形容词：频繁使用了哪些形容词；形容词一般用来修饰什么（是物理世界、心理、视觉、听觉、颜色，还是情感）；使用的形容词是限定性的还是非限定性的，是比较级还是最高级，是作定语还是作谓语。

（3）动词：文本意义是否主要由动词完成，动词是静态的还是动态的，动词指向行动、语言、心理状态还是感知，及物动词还是不及物动词用得多，动词是事实的（factive）还是非事实的（non-factive）。

（4）副词：副词总体使用频率如何，不同的副词（如地点副词、方位副词、时间副词或程度副词等）分别有什么具体的功能，句子间的连接副词（如"因此""但是""当然"和"显然"等）的使用有何特殊意义。

（二）语法层面

这个层面主要关注句子类型、句子复杂性、从句类型、从句结构、名词短语、动词短语和词类等，具体如下：

1. 句子类型：作者倾向使用哪些句型，如陈述句、疑问句、命令句、感叹句或无主句，不同类型的句子分别发挥了什么作用。

2. 句子复杂性：不同句式（简单句还是复杂句）使用频率如何，句子的平均长度是多少（词）。

3. 从句结构：哪种从句类型用得最多，关系从句、状语从句还是名词从句；有哪些不定式从句，用的是现在分词还是用过去分词。

4. 名词短语：使用的是相对简单的名词短语还是复杂的名词短语，复杂性表现在哪些方面；前置修饰语是形容词、名词，还是介词短语，修饰语的排列顺序是什么；其他短语类型的使用情况如何，如动词短语、副词短语、形容词短语等。

5. 词类：是否有主导的词类，如介词、代词或冠词等；不同词类是否具有特殊的含义。

除上述情况外，还可以从整体上考察语法结构的特殊意义，如比较结构、并列结构和括号结构等。

（三）修辞手法

这方面主要考察词汇或语音层面的艺术手法，可以分为以下两个层面：

1. 词汇层面：如复指（anaphora）、交错结构（chiasmus）和突降等。

2. 语音层面：考察尾韵、首韵、半协韵以及节奏、音步等有什么特征，它们又是如何参与意义的建构的。

此外，还会分析是否有不寻常的搭配和用语，如"Americanly"（"美国的"）这样的新造词（Neologisms），以及偏离常规的搭配"portentous infants"（"先兆婴儿"）。若能结合传统的修辞手法，如比喻、借代、悖论和反讽等，去理解文本中语义的、句法的、语音的或图形的（graphological）偏离，就能解读出新的意味来。

（四）衔接

在衔接上，文体批评往往关注文本的某个部分与另一个部分的连接方式，如句子的衔接、指代等，具体如下：

1. 句子衔接上，观察句子之间的逻辑是使用连词连接，还是利用意义间接地衔接起来。

2. 指代上，分析文本是通过代词（she、it、they 等）、动词（do）指代，还是通过上下文联系直接省略某些重复的人称或意义；文本是否用描述性的语言避免重复，例如，用"她的姑姑""老医生"代替前文中提及的"史密斯太太"。

3. 语境上，则关注文本参与者（读者与文本之间、文本的虚构人物之间）是如何共同参与文本的，如作者直接称呼读者以便邀请后者一起参与思考，或是通过小说人物跟读者进行交流；同时还会分析作者对主角的态度如何、文本中直接引语和间接引语的使用频率、文中上下文风格是否一致等。

上文列出的这几类是根据常见语法书和诗歌语言特点分析书籍列出的文体类别①，但由于每个文本都具有自身的特性，在文体批评实践中，还是要根据具体情况展开分析。

第三节　批评与实践：以戈尔丁和狄更斯的作品为例

文体学深受语言学，尤其是语法、语音学、语义学和话语分析研究的影响，旨在探索这些元素如何塑造读者对文学作品的体验，常常关注以下几个维度：词汇层面上，重在分析词汇的选用及其隐含意义；句法层面上，主要研究句子结构及其如何影响可读性和意义；修辞上，关注隐喻、明喻和象征等修辞手法的使用；叙事策略上，重点探索视角、对话和语态等方面；语音学和声音模式上，主要研究诸如头韵、元音和押韵等声音手法。由于篇幅有限，下文主要从词汇和句法的层面举例说明。

一、小说中的不及物性动词与人物塑造

在文体学中的语境中，及物性（Transitivity）和不及物性（Intransitivity）是理解动词如何塑造叙事风格以及如何对文本产生整体效果的关键概念。及物

---

① See Geoffery Leech and Mick Short, *Style in Fiction: A Linguistic Introduction to English Fictional Prose*, 2nd edition, London: Pearson, 2007; Geoffery N. Leech, *A Linguistic Guide to English Poetry*, London: Longman, 1969; Paul Simpson, *Stylistics: A Resource Book for Students*, London: Routledge, 2004.

动词指那些需要宾语来完成其意义的动词。文体学认为，频繁使用及物动词可能会创造一种动态或主动的感觉，因为动词常常与直接作用于特定对象的行为相关联。这类动词有助于作家传达人物、动作和事件之间的清晰关系。例如，"她踢球"（She kicked the ball）一句有明确的动作执行者、动作本身以及动作受体。不及物动词则指那些不需要宾语的动词，如"跑"（run）、"掉落"（fall）和"存在"（exist）等。这些动词通常表达更简单、直接的动作或状态，且这些动作或状态独立发生。例如，"She ran"（她跑了），动作没有指向任何特定的对象。文体学指出，频繁使用不及物动词可能会赋予叙事碎片化或被动的语气。因为没有宾语，动作就会显得孤立，仿佛事件是自然而然地发生的，缺乏明确的因果关系。总体而言，及物动词通常暗示着更强的行动性，其中主体有目的或有方向性地执行动作，而不及物动词则可能暗示被动性，其中主体只是经历一个事件。

威廉·戈尔丁（William Golding）的小说《继承者》（*The Inheritor*，1955）讲述了一群尼安德特人与一群更为先进的智人之间的故事。小说中尼安德特人在言说中，经常使用不及物动词，这些动词只是单纯反映了行动者的动作或状态，而未体现他们与其他实体的互动与关联。例如，"洛克看到船靠近陆地后，便大声呼喊，示意其他人注意"（"Lok saw the boat coming toward the land. He shouted to warn the others"）一句话中，前因后果都很清楚，但在尼安德特人的表述里，很可能就成了几个散乱的、各自独立的短句："棍子在那儿。那人动了。船在水面上移动。洛克发出了声音。其他人转身。"（"The stick was there. The man moved. The boat moved on the water. Lok made a sound. The others turned."）这种语言模式使用不及物动词和简单的结构，塑造了特定的叙事风格，表明尼安德特人将世界视为一系列孤立的事件，而没有明确的行动者或因果关系，从而反映出他们感知的碎片化和认知的局限性。

对于及物动词而言，其在文本中常伴着主语和宾语共同出现，这在一定程度上导致其成了主体与客体的象征。有时候，我们可以根据文学作品中的人物在小说中充当主语和宾语的频率的高低，来判断其主动或被动的地位。例如，在哈代的小说《德伯家的苔丝》（*Tess of the d'Urbervilles*，1891）中，苔丝的被动地位和亚力克在力量和社会地位上的优越性，可以通过描述二人的句子的语法构造判断出来。两人共同在场的时候，亚力克以及与亚力克相关的身体部位，总是在语法构造上充当句子主语，暗示了他在社会上的主动权；而苔丝或与她相关的物体，经常是跟在及物动词后，作为句子中的宾语，如：He

（主语）touched（及物动词）*her*（宾语）。若结合故事的情节以及其他意象一起解读，可以看出，语法构造上总是作为宾语出现的"苔丝"，进一步强化了苔丝这位出身底层的女性人物在一个男权主导的世界里的无助和被动。

二、狄更斯《荒凉山庄》名段的文体解析

下面将以狄更斯小说《荒凉山庄》（*Bleak House*，1853）的第二段的文体风格为例进行说明，这一段对雾的描写已经成为文学中的经典片段。①

（1）Fog everywhere.（2）Fog up the river, where it flows among green aits and meadows; fog down the river, where it rolls defiled among the tiers of shipping, and the waterside pollutions of a great（and dirty）city.（3）Fog on the Essex marshes, fog on the Kentish heights.（4）Fog creeping into the cabooses of collier-brigs; fog lying out on the yards, and hovering in the rigging of great ships; fog drooping on the gunwales of barges and small boats.（5）Fog in the eyes and throats of ancient Greenwich pensioners, wheezing by the firesides of their wards; fog in the stem and bowl of the afternoon pipe of the wrathful skipper, down in his close cabin; fog cruelly pinching the toes and fingers of his shivering little'prentice boy on deck.（6）Chance people on the bridges peeping over the parapets into a nether sky of fog, with fog all round them, as if they were up in a balloon, and hanging in the misty clouds.②

参考译文：（1）雾，无处不在。（2）雾在河上，流经绿色的小岛和草地之间；雾在河下，混杂在船只的层层甲板之间，在大（且肮脏的）城市的水边污秽中翻卷。（3）雾笼罩着埃塞克斯沼泽地，雾覆盖着肯特的高地。（4）雾爬进煤船的小舱；雾停留在船桁上，徘徊在大船的索具之间；雾垂挂在驳船和小船的船舷上。（5）雾进入老格林尼治退伍军人的眼睛和喉咙，他们在病房的炉火旁喘息；雾飘进暴躁船长的紧闭船舱里，他下午

---

① 由于英汉两种语言在语法上的不同，如果只看中文，会丧失原文的许多文体风格，故在此提供中英文对照文本，并对句子加以编号以便下文展开分析。

② Charles Dickens, *Bleak House*, London：Penguin Books, 2003, p.1.

的烟斗柄和烟斗碗中都有雾；雾无情地夹住他在甲板上瑟瑟发抖的小学徒的脚趾和手指。（6）桥上的过客从栏杆上向下窥视雾中的下界天空，周围全是雾，就像他们在热气球上，悬挂在迷雾云中一般。

　　由于书写篇幅限制，我们将把分析范围限制在这段文本中五个值得注意的文体模式上。

　　这段话中一个重要的文体特征是对中心词"雾"（fog）一词的重复，它主导了整个段落，在不断重复中形成了某种节奏感，仿佛在模仿雾的那种无处不在的特性，而且每一次提及都强化了雾的普遍存在，赋予其一种压迫感和几乎是无所不能的特质。平行的句子结构（例如："Fog up the river ... Fog down the river ... Fog on the Essex Marshes ..."）进一步强调了雾的无处不在，仿佛弥漫到了城市的每一个角落乃至更远的地方。不过，"雾"一词虽然在不断被重复和强调，但却没有具体的描述语来形容它。一般而言，一个名词会同其他词语一起出现，以便描述其特征。例如，在"附近的灰色浓雾"这个构造中，"雾"这个中心词就被形容词"灰色""浓"以及"附近"修饰。但在上述段落中，"雾"出现时，总是不加任何修饰语，每次都是孤零零的，显得突兀且毫无差别。这段话中其他的名词常常都带有修饰语，如"绿色的小岛""城市的水边污秽"和"甲板上瑟瑟发抖的小学徒"等，相比之下，"雾"缺乏修饰的语法构造就显得更加突出。狄更斯在这里有意避免使用形容词，通过让"雾"保持未修饰的状态，让读者感受它那种压倒性的整体存在感，而不会因它的某种具体特征而被分散注意力。此外，反复使用未修饰的"雾"一词，在整个段落中营造了一种节奏感和强烈的存在感。这种前景化的处理，赋予"雾"一种抽象的象征意义，使其超越了物理层面的现实，成为一些更为广泛的主题的隐喻，如混乱、腐败和道德模糊性等。

　　这段文字另一个值得注意的特征是"没有动词"。这么说并不十分准确，因为只有在（1）（2）（3）句和部分第（5）句中，动词才被完全省略，而众多从句中都有动词。因而确切地说，是主句中多为限定动词构造，而非谓语动词构造。在开头第一句中，谓语成分（predicator）被完全省略，也即省略了所有的动作。随后，从第（4）句开始，有部分谓语成分出现，但另一个关键成分——限定词（finite）又被省略，这类词通常由助动词表达，表示时态及与主语的语法一致性等功能。在这些句子中，只有"lying""creeping"和"pinching"这些主要的动词成分，其有效地将谓语分成两部分，让人感受到一种持续进行的过程。尽管这些句子结构表明了基本的动词过程以及这一过程的发生位置，但并未涉及时态，所以难以确定事件的时间框架。表示时态的助动词的缺失，暗示了"雾"的无时不在。大概叙述者认为，既然雾在空间上无处不在的，那么也没有必要去突出某个时间。这个句式营造出一种窒息感，这种感受与人物在小说中压抑的生活相互照应：个体被法院案件、社会期望和个人困境困住，突出塑造了一个扼杀个人自主性的社会。

这段文字第三个特征是使用了大量的"拖尾成分"（trailing constituents），句子主要在谓语位置右侧（后面）展开，主谓构造后面跟着许多从句和地点状语，这似乎也在呼应上述第二个特征：叙事在地点细节上描述得丰富，而在时间细节上却较为贫乏。这些拖尾成分所包含的信息量，进一步反衬出谓语成分左侧的句式的简洁。这些拖尾成分带来的语法"枝蔓"，还造成了有趣的文本模糊性。例如，在句子（2）中"... *it* flows ..."和"... *it* rolls defiled ..."里的代词"it"可能指代前面句子中两个潜在的前置词——"雾"或"河流"：是流动的雾，还是流动的河流？这种模糊性可能是狄更斯有意为之，用以说明无处不在的雾和水融为一体，不分彼此，强调视觉上的模糊性和不确定性，进而突出了小说中模糊性和不确定性的主题。狄更斯没有用形容词来定义"雾"，而小说中的核心问题，比如"贾迪斯诉贾迪斯案"（Jarndyce v. Jarndyce）的真相，或者人物关系的本质，在小说的大部分时间里也都不太明确，"雾"象征着在混乱中看清真相并获得清晰视角的困难。

此外，随着段落的推进，空间焦点逐渐缩小，"雾"逐渐进入更加局部和微观的环境中，比如船长烟斗烟杆和烟碗。通过状语的变化，展示逐渐缩小的空间范围，与此同时，主句中相关动词展现的过程也发生了有趣的变化。可以看到，与"雾"相关的动词最初是不及物的（intransitive），例如在第（4）句中并列出现的几个动词："... *creeping* into the cabooses ... *lying* out on the yards ... *hovering* in the rigging ... *drooping* on the gunwales ..."然而，随着整体空间焦点的缩小，动词类型发生了变化，变成了及物动词，如句子（5）中"fog cruelly pinching the toes and fingers ..."。也就是说，"雾"开始给其他物体施加动作，逐渐变得具有威胁性和攻击性。

从第（1）句到第（5）句建立的模式逐渐形成了文本自身的范式，但是并非整个段落都采取这个模式。为了让读者始终保持阅读的敏感性，狄更斯在第（6）句中颠覆了这一模式，很好地取得了前景化的效果。作者通过创造一个不同的主语成分——"Chance people"，将"fog"移至谓语右侧来。"雾"一词还是没有任何语法修饰，仍然保持它不被定义、不确定的特性，但最初那种通过平行结构和重复的方式构建的模式，在最后这句话中被颠覆。这一转变突出了"雾"作为一种物理现象，对人们的日常生活产生了直接影响，它不仅能够模糊环境，还能模糊人们认知的能力。"雾"的"遮蔽"功能也可以象征法律（尤其是小说中涉及的衡平法院）一类复杂的制度也能掩盖真相和正义，使人们感到无助和迷茫。

　　通过上述分析，可以看到文体风格是语言中相互关联的各个要素的综合，而不是孤立的个别特征。在文体学的视角下，语言的各个方面都不是中立的，无论是语法、句法，还是更微小层面的语素（morphemes）、音素（phonemes），都与文本的意义交织在一起。通过关注语法、词汇和音韵等具有的特征，文体学提供了一种欣赏语言微观特征的方式，揭示了文本各元素是如何共同构建文本的语气、氛围和意义的，为文本的解读提供了更加丰富和细致的视角。

第三章　叙述学

叙述学是研究叙事结构以及故事叙述方式的学科。它源于结构主义，旨在找出适用于不同媒介（从文学到电影）的普遍叙事原则，主要探讨叙事是如何完成的，重点分析情节、人物、时间、视角和话语等元素。

第一节　理论发展

叙述学作为一门正式学科出现在 20 世纪 60 年代，主要受到结构主义的影响，旨在通过语言学视角分析叙事结构，揭示支配叙事的潜在系统，即识别情节、人物和时间等普遍元素对叙事生成的作用。

一、亚里士多德

在《诗学》中，亚里士多德把"人物"和"行动"看作故事最重要的构成因素。在他看来，人物性格需要行动（情节的一方面）来揭示，而情节中有三个主要因素："过失"（the hamartia）、"认知"（the anagnorisis）和"逆转"（the peripeteia）。其中，"过失"是指角色在判断上的错误或致命的缺陷，它导致了主人公的悲剧结局。悲剧中的主人公并非完全善良或邪恶，而是"像我们自己一样"的人，会因为一个错误而陷入不幸。因此，"过失"并不总是道德上的缺陷，它也可能是一个错误的判断或知识的缺失。"过失"与角色的人性息息相关，使他们的悲剧既可亲又令人动容，对于激发观众或读者的怜悯与恐惧至关重要，而这些情感恰恰是"净化"（catharsis）的关键。例如，《俄狄浦斯王》中的俄狄浦斯的"过失"在于他在完全不知情的情况下杀死了自己的父亲并娶了自己的母亲，而这个宿命与他的傲慢（hubris）和对真相的执着追求又紧密相连；莎士比亚戏剧《麦克白》中的麦克白的"过失"则来自他野心，这使他谋杀了邓肯，并陷入暴政和偏执的深渊。

"认知"指的是一个关键的自我发现的时刻。角色在从无知到有知的转变过程中，通常会意识到自己身份或处境中的某个隐藏的真相。"认知"是悲剧起作用的标志，因为它加强了情感的冲击力。"认知"可以引发震惊、怜悯或净化，这取决于它的时机和含义。例如，俄狄浦斯的"认知"发生在他发现自己的亲生父母并意识到关于自己的预言已经成真的时候。李尔王的"认知"发生在他被其他女儿欺骗后意识到只有科迪莉亚才对自己真正忠诚的时候。

"逆转"指的是因为环境的突变或意外的逆转，主人公的命运发生了剧烈变化，通常是从好转为坏。亚里士多德强调"逆转"是情节引人入胜的关键，它能够创造惊讶并激发观众的情感。"逆转"通常与"认知"相关联，因为"认知"触发"逆转"或紧随"逆转"而到来。《俄狄浦斯王》中的"逆转"发生在俄狄浦斯从一位受人尊敬的国王，变成了杀父娶母者，成了耻辱和绝望的失败者的时候。《麦克白》中的"逆转"则发生在麦克白对女巫预言的过度自信被打破，最终导致他在战斗中败北的时候。

在亚里士多德描述的理想悲剧中，"过失"使主人公陷入不幸，"认知"标志着他们命运的转折点，而"逆转"则揭示了真相，强化了情感的冲击，所有这些元素共同构成了一个强有力且连贯的戏剧结构。

二、普罗普

叙述学中另外一位重要的人物是弗拉基米尔·普罗普（Vladimir Propp）。他的《民间故事的形态学》（*Morphology of the Folktale*，1928）研究了俄罗斯民间故事中的重复结构，总结出叙事中常见的 31 个功能（或行动）和 7 种不同的角色类型。

（一）叙事功能

这些功能描述了角色所执行的动作和故事中的事件，具体包括：

1. 主人公的某个亲人离开家园；
2. 主人公得知禁令；
3. 主人公违反禁令；
4. 反派试图刺探；
5. 反派得知主人公情况；
6. 反派诱骗主人公并侵占其财产；
7. 主人公受骗并成为反派的同谋；

8. 反派作恶；

9. 主人公得知不幸；

10. 主人公（作为寻求者）同意或决定反击；

11. 主人公离家；

12. 主人公经历各种考验；

13. 主人公认识某个具有魔法的人；

14. 主人公获得魔力（如特别的动物或物件）；

15. 主人公寻找某个物件；

16. 主人公与反派决战；

17. 主人公被标记①；

18. 打败反派；

19. 问题得以解决②；

20. 主人公回归自我；

21. 主人公被追赶；

22. 主人公得救；

23. 主人公回到家里或到另一个国家，但没有被人认出；

24. 假冒的主人公将主人公的功劳据为己有；

25. 主人公要完成一个艰难的任务；

26. 任务完成；

27. 主人公得到认可；

28. 揭露坏人的恶性；

29. 主人公以新的容貌出现；

30. 坏人得到惩罚；

31. 主人公结婚并登上宝座。

普罗普发现，不是每个故事都包含这31个"功能"，但几乎都从中选择，并且是按照上面提到的顺序发生。例如，我们可以根据"5""7""14""18"和"30"五个叙事功能组织成一个故事，但它们之间的顺序不能随意打乱，例如，不能将叙事功能"30"放到叙事功能"14"之前。

---

① 这种"标记"（branded）有助于确立英雄的身份，尤其是在后续需要确认身份的情节中尤为重要。例如，在某些史诗故事中，英雄在战斗中受的伤可能成为确认其身份的标记。

② 这指的是在功能8（反派造成伤害或损害）中引入的问题或事件，例如公主被绑架、魔法物品被盗或王国遭受诅咒。

（二）角色类型

普罗普还将民间故事中的角色分为特定的角色类型，它们在叙事中发挥特定的功能，具体包括：

1. 反派（The Villain）：反面角色。
2. 施与者（The Donor）：为英雄提供魔法物品或帮助的角色。
3. 辅助者（The Helper）：帮助主人公的角色。
4. 公主（The Princess）：英雄冒险的目标（通常是受困的女子）。
5. 派遣者（The Dispatcher）：派遣英雄出发的人物。
6. 主人公或受害者（The Hero，Seeker or Victim）：故事主角。
7. 假冒的主人公：（The False Hero）：假装成主人公，后被揭示为欺骗者。

普罗普认为，功能和角色类型可以看作民间故事的普遍结构，这些元素以可预测的方式结合在一起，就像英语中的语法、句法和语汇，即索绪尔说的"语言"（langue），通过排列组合可以进行各种表达和言说，构成"言语"（parole），从而成为各个具体的故事。

普罗普从结构主义角度研究文学的方法，对叙事学理论的发展产生了深远的影响。他的分析表明，尽管民间传说的传统多种多样，但叙事中存在共同的结构元素。这是理解叙事形式背后深层结构的一次突破。普罗普的方法不仅适用于分析俄罗斯民间故事，也被应用于对其他文化的神话、童话故事的分析，甚至现代媒体的研究，包括电影、小说和电视剧等。后来的学者，如克劳德·列维-斯特劳斯（Claude Lévi-Strauss）等，进一步在文化人类学和文学研究中发展了这一方法。

三、热奈特

法国文论家热拉尔·热奈特（Gérard Genette，1930—2018）的叙述理论在理解叙事的结构以及时间、视角和叙事技巧如何塑造故事方面，起到了重要的作用。在《叙事话语》（*Narrative Discourse*，1972）一书中，热奈特探讨了叙事文本的结构方式，以及这些结构如何影响读者对故事的理解和体验。

在叙事层次方面，热奈特区分了故事和情节。前者为叙事内容，即发生的事件，后者为动作的顺序和话语（叙事的方式），指事件在文本中的叙述或呈现方式。热奈特还提出叙事时间的顺序（Anachrony）概念。故事可能不是按时间顺序呈现的，而是通过对时间的操控（例如倒叙和插叙）来展示。叙事中有三种时间组织类型：倒叙（Analepsis），时间的倒退；插叙（Prolepsis），时间的提前；时间省略（Temporal Ellipsis）或时间的跳跃，指故事中有一部分被跳过，通常是为了叙事的简洁性。

热奈特还探讨了频率的概念，即某个事件在叙事中发生的次数，例如：单次（Singular），事件只发生一次；重复（Repetitive），事件多次叙述；反复（Iterative），经常发生的事情。

持续时间（Duration）是热奈特提出的另一个关键概念。它指的是事件在叙事中展开的时间与描述或叙述该事件所花费的时间之间的关系。其中，场景（Scene）指故事时间和话语时间大致相等；总结（Summary）指话语时间短于故事实际发生的时间，常发生在较长时段叙事的时候；省略（Ellipsis）是跳过叙事中的某些时间；拉伸（Stretch）是指话语时间长于故事时间（例如慢镜头或详细描述）。

此外，热奈特还提出声音（Voice）的概念，并区分了叙事声音和叙述者。他引入了焦点化者（即叙事通过哪个视角来过滤），将叙述者分为以下几种主要类型：第一人称叙述者，故事中的一个角色以"我"的视角讲述叙事；第三人称叙述者，故事外部的叙述者使用"他""她"或"他们"；全知叙述者，叙述者知道角色和事件的所有内容，包括他们的内心想法；有限叙述者，叙述者只知道一个或几个角色的思想和经历。热奈特还探讨了叙述者的可靠性如何影响故事，即焦点化（Focalization），特别是在叙述者可能不完全可信或其视角有限时，会在叙事中创造某种紧张或讽刺感。

热奈特关注叙事在语言和结构层面的运作（how），而不仅仅是聚焦于内容或情节（what）。通过分解叙事的组成部分，以更精确和系统的方式分析故事，从而揭示叙事的机制以及时间、视角和叙事选择如何影响读者的体验与理解。

第二节　关键术语

叙述学是对叙事结构、功能和解释的研究，重在分析故事是如何被构建、传达和理解的。叙事学的术语为将叙事分解为一些基本元素，为令我们理解使其有效的机制提供了一个大概框架，以下是叙事学中的关键术语和概念。

一、故事与情节

在叙述学中"故事"（story）与"情节"（plot）是两个不一样的概念。①
"故事"指的是一段时间里真实发生的事件的顺序，而"情节"则是对事件做
了剪辑、重组和包装等加工的"叙事"。因此，"故事"会按照事件发生的时间
顺序，逐一描述，而"情节"则是在叙事中对事件的特定安排和呈现方式。
"情节"是故事为了戏剧效果而结构化的方式，涉及叙述者选择、组织和安排
事件的方式，以创造因果关系、人物冲突。因此，情节通常会重新组织事件的
自然时间顺序，通过使用闪回、预示或非线性叙事等技巧打乱时间顺序，从而
实现特定的叙事效果。例如，在《哈姆雷特》中，"故事"包含哈姆雷特出生
到他死亡的所有事件，但"情节"聚焦于导致他复仇行动的特定事件序列。
"情节"展开的方式——幽灵的出现、剧中剧、哈姆雷特的犹豫——塑造了观
众对哈姆雷特内心挣扎的理解。在重组"故事"的过程中，"情节"还会添加
因果关系，从而提供一个清晰的主题。我们可以看一组例子：

> 国王去世了。王后去世了。
> 国王去世了，王后因为悲伤，也去世了。

其中，第一个例子就是呈现事件本身，是"故事"，而第二个例子则在句
子之间加上了因果关系，可以看作一个简单的"情节"。

"故事"与"情节"的区别具有重要意义，因为它有助于令我们更深入地
理解叙事是如何构建的。"故事"提供了原始素材，即事件的完整顺序，而
"情节"则通过安排或重组这些事件，达到特定的效果，如悬念、惊讶等。这
个区别对于分析叙事中意义是如何产生的至关重要，同时也帮助我们理解不同
的叙事技巧如何塑造观众对时间、人物和冲突的认知。

二、讲述与展示

"讲述"（telling 或 diegetic）和"展示"（showing 或 mimetic）是叙述学

---

① "故事"与"情节"的叙述学中非常重要的两个术语，不同的理论家都有涉及，但表达却不尽
相同。在俄国形式主义那里，"故事"为"fabula"，"情节"为"sjuzhet"，而热奈特则用"histoire"表
示"故事"，用"recit"表示"情节"。

中另一组重要的概念。"讲述"指的是一种概述，它常常以一种"快速""总结"和"全景式"的描述，直接告诉读者某个结论，读者无需进行推断；而"展示"则是一种"慢镜头"，它让读者有身临其境之感，但具体想表达什么，需要读者自己去揣摩。我们来看两组例子。

（一）第一组例子

1. 张大婶呼吸困难。
2. 张大婶弯下腰，气喘吁吁，半口气喘不过来，她的嘴唇发紫。

（二）第二组例子

1. 詹妮弗因女儿的去世而感到悲伤。
2. 詹妮弗站在那只精致的瓷娃娃面前。艾莉特别喜欢它，平时都不怎么敢玩耍它，生怕把它弄坏。瓷娃娃此刻瞪着詹妮弗看，脸上挂着永恒的微笑，似乎还带着嘲弄。没有一只娃娃可以活得比她的主人更久。詹妮弗从架子上抓起娃娃，将它猛地掷向墙壁。瓷娃娃的头部像炸弹一样爆开，碎片四散飞溅。

第一组例子中的例子1直接告诉读者张大婶现在的状况，是"讲述"；而例子2则如摄像机一般，详细描述张大婶的动作、神态，但具体发生了什么，则需要读者自己进行判断，因此是"展示"。第二组例子中，作为"讲述"的例子1与作为"展示"的例子2之间的差别更加明显了，后者并没有直接告诉读者詹妮弗的心情，但读者可以通过作者细致的描绘判断她失去女儿后的愤怒与悲痛。

在文学中，"展示"的手法几乎无处不在，使用得当往往能展示作品的特殊魅力。例如，小说《呼兰河传》在描写团圆媳妇的婆婆"精心"养鸡的时候，就用了"展示"的方式：

……她怕猫吃了，怕耗子咬了。她一看那小鸡，白天一打盹，她就给驱着苍蝇，怕苍蝇把小鸡咬了，她让它们多睡一会儿，她怕小鸡睡眠不足。小鸡的腿上，若让蚊子咬了一块疤，她一发现了，就立刻泡了艾蒿水给小鸡擦。她说若不及早地擦呀，那将来是公鸡，就要长不大，是母鸡就要下小蛋。小鸡蛋一个换两块豆腐，大鸡蛋换三块豆腐。[1]

---

① 萧红：《呼兰河传》，北京：北京联合出版社，2014年，第117页。

这样细致的呈现方式，比使用"讲述"方式，单纯地告诉读者"她精心养鸡"要生动有趣得多。汪曾祺在《跑警报》中描写国立西南联合大学的学生对艰苦的环境安然处之，也用了生动的"展示"手法：

> 他早起看天，只要是万里无云，不管有无警报，他就背了一壶水，带点吃的，夹着一卷温飞卿或李商隐的诗，向郊外走去。直到太阳偏西，估计日本飞机不会来了，才慢慢地回来。①

这样的例子不胜枚举，可以说，"展示"的手法是文学性的重要构成元素。"展示"手法中形象、细致的描绘，给人身临其境之感，具有很强的"代入感"，特别能唤起读者的共鸣。不过，这并不表明"讲述"就没有任何意义了。一部文学作品很难通篇全是"展示"，因为如果每一处都细致描绘，很可能导致作品过于拖沓冗长。例如，像《战争与和平》或《百年孤独》这样跨越时间的长篇巨著，如果通篇都用"展示"描述，很可能几十年都写不完。高明的作家往往能很好地掌握"讲述"和"展示"二者之间的平衡，做到收放自如，张弛有度。

三、视角

"视角"（viewpoint 或 perspective），也称作"聚焦"（focalization），主要指的是从什么角度讲述故事。聚焦的分类比较复杂，例如，"外聚焦""内聚焦"和"零聚焦"。"外聚焦"指故事是从外部的视角讲述的，叙述者只描述可观察到的内容，没有涉及角色的内心想法。"内聚焦"则是围绕角色的视角展开，读者可以知道他所思所想。有的时候，作品以一个角色为视角，但同时作者又能在作品中自如地穿插其他角色的内心活动和感受，这就是"零聚焦"（zero focalization），类似全知视角（omniscient narrator）。这在十八九世纪的英国现实主义小说中尤为常见。例如，在《傲慢与偏见》中，叙述者主要以伊丽莎白的视角讲述故事，如果一以贯之的话，小说中就不该出现其他人物的内心世界描写，但有的时候，叙述者似乎会也会站在其他视角的维度，描写其他角色的内心活动。我们可以看以下一组例子：

---

① 汪曾祺：《汪曾祺小说集·人间世相》，北京：时代文艺出版社，2018 年，第 131~132 页。

刘姥姥只听见咯当咯当的响声，大有似乎打箩柜筛面的一般，不免东瞧西望的。忽见堂屋中柱子上挂着一个匣子，底下又坠着一个秤砣般一物，却不住的乱幌。刘姥姥心中想着："这是个什么爱物儿？有啥用呢？"①

（改写版本：忽见堂屋中柱子上挂着一个钟，钟摆在不停地摆动。刘姥姥在乡下从未见过钟，还以为它是匣子，以为钟摆是个乱晃的秤砣般的物件。刘姥姥心中想着："这是什么爱物儿？有甚么用？"）

这两个例子都是描写刘姥姥进大观园后在怡红院的所见所闻。其中，前一个例子采用刘姥姥的视角，从她的角度去看、去听；改写版本则先从外部的视角去描述刘姥姥所见所闻，然后又转到刘姥姥的视角，描写其心理活动。在同一部小说中，视角可以发生变化。例如在汪曾祺的小说《受戒》中，描写受戒的一幕的时候，会让小英子作为视角人物：

"大雄宝殿"，这才真是个"大殿"！一进去，凉飕飕的。到处都是金光耀眼。释迦牟尼佛坐在一个莲花座上。单是莲座，就比小英子还高……小英子出了庙，闻着自己的衣服，都是香的。②

适当时候又转成明海的视角：

明海看着她的脚印，傻了。五个小小的趾头，脚掌平平的，脚跟细细的，脚弓部分缺了一块。明海身上有一种从来没有过的感觉，他觉得心里痒痒的。这一串美丽的脚印把小和尚的心搞乱了。③

还有一些小说，视角不止一个或两个。例如，在华裔作家谭恩美的小说《喜福会》（*Joy Luck Club*，1989）中，视角技巧对于小说探讨代际和文化冲突以及母女关系的复杂性至关重要。小说由 16 个交织的故事构成，共包括了四对华裔母女的视角叙述。每一章由一个角色叙述，视角在母亲和女儿之间轮流转换。出生在中国的母亲作为第一代移民，持有传统父权色彩的世界观，而

---

① 曹雪芹：《红楼梦》，北京：人民文学出版社，2008 年，第 97 页。
② 汪曾祺：《汪曾祺小说集·大淖记事》，北京：时代文艺出版社，2018 年，第 18 页。
③ 汪曾祺：《汪曾祺小说集·大淖记事》，北京：时代文艺出版社，2018 年，第 16 页。

她们的女儿出生并成长于美国，视角更加现代且叛逆，两代人的价值观也很不同。叙述视角的转换，产生了动态的效果，突显了代与代之间的紧张关系。视角的切换，可以细腻地展示不同文化语境下身份的复杂性。又如，福克纳的小说《在我弥留之际》（*As I Lay Dying*，1930）则通过 15 个不同角色的视角展开叙述。这种多重视角创造了支离破碎的叙事，而没有任何一个单一叙述能够声称是绝对的真理。通过运用这一技巧，福克纳强调了经验的主观性和人类意识的复杂性。

第三节　批评与实践：
家庭伦理片中人物视角的道德实践意义

随着中国现代化进程的不断推进，家庭作为个体化的重要场所，其各要素也越来越受到关注。电影作为日常生活的主要艺术方式，也以独特的形式再现了这一话题。近年来，家庭伦理片的数量逐渐增加，而且主题日益丰富。出于传统上对内容和形式二元论的理解，人们往往更倾向于关注情节或故事里的伦理内涵，而忽视了外在的表现形式里蕴含的道德实践功能，尤其是人物视角这一核心要素的道德指向。在电影创作中，若能充分认识到视角的道德意蕴，并娴熟使用相关技巧，在剧情冲突的呈现和影片主题揭示时，常常能起到锦上添花的作用，同时亦可间接促进新时代家庭话语的构建。下文以《狗十三》为例展开说明。

曹保平的《狗十三》被看作特别具有里程碑意义的国产青春片，因为它不再像以往那样只是对逝去的青春进行浪漫式的缅怀，而是敢于直面琐碎的日常生活。[①] 这部电影自放映以来，就引发了许多观众对原生家庭的共鸣，舆论界出现了各种声音，但总体看来，大多是对女主人公李玩的同情，对中国式家长权威的控诉。影评中出现了大量关于"伤""痛""挣扎""拷问""规训"之类的语汇，一时之间，中国式的"爱的教育"再次成为批判的焦点。这从许多影评的题目中即可看出，如《新伤痕主义视域下的伦理之痛》（2019）、《〈狗十三〉：暗色成人礼下的成长阵痛》（2019）、《油腻的爱和少女规训史》（2018）等。这些评论指出，青少年在自身的成长过程中，面临着理想与现实之间磨合的伤痛，但他们不仅得不到理解和关怀，还要面临中国式家庭教育的种种"冷

---

① 参见陈咏：《〈狗十三〉：现实主义的青春挽歌》，《电影艺术》，2013 年第 6 期，第 18～20 页。

暴力"，实在不堪重负。舆论界这种一边倒的声音，特别值得我们反思。

毋庸置疑，上述这些评论捕捉到了该影片的核心思想。如果我们从李玩这位 13 岁的少女的角度看待这个世界，会发现她似乎遭遇了太多的不公：心里渴望上物理兴趣班，却被父亲霸道地改为英语培训班；小狗"爱因斯坦"失踪后，继母送来另一只小狗，几乎所有家庭成员都异口同声地欺骗她说，那就是她从前的那只狗，并强迫她认同；父亲答应带自己去天文博物馆，却因生意应酬而失言；弟弟打小狗后被误伤到，继母要求把小狗送给狗肉火锅店，父亲不顾李玩的苦苦哀求，将小狗强行送走。

这或许也是导演试图表达的意思。曹保平在接受采访时候，曾提到影片的初衷是希望成人们能更多地关注孩子的内心需求。他说：

> 我们试图多角度、多视角呈现中国家庭的真实模样，为大家提供一种思考问题的方向：当我们长成大人期待的乖模样时，我们还是真实的自己吗？我们稀里糊涂地走过了和孩子相处的年代，而那些年代是多么需要我们精心面对。[①]

虽然导演提到自己试图"多角度、多视角"展示中国家庭的模样，但我们必须注意到，影片的视角比较单一，很多时候仅仅是女孩李玩的视角。上述关于李玩的种种委屈，换个角度看，结论可能大不相同。以贯穿整部影片的小狗"爱因斯坦"为例，它真的就是许多评论所说的李玩在家庭里是"不被看见"的存在的真实写照吗？在她责备家人没有在小狗消失后马上去寻找的时候，她却没有看到，忙碌的父亲放下一切第一时间赶回。一年多未见的继母又为何这时候回来？一家人是为何要如此愧疚地等待她回来，并坚持将另一只相似的狗称作"爱因斯坦"？如果不是因为他们从内心深处理解她失去小狗的痛心，他们又何苦临时聚在一起，召开"紧急家庭会议"，不安地等她放学回来，试图进行解释，四处寻找一条相似的狗，并用心编造"善意的谎言"？即便最后父亲迫于李玩继母的压力，也没有将狗送给火锅店，而是送到宠物收养中心，这难道不是一种无声的理解？在影片中，还有许多类似的场景，如爷爷看到李玩与狗同食猪肝饭，虽然按照老一辈的传统难以接受，但不过是微微一笑，听之任之。因此，换个角度看时就会发现，与其说是李玩的内心"不被看见"，还

---

① 严鑫超：《〈狗十三〉：讲述中国式"爱的教育"》，《海南日报》，2018 年 12 月 10 日，第 B16 版。

不如说她同时也"看不见"家人的爱心。

这些无声的语言，只是在影片的背景叙述里闪过，但因为不在李玩的视角里，因而也没有引起观众足够的重视。舆论界出现的一边倒的趋势，大多是站在李玩的角度，批判家长教育和成人世界的种种不是。从中可以看出，作为影片的主要视角人物，李玩的观看角度对观众的价值判断起到了决定性的作用。

受传统内容与形式二元对立思想的影响，很多时候我们只是关注内容中的伦理道德，却忽视了作为形式的视角本身可能就带有道德实践内涵。正如许多电影研究会借鉴文学研究手法一样，这里我们不妨借鉴文学中关于视角的讨论，反观其对电影表现手法的启示。

对于视角的应用，虽然古而有之，但相关理论的探讨，最早则源自西方的一些小说研究者，不过因早期尚未形成一种清晰的概念，所以在称谓上也有所不同，有"意识中心"（center of consciousness）、"戏剧化思想"（dramatize a mind）、"视角"（point of view）等。在热拉尔·热奈特那里，则使用"聚焦"（focalization）一词。作家兼文学评论家亨利·詹姆士（Henry James）或为该手法的最早使用兼探讨者。在《小说的艺术》（*The Art of Fiction*，1884）一书中，为了区分于传统的全知全能的叙述模式，詹姆士曾多次运用形象生动的比喻来说明这种以小说中一个人物的视角为中心的手法是如何运作的，如把问题的中心放在主人公的意识中、用他们的肺部去呼吸等。[1]

人物的视角不仅仅是创作手法的问题，还具有道德属性。特里·伊格尔顿（Terry Eagleton）是当代英国最有影响力的马克思主义文化评论家，在他看来，现实主义小说的结构本身，很多时候就是一种道德实践，他以全知全能的叙述为例进行说明：

> 通过这种神圣的力量（内在审美力）我们可以进入别人的内心世界，打碎自我是为了能无私地、设身处地去理解他人。因此，随着视角从一个意识中心转移到另一个意识中心，一个复杂的整体形成了。经典的现实主义小说的结构就是一种道德实践。文学在没有释放出道德情感的时候，就已经是一种道德实践了。[2]

---

[1]　参见亨利·詹姆斯：《小说的艺术》，朱雯、乔佖、朱乃长等译，上海：上海译文出版社，2001年，第290～328页。

[2]　Terry Eagleton，*The Event of Literature*，New Haven and London：Yale University Press，2012，p. 60.

　　伊格尔顿在这里提出，传统的小说经常采用全知全能的叙述手法，叙述者可以无障碍地从一个视角进入另一个视角，这本身就象征着人与人之间相互理解的可能，象征着那时的社会总体看来依然是一个有机的整体。也就是说，全知叙述的前提是可操作社群（Operative Community）的存在，其中叙述者是这个群体意识的代言人，他的评论可以有效引导阐释。

　　当詹姆斯提出的"意识中心"逐渐取代了全知视角，即个人视角逐渐代替全知视角，成为现代、后现代小说的重要叙述手法之一的时候，这恰恰也意味着个人主义的崛起和对权威质疑的时代的开启。在具体的小说创作中，视角本身的选择也成为一种道德实践。在詹姆斯看来，福楼拜的小说《情感教育》（*Sentimental Education*，1869）最大的失败在于以一个有道德缺陷的男主人公作为意识中心，"用他的意识记录下如此广阔和混杂的大量生活，这种打算是一个错误"[①]。詹姆斯本人的创作对人物视角的选择颇有讲究。他笔下的主人公，除了《大使》（*The Ambassadors*，1903）采取了男性"意识中心"，其他大多作品，如《一位女性的画像》（*The Portrait of a Lady*，1881）、《鸽翼》（*The Wings of the Dove*，1902）和《金碗》（*The Golden Bowl*，1904）等，都采取了女性的"意识中心"。詹姆斯选取女性视角为中心，深入女性内心，以女性的眼光去看待周边的世界，从这个角度上看，无论作品的内容如何，在结构上已经表达了作者对女性命运的同情和关注，正如他在《〈一位女士的画像〉序言》里写的那样："天天有千百万骄傲的少女，不论聪明的或不聪明的，在对抗着她们的命运，那么这对她们未来的命运究竟有什么影响，以致值得我们来为它呕心沥血？"[②] 可见，作家在选择视角的时候，就隐含着对视点人物的同情了，而这已经是一种道德实践了。

　　修辞学家韦恩·布斯（Wayne Booth）也有类似的论断。在布斯看来，福楼拜的《包法利夫人》（*Madame Bovary*，1856）中的女主人公爱玛有很多道德缺陷，但由于故事是通过她的内视点（inside view）呈现的，因此读者仍与她站在同一战线，并喜爱她。持续的内视点使读者希望与他共行的那个人有好运，无论其品质好坏。[③] 内视点最独特之处，在于它在一个有缺陷的女主角和读者之间

---

　　① 亨利·詹姆斯：《小说的艺术》，朱雯、乔佖、朱乃长等译，上海：上海译文出版社，2001年，第143页。

　　② 亨利·詹姆斯：《小说的艺术》，朱雯、乔佖、朱乃长等译，上海：上海译文出版社，2001年，第287页。

　　③ See Wayne C. Booth, *The Rhetoric of Fiction*, Chicago：The University of Chicago Press，1983，p. 246.

唤起了共鸣，从而引起读者的同情。事实上，视点选择的道德性还与人们的认知过程密切相关。人们对于不断出现在自己视线内的人物或事物，往往比对陌生人物或事物，更容易产生好感和认同。视角引发同情的原因可能是美学上的"内模仿"，即从外到内的"移情"：审美主体在欣赏活动中，总能分享对象的姿态和运动，会有一种内模仿的运动神经活动，从而在主体的心灵中产生一种自觉或主动的幻觉，仿佛要把自我变形投射到旁人或外物中去，同时又把对象的审美情趣吸引到自身上来。读者往往会同情视点人物，并认同其所做所为。

关于这一点，梁启超先生曾有过生动而形象的论述：读《红楼梦》，读者自拟贾宝玉，读《水浒传》则自拟黑旋风，因为文字具有"移人"之功效，在阅读中，读者常常会不自觉地内化主人公的意识，并受到影响，从小说主人公的角度去认识周边的事物。[①] 尽管电影和小说在表现媒介上有许多不同，但同作为想象性的艺术，就其叙述手法而言，无论从叙述者还是接受者的角度看，电影与小说都有诸多类似之处。如小说中一样，电影的视角人物常常也会潜移默化地影响观众的看法。

从这个角度重新去思考《狗十三》这部电影放映后舆论界会出现一边倒的局面的原因，或许就更清楚其症结所在了。影片希望表现以李玩为代表的青少年成长的内心煎熬，希望家庭教育中能多一些理解，少一些"冷暴力"。以李玩作为整部影片的视点人物，很好地达到了上述的效果。但从影片中偶尔闪过的背景片段中，我们又能感觉到家庭并不缺乏爱和理解，这似乎又与上述影片主题产生了冲突。况且，一味地从一名不太成熟的人物视角出发去引导观众体验周边的世界，在某种程度上，也不可避免地产生了一些价值误导，如一切都应该以她的感受为中心，成人的努力付出不值一提，世界全是错的，只有她是对的，等等。这种自我状态的过度沉湎，既不利于个人的成长，也不利于家庭及社会和谐关系的构建。

过度专注于个人的情感化和情绪化，有不少的弊端。当我们还在艳羡西方膨胀的个人主义的时候，西方则因自身的道德危机和福利问题，开始将目光转向东方，试图从东亚的社群主义中汲取恢复生机的力量。[②] 正如陈来先生所说，在以中国为代表的亚洲价值核心部分，是社群优先，而非一套个人主义优

① 参见梁启超：《论小说与群治关系》，《饮冰室合集》第 2 卷，北京：中华书局，1989 年，第6~10 页。

② 参见胡湛：《传统与超越：中国当代家庭变迁与家庭政策》，北京：社会科学文献出版社，2018 年，第 230 页。

先的价值观。① 当然，对于未成年人，我们可以更加宽容一些。但宽容不等于纵容，如何在体现青少年成长困境的同时，适时点出其沉湎于自我、过于个人化的局限性，成了一个棘手的问题。电影仅仅靠情节或内容本身的推动，很难处理好这个矛盾。也就是在这个意义上，影片更需要其他的维度，在形式和结构层面若能充分考虑人物视角的道德实践意义，引入一些其他的视角，或许能让问题得到妥善解决。在《狗十三》中，如能在电影中添加成人的视角，适时呈现李玩父亲或其他家庭成员对同一事件的看法，处理得好的话，增加的视角不仅不会弱化影片原有主题，还会强化情节冲突，同时还具有很好的引导作用。尤其是对于许多未成年观众而言，除需要在心灵上给予特别的关怀和照顾外，也需要让他们学会走出"自我"的藩篱，走出自怜、自爱的情绪化状态，在更广阔的空间里去理解长辈和周边的社会。

影片中巧设的双重或多重的视角为实现这样的理想提供了一种可能，它可以让隔阂世界的两代人看到彼此，互相倾听。例如，在电影《辣妈辣妹》（*Freaky Friday*，2003）中，母女出现矛盾后，影片没有让视角留在任何一方上，而是使用一种魔幻的手法，让母女互换身份，展示了母女两种视角，巧妙地让观众换位思考，进入母女两人内心世界，了解其学习或工作日常，从而产生共情。互换视角的背后，寄托了走出"自我"的理想，同时蕴含着构建互相理解的和谐家庭的努力。类似的方式在《喜福会》（*Joy Luck Club*，1993）中也曾使用。这部电影改编自谭恩美的同名小说。小说分别从四名母亲和四名女儿的角度讲述故事，视角相互交织，因为读者可以清楚地看到彼此的立场，所以可以更好地理解不同的出发点，而不是偏执地站在其中一方。还值得一提的是 2018 年 4 月底开始在我国上映的黎巴嫩电影——《何以为家》（*Capernaum*，2018）（曾获奥斯卡最佳外语片提名）。在这部电影中，虽然大多时候是通过小男孩赞恩的视角去看待一个支离破碎的成人世界，但除此之外，影片对其他角色的视角也进行了巧妙处理，特别是在审判庭上，镜头不断切换给赞恩的父母，让他们有机会发言，从他们的角度说出内心的无奈和困惑。这样的处理让观众对问题的本质有了更客观、更深刻的认识，而不是简单地将 12 岁男孩的看法内化成他们自己的看法，片面地去埋怨其父母的种种不是了。可以说，这是更高一个层次的理解，它比纯粹地站在一方的角度，更具有感染力和穿透力。

---

① 参见陈来：《中华文明的核心价值：国学流变与传统价值观》，北京：生活·读书·新知三联书店，2015年，第200页。

家庭是我们生于斯、终于斯的场所，是中国文化的精髓之一，是许多中国人的心灵寄托，家庭伦理对于中国人而言，具有宗教般神圣的意义。在影片《狗十三》里，我们看到一家三代中，老年人可以为了照看孙女无私付出，而李玩的父母，尽管爱的方式有争议，但不可否认的是，他们仍将家视作其奋斗目标和生存的意义所在，这也是当代中国许多家庭的真实写照。影片中紧张的代际关系在社会上所引发的热议，也从一个侧面证明了家庭在中国人心中不可替代的重要地位。

尽管随着现代化的进程，在"传统"向"现代"、"西方"向"本土"的双重转化中，中国人的家庭观念发生了很大变化，但中国的家庭却并未走西方那种家庭与社会、私域与公域相分离的道路。我国学者沈奕斐在对 40 多个中产家庭展开社会调查后，认为我国家庭具有越来越个体化的趋势。[①] 尽管该书只是针对 10 多年前上海地区的研究，但书中的家庭模式已经越来越成为当下中国许多城市家庭的缩影。这种个体化的特点与西方的"个人—社会"分离的模式不尽相同，它与讲求义务、奉献和牺牲的传统家庭价值观念之间仍持有相当的张力。这也意味着中国家庭在现代化过程中产生了不同于西方现代化家庭的新特点。

在上述双重转化的调适过程中，中国式的家庭的特点也引发诸多社会怪象。在代际关系上，最令人心痛的是那些因"爱之深"而酿成的悲剧。这些问题的产生，不仅仅是由于长辈不懂得如何去爱，也有子女不懂得如何去接受、适应的原因。无论是从家庭伦理的现实困境的角度，还是从艺术的社会功能的角度，都可以预见，电影作为当代越来越有影响力的一种大众化的艺术，在未来的日子里，依然会凭借其独特的方式参与家庭模式的构建。而电影创作者除了需要在内容、题材方面多加用心，还需要看到形式的作用，尤其是蕴含在人物视角里的道德意义。只有充分发挥这种手法的作用，让它与影片思想达到有机的结合和交融，才能更好地达到一种"寓教于乐"的作用，推动新时代家庭话语的建构。

---

① 参见沈奕斐：《个体家庭 iFamily：中国城市现代化进程中的个体、家庭与国家》，上海：上海三联书店，2013 年。

第四章　心理批评分析

早在公元前 4 世纪，亚里士多德就指出了悲剧对观众的影响，之后也有不少文学家通过阐释"何为诗歌""何为创造力"或"何为想象力"，试图解释人类个性的成长、发展和构成。不过，直到 19 世纪后期，此类推测才有了广泛的理论基础。

第一节　理论发展

心理批评分析指用心理分析技巧解释文学。传统的心理分析法为一种临床医疗法，主要通过让病人自由谈话，以揭示其内心压抑的恐惧和冲突。学界普遍认为该方法的临床疗效不足，但它对于我们如何看待自我，有着重要的影响。19 世纪末，西格蒙德·弗洛伊德（Sigmund Freud）创立了精神分析学，探讨无意识、被压抑的欲望和童年经历对行为的影响。20 世纪初，卡尔·古斯塔夫·荣格（Carl Gustav Jung）扩展了这一理论，提出了集体无意识、社会因素对人格发展的影响。雅克·拉康（Jacques Lacan）则进一步在其中融入了自我发展和语言对于心理的作用。

一、弗洛伊德

弗洛伊德是奥地利神经学家和精神分析学家，他对心理学最主要的贡献在于提出了"无意识"（unconscious）这一概念。与此相关的另一个重要概念是"压抑"（repression），即遗忘或忽略未解决的冲突、欲望以及过去的创伤，将它们从意识领域驱逐到无意识的领域。在此过程中，有一些压抑的欲望可能会"升华"（sublimation）成为社会认可的高尚的行为。

弗洛伊德还提出了"力比多"（libido）的概念，一种与性相关的力量。在他看来，个人的力比多是生存本能（Eros）和死亡本能（Thanatos）的一部分，它可以升华为其他的表现形式，如强烈的艺术情感或宗教情感。与此相关的概念俄狄浦斯情结（Oedipus Complex），也称作"恋母情结"，指男性幼儿具有天生的"杀父娶母"欲望。例如，莎士比亚笔下的哈姆雷特面对杀父仇人克劳狄斯迟迟不肯下手，弗洛伊德认为是因为克劳狄斯象征着自己的欲望，犹豫不决恰恰体现了他内心的冲突。职场上的竞争，家庭子女之间在父母面前争宠，以及很多代与代之间的矛盾和焦虑，都可以看作俄狄浦斯情结的暗示。

　　"梦的运作"（dream work）是弗洛伊德心理学的另一关键词。在他看来，梦是一个安全舱口或安全阀，无意识通过凝缩（condensation）和置换（displacement）的机制，将压抑的欲望、恐惧和记忆转移到意识的层面。所谓"置换"，指的是一个人或者一件事情被另一个相关的东西取代，这个东西可能只是一个发音相近的词语，或是象征化的代替。"凝缩"指的是几个人、事件或意义在梦里被一个意象取代。无论是"置换"还是"凝缩"，都是因为压抑的情感受到意识层面的审查和禁止，不得不以一种换装的、变形的方式在梦里出现。例如，一个长期生活在父亲的权威之下，但内心又渴望挣脱这个枷锁的年轻人梦到了罗马士兵，这个意象很可能是在家庭里作为严格、权力的象征的父亲的"置换"；如果这个年轻人正好热恋着某个女性，而这个关系又不被他父亲认可，那么罗马士兵很可能还是其恋人（西方有习语"拉丁恋人"）的标志——罗马士兵成了年轻人父亲和恋人两个意象合二为一的"凝缩"。这样的解读，与我们对文学文本的阐释就很接近了。与文学一样，梦也不是直接"告诉"我们结论，而是通过意象、象征和隐喻的手法，间接、含蓄地"暗示"一些东西。弗洛伊德对于梦的解析，对于无意识的分析，就像我们对诗歌、小说的分析一样，具有很强的个人的主观"意会"成分，这也是为什么它不被视作严格意义上的科学的重要原因。

　　把文学创作看作压抑的产物，并非弗洛伊德的独创。古罗马有"愤怒出诗歌"一说，中国古人也有类似的看法，如"圣贤发愤之所为作""事贫贱易安，幽居靡闷，莫尚于诗矣""国家不幸诗家幸，赋到沧桑句便工"等。但是，把压抑的范畴缩小为性压抑，则是弗洛伊德的独创，难免失之偏颇。不过，与其简单地批判其观点的局限性，不如思考一下这个观点为何在 19 世纪末凸显。弗洛伊德心理分析在现代社会的影响，不可小觑。就文学批评而言，把一部伟大的作品看作心理分析案例，必然会错过其更宏大的意义，甚至让我们失去了重要的审美体验，但是，如果把心理批评分析简单看作神经质的、毫无意义的，并因此而将其拒之门外，无疑也会让我们丧失理解文学、理解人性和认识自我的重要工具。①

二、荣格

荣格是瑞士的精神病学家和精神分析学家，他曾是弗洛伊德的学生，但不像弗洛伊德那样强调个人无意识。在《无意识心理学：力比多的转化与象征研究》（*Psychology of the Unconscious: a Study of the Transformations and Symbolisms of the Libido*，1912）中，荣格认为，性动力对个人成长有影响，但并没有弗洛伊德所说的那么重要，因此不应该成为个人品质的决定性因素。在《原型与集体无意识》（*The Archetypes and the Collective Unconscious*，1959）中，荣格提出了原型和集体无意识理论：无意识不仅仅是一个个人压抑记忆的存储库，还包含普遍存在的、继承的图像和模式，这些原型塑造了跨文化和历史的人类经验。他还提出了"阿尼玛和阿尼玛斯"（Anima and Animus）、"原型"（Archetype）、"个体化"（Individuation）、"人格面具"（Persona）等重要概念。

《人与符号》（*Man and His Symbols*，1964）或许是荣格最易读的著作之一，书中解释了符号、梦境和神话如何作为桥梁，连接意识和无意识。他认为，一些原型是跨文化共享的，并且是理解人类行为的关键。《心理类型》（*Psychological Types*，1921）则介绍了个性类型理论，根据人们的心理偏好将其分为不同类型，如内向与外向、思维与情感。这些偏好会影响个体对世界的感知。本书还为后来广为人知的迈尔斯－布里格斯性格类型指标（MBTI）②奠定了基础。

荣格的思想影响了许多作家和诗人，像乔伊斯、黑塞和叶芝等，都曾将荣格的思想融入他们的作品中。黑塞的小说《荒原狼》（*Steppenwolf*，1927）探讨了自我二重性的主题（与荣格的"影子"概念相关），而乔伊斯的《尤利西斯》则通过运用神话和象征结构，在一定程度上呼应了荣格的原型理论。荣格和叶芝都将神话视为通往普遍真理的重要途径，荣格试图从神话中理解人类心理学，叶芝则将神话作为艺术灵感源泉，在其诗歌中融入了神话和神秘主义元素，从凯尔特、希腊和印度传统中汲取创作灵感。

---

① See Wilfred L. Guerin, Earle Labor, etc., *A Handbook of Critical Approaches to Literature*, London: Oxford University, 1999, p. 156.

② 其指一种人格测试理论模型。

三、拉康

拉康是一位法国精神分析学家和精神病学家。从 1953 年到 1981 年，拉康每年在巴黎举办研讨会并发表论文，这些论文后来被收录在《文集》（*Écrits*，1966）一书中。1954—1976 年间的研讨会记录也得以出版。拉康对心理学最大的贡献之一，是他提出的"镜像阶段"（The Mirror Stage）。

镜像阶段是拉康理论中关于自我发展的一个关键概念。它描述了一个发展性时刻，通常发生在婴儿 6 到 18 个月之间，当婴儿第一次在镜子中看到自己的影像的时刻。这个时刻对于孩子来说既重要又矛盾。这一阶段是一个自我认同阶段，婴儿看到镜中的自己，并对这个影像产生认同，它标志着"自我"（ego）开始形成，因为婴儿将镜中的影像理解为自己的一种反映。然而，拉康认为，这种认同也是一种疏离。孩子认同的是一个与自己的真实自我分离的影像，在"我"（实际自我）和"我自己"（镜中的影像）之间，有着不可逾越的隔阂。婴儿意识到自己的影像，但又与之保持距离，导致"自我"的持续紧张和分裂。

拉康认为，镜像阶段是自我发展的基础。"自我"是基于理想化的自我影像（"镜像"）而构建的，孩子会努力追求这一理想自我，但无法与之完全吻合。这种分裂的自我影像在人类心理学中是一个持续的主题，因为个体总是在不断地形成和重塑他们的身份，以适应外部影像和社会的期待。拉康的镜像阶段为分析文学中人物的自我发展和自我认知提供了一个框架。在镜中的自我认同时刻常常被视为文学中的一个关键时刻，标志着人物进入了一个象征性的语言和身份的世界。

镜像的概念在文学作品中也有很多体现，人物角色通常通过反思自我形象，经历自我发现或身份的碎片化。例如，在玛丽·雪莱（Mary Shelley）的《弗兰肯斯坦》（*Frankenstein*，1818）中，当怪物弗兰肯斯坦第一次在水中看到自己的倒影时，他觉得丑陋而陌生，这摧毁了他的身份认同。这反映了镜像阶段中的误认（méconnaissance）[①] 主题，因为他无法将这个影像与内心自我相调和。在《简·爱》中，阁楼上的疯女人伯莎可以看作简扭曲的自我的投影——另一个自我（other self）。简与伯莎的相遇，使她不得不正视压抑的自我，直面身份的异化和破碎。在王尔德小说《道林·格雷的画像》中，完美无

---

① 这指的是婴儿在看到的镜像外在于自身，这个镜像不可能跟自我融合，因而是一种"误识"。

瑕的画像无疑是一个镜像的隐喻，象征着外界对道林的期待，当道林越来越迷恋画像，越来越依赖它来定义自我的时候，他的"理想的自我"（或他人"凝视"的自我）与有缺陷的"真实的自我"之间形成了不可调和的冲突，最终导致了自我的分裂，引发了自我毁灭。

拉康思想的另一重要贡献，是把无意识看作语言一样的结构，我们将在第二节的"四、象征界"里展开介绍。拉康的理论，超越了弗洛伊德的生物决定论，在后结构主义和解构主义文学思潮的发展中起到了重要作用，德里达和福柯都曾受到拉康关于语言、主体性和意义建构的思想影响。

第二节　概念与方法

弗洛伊德精神分析关注无意识、压抑和性驱动力，荣格强调集体无意识、原型和个体化，拉康理论则专注于语言、欲望和分裂的主体。下面将选取心理批评分析中最重要的概念展开论述。

一、无意识

无意识理论的提出，是弗洛伊德最具革命性的贡献。弗洛伊德认为人的意识可以分为以下三个层面（见图 4-1）：

第一，意识层面（the conscious），指我们当前意识到并能轻易接触的思维和情感；

第二，前意识层（the preconscious），包括那些当前不在我们意识中的思维和记忆，但可以通过努力唤起到意识中，例如在提示下触发的记忆；

第三，无意识层面（the unconscious），心灵中最深处的部分，包含被压抑或抑制的思维、记忆、欲望和情感，要让它浮出水面，需要投入大量精力，但即便如此，也可能徒劳无功。

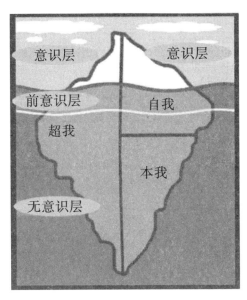

图 4-1　意识的三个层面

弗洛伊德通过大量的临床案例指出，我们的行为大多时候都受到我们不能控制的无意识的影响，人的大脑就像冰山一样，大部分都藏在水面下。他在《心理人格的剖析》（"The Anatomy of the Mental Personality"，1933）中写道：

在我们古老的理解中，"无意识"是一个描述性的词汇。它影响着我们，但无法直接被感知……准确一点说，"无意识"是这样的一个过程：它在某个时段很活跃，但在那个时段里，我们却对它一无所知。[①]

弗洛伊德指出，人类的许多行为、思维和情感都受到无意识过程的影响——这些无意识的思维、记忆和欲望超出了意识的范畴，却在我们毫无察觉的情况下，影响着我们的行为、梦境和人际关系。它有多种表现形式，压抑（repression）是其中的一种。

根据弗洛伊德的理论，令人不快或社会上不可接受的欲望和思维会被压抑到无意识中，以避免可能引起的焦虑或不适。例如，一个创伤性的经历可能会被压抑，个体不再在意识中思考它，但它可能通过梦境改装后重现。弗洛伊德

---

① Sigmund Freud，"The Anatomy of the Mental Personality," in *New Introductory Lectures on Psychoanalysis*，New York：Norton，1964，pp. 99-100.

将梦境视为理解无意识心灵的直接途径。他认为，梦境是压抑欲望和冲突的表现，通过梦境分析，可以解读无意识中的内容。此外，口误或失言（Freudian Slips）也可以揭示人的无意识思维或欲望。例如，无意中提及伴侣的名字，可能表明潜意识里的情感或压抑的欲望。在临床上，弗洛伊德的精神分析方法旨在鼓励通过自由联想（随意谈论想到的任何事情）解读梦境，揭示来自无意识的压抑。

二、本我、超我与自我

在弗洛伊德的精神分析理论中，"本我"（id）是人类心灵的三个组成部分之一，处于无意识的深处（见图 4-1），与"自我"（ego）和"超我"（superego）并列（见表 4-1）。"本我"代表了心灵中最原始和无意识的部分，受到本能和欲望的驱动。它完全按照快乐原则运作，不顾及现实、社会规则和道德，追求欲望的即时满足。"超我"则代表了道德的约束，抑制冲动，追求完美或人类生活中更加"高尚"的部分。"超我"约束"本我"，尤其要压制"本我"中不为社会所接受的部分。"自我"则遵循现实原则，它是理智的、讲求逻辑，对"本我"进行规约。

表 4-1　本我、自我与超我

"我"	遵循原则	代表内容
本我	快乐原则	动物性
自我	现实原则	人性
超我	道德原则	神性

例如（见图 4-2），一个人想要什么东西，追求快乐原则，"本我"会说：我现在就要（I want it now）。而"超我"马上就警告它：现在不行，这样是不对的（You can't have it. It's not right）。最后表现出来的那个"自我"则说：为了得到它，我需要先好好规划一下（I need to do a bit of planning to get it）。

图 4-2　三重人格示例

弗洛伊德的精神分析理论指出，一个人在自我管理过程中，可能会产生焦虑、压力和内心冲突，这就需要一套防御机制（defense mechanism）来调节。这些机制帮助个体免受不愉快的情感、思维或冲动的影响，并使他们能够应对过于压抑的情境。防御机制以某种方式改装现实，使内心的冲突变得可以接受，从而减少焦虑感。

"记忆屏幕"（screen memory）就是一种重要的防御机制，它用一些琐碎的、无关紧要的记忆去抹除一些更大影响的记忆。其中典型的例子就是"失误行为"（parapraxis）：在无意识里压抑的东西通过日常的口误、笔误和无意识行为透露出来。此外，常见的防御机制有否认（Denial）、合理化（Rationalization）、倒退（Regression）和升华（Sublimation）等。

（一）否认

"否认"指拒绝接受过于痛苦或具有威胁性的现实或事实。例如，一个酗酒的人可能否认自己有饮酒问题，尽管有明确的证据表明情况相反；在《伟大的盖茨比》中，盖茨比否认过去的自我，也拒绝承认他与黛西之间浪漫情感的不可能性。

（二）合理化

"合理化"指为那些实际上由非理性或无意识因素驱动的行为或情感提供逻辑或合理的解释。例如，莎士比亚戏剧《麦克白》中，麦克白通过说服自己成为国王是自己的命运，来为杀害邓肯辩解，以自我欺骗掩盖内心的不安和内疚。这种心理防御机制，在鲁迅笔下的《阿Q正传》中也比比皆是。

（三）倒退

"倒退"指个体在面对压力或焦虑时回到早期发展阶段的行为。例如，经历重大人生危机的成年人可能会表现出孩子般的行为，寻求父母的庇护或参与孩童活动。在塞林格的《麦田里的守望者》（*The Catcher in the Rye*，1951）里，考尔菲尔德经常退回到幼稚或冲动的行为中，以此来躲避成年生活的残酷现实。

（四）升华

"升华"指的是将不可接受的冲动转化为社会接受或建设性的活动的过程。例如，一个有攻击性倾向的人，可能会将这种能量投入体育运动或创作活动（如绘画）中，而一个小时候喜欢用刀具伤害小动物的男孩，长大后可能会成为外科医生，将之前不被接受的行为变成社会认同的行为。

防御机制的概念由弗洛伊德提出，并由其他精神分析学家进行扩展，对心理学、文学、艺术和文化研究产生了深远的影响。通过利用防御机制，个人和社会能够应对焦虑、创伤和冲突，并在混乱中寻找意义。这些机制深化了艺术的表达，成为推动角色行动和决策的动力，有助于展现身份、创伤、道德和人际关系等主题，并让观众在体验作品中人类脆弱性的同时形成共情。

三、集体无意识

与弗洛伊德专注于个人无意识不同，荣格提出了集体无意识的概念。"集体无意识"是无意识里人类由祖先的记忆和观念留下的，不同于其他物种的、普遍共享的经验，除了生物基因外，还包含文明史、民族志、大脑和神经的发展以及普遍心理演变。个人的无意识可以被压抑或遗忘，而集体无意识不会因为个人的认知行为而改变，也不会因此被遗忘。

集体无意识包含原型——普遍存在的、继承的符号或模式。这些符号或模式塑造了人类的经验，并在不同文化和历史中得以体现。原型不是后天学习的，而是与生俱来的，体现我们以某种方式感知和回应世界的内在倾向。这些原型通常在神话、故事和梦境中表现出来。例如，在世界上许多不同文化中，大海都象征着生命之母、永恒、死亡与重生；绿色代表着成长、新生和希望，黑色代表神秘、死亡和邪恶；数字"4"常和循环有关，如生命循环、四季轮回等；圆环代表统一、完整，如中国的阴阳八卦和源自古埃及的衔尾蛇（见图4-3），都代表着生命、死亡与重生的循环，象征着毁灭与创造的永恒轮回，以及两种对立力量之间的动态平衡与统一。此外，还有敢于踏上征程、面对挑战和经历转变的英雄模型（The Hero），代表被压抑的欲望或特质的阴影模型（The Shadow），象征智慧与精神向导的智者原型（The Wise Old Man），以及阿尼玛/阿尼姆斯（The Anima/Animus）[1] 等。

阴阳八卦　　　　　衔尾蛇（Ouroboros）

图4-3　不同文化中的圆

例如，托尔金的《指环王》（*The Lord of the Rings*，1954，1955）三部曲充分体现了原型结构。弗罗多体现了英雄的原型，他踏上了一段充满危险的旅程，目的是摧毁至尊魔戒。在旅途中，他遇到了甘道夫——智者老人的化身，以及咕噜——诡计者和阴影原型。通过这些原型，托尔金的叙事在深层心理层面上与读者产生共鸣，超越了中土世界的具体情境，唤起了关于勇气、诱惑和救赎的普遍主题。又如，伍尔夫的《奥兰多》是现代主义文学中的一个里程碑，其勇敢地探索了性别、身份和时间的主题。小说以奥兰多变化的性别作为叙事工具，体现了男性与女性特质的融合。在伍尔夫的创作观念中，创造力来自对二元性和谐的实现——这一主题与荣格的个性化理论相呼应，即心理通过接受其对立面而实现统一。

荣格的集体无意识概念挑战了无意识仅仅是个人的、个体化的看法，将它扩展为一个影响着人类行为、经验和发展的共享的、超个人的领域。通过承认普遍模式的存在，荣格的理论为理解人类共同心理遗产提供了范式，在心理、

---

① 阿尼玛/阿尼姆斯指男性无意识中的女性面（阿尼玛）或女性无意识中的男性面（阿尼姆斯）。

文学、艺术和文化领域都有着深远的影响，尤其影响了文学批评家诺思罗普·弗莱（Northrop Frye）的文学原型理论。弗莱基于荣格的理论，探索了文学中反复出现的模式，并将其与普遍的人类心理和文化传统联系起来，其著作《批评的解剖学》（*Anatomy of Criticism*，1957）根据普遍的神话和原型模式，将文学分为四种叙事结构或称神话模式：

第一，春天——喜剧（Comedy），象征着新生与希望，主人公克服重重困难，获得重生。

第二，夏天——传奇（Romance），象征着活力、完美，主人公出生，生命的巅峰。

第三，秋天——悲剧（Tragedy）：象征着衰退、死亡，主人公堕落（fall，"堕落"，与"秋天"同音）。

第四，冬天——讽刺/反讽（Satire/Irony）：象征荒凉、绝望，英雄失败，重归黑暗和混乱。

弗莱的"四季"框架强调了文学的循环性及其与人类普遍经验的深刻联系，通过将叙事与自然季节的循环联系起来，为读者理解跨文化和历史中反复出现的原型和模式提供了一个统一的框架。

四、象征界

法国精神分析学家拉康，通过结构主义和后结构主义的观点重新诠释了弗洛伊德的思想，发展了一个更为复杂的理论，特别是在语言、身份和无意识方面。对于弗洛伊德而言，"有意识的个性"（the conscious personality）或"自我"（the ego）的行为可以通过无意识的行为或举止得以认识，而在拉康这里，对无意识的强调被推向另一个极端——无意识构成了存在的本质。

在拉康看来，语言先于个体而存在，"无意识"的构成与语言类似，它像语言一样被结构化。这意味着无意识会按照语言规则运作，具有类似于语言的功能。拉康强调了符号（词语或象征）在塑造无意识中的重要性，并认为无意识不是一个混乱的、不理性的空间，而是经过了象征系统组织的。这一观点将精神分析的焦点从分析生物驱动转移到探索支配人类行为的象征秩序上。具体而言，拉康认为一个词的意义不是取决于现实的物，而是由它跟其他词语的差别决定的。例如，在公共卫生间外，两扇完全一样的门，一个标着"男"，一个标着"女"。如果词语是指向现实物体的，那应该用同一个词指称这两扇门，可是，我们却在语言系统中对它们的意义进行了区分。因此，词语的意义并不指涉外部的现实世界，而是在语言的体系里的自我指涉。

在拉康的理论中，无意识也和语言一样，是一种自我指涉。我们可以看一个例子。在英语中，有许多关于"黑"和"白"的词。大多与"黑"有关的词汇都是贬义的、负面的。如"black list"是"黑名单"，"black sheep"是"害群之马"，"black words"是"不吉利的话"。大多关于"白"的词汇都是褒义的、正面的，如"white list"是"合法的市场"，"white days"是"黄道吉日"；而谎言如果的"白色的"（"white lie"），那也是"善意的谎言"。这些词汇的意义存在于文化结构和习惯思维之中，在个体出生之前就存在了。一个人出生之后，从开始学说话起，就潜移默化地受到语言的影响，无论现实情况如何，在无意识中，人们就已经接受"黑的不好""白的好"这样的观念的作用。在拉康看来，类似的"无意识"还有很多，它决定了一个人的存在。笛卡尔曾经说过"我思，故我在"，但在拉康看来，或许应该变成："我不思，故我在。"因为像语言这样的无意识存在，在我们出生之前就决定了我们对世界的看法。当拉康指出"我"是由无意识构成的，启蒙主义时期那个理性的、能思考的"我"，就完全被解构了。

进入语言的阶段，也是进入象征界（The Symbolic）的阶段。象征界是语言、文化、社会规范和法律的领域，是个体进入社会的层面，涉及所有调解个体与世界关系的结构和系统。象征界是交流、无意识和社会结构的领域。拉康认为象征界与语言密切相关——正是通过语言，个体才进入社会秩序，主体是由语言塑造和决定的，因为语言塑造了我们对现实的体验，并影响着我们无意识的思想和欲望。拉康使用"父名"（Name-of-the-Father）这一隐喻，指代调节孩子与母亲及外部世界关系的法律或象征秩序。父亲被视为权威、法律和分离的象征，引导孩子从即时满足的状态（想象界）进入规范和社会秩序的世界（象征界）。象征界是主体意识到其欲望与社会秩序要求之间的差距的地方。正是通过语言和文化体系，个体才得以理解自己在社会中的位置，同时他们也体验到一种缺失和欲望，因为语言永远无法完全捕捉或满足他们内在的主体性。

拉康的精神分析理论在很大程度上受到了索绪尔结构语言学的深远影响。索绪尔关于"语言"和"言语"的思想为拉康重新诠释弗洛伊德精神分析奠定了基础，尤其是能指（声音或图像）与所指（概念或意义）理论。拉康借用这一概念来阐释"无意识的结构如同语言"：能指独立于所指运作，形成一种不断转换的意义链条，它反映了无意识中能指的无穷游戏，欲望是由意义的不断延宕驱动的，主体试图在象征秩序中找到自身的位置，但这种尝试永远无法完成，因为能指的链条永无止境。

与象征界相关的另外两个重要概念是想象界（The Imagery）和实在界（The Real），三者均为主体性结构的秩序。象征界涉及语言、法律和社会规范；想象界指的是图像、幻象和视觉认同的领域，它在主体自我意识的形成过程中起着关键作用。自我是建立在镜像阶段发生的误认基础上的。孩子与镜中形象的认同是一种幻象，但它为自我不断寻求统一并维持自我意识奠定了基础。自我总是围绕着一个理想的自我形象构建，这个形象来源于镜中所见的影像。然而，这个形象在现实生活中永远无法完全实现，因为孩子对自己身体的体验是支离破碎和不完整的。理想化形象与身体经验的支离破碎、与现实之间的鸿沟，造成整个生命的紧张和疏离。实在界是超出语言范围且无法被符号化的东西，它不是一个具体、特定的事物，而是代表了我们所能知道、描述或理解的极限。实在界总是超出象征界和想象界的范畴。尽管我们可以试图通过语言或图像来再现它，但这些尝试永远无法完整或准确地代表它，因为它总是抵抗再现。

拉康对汉斯·霍尔拜因的《大使》（*The Ambassador*，1533）（见图4-4）的分析是他关于凝视及其与主体性、欲望和实在界的关系的最著名讨论之一。霍尔拜因的《大使》描绘了两位富有的男子，他们站在象征知识、财富和世俗社会的成功物品中。乍一看，这幅画展现了文艺复兴以来人文主义的盛行及对物质世界的掌控。然而，画作中也包含了一个变形的、失真的骷髅，只有从特定角度才能看清。从正面的角度看，骷髅是一个奇怪的模糊物，打破了和谐的构图。骷髅作为视觉场中的污点，是破坏主体对画作意义完全掌控的一个点。对这幅画的凝视并非由观看者控制；相反，画作通过这个变形的骷髅"回望"观看者。这种回望扭转了观看者与画作之间的关系，使主体（观看者）意识到自己作为他者视野中的一个对象，承认了自身的死亡和脆弱。拉康认为骷髅代表着实在界，一种无法用符号系统表达的经验维度。实在界具有侵入性和破坏性，骷髅代表死亡、死亡意识和最终无法被人类知识和符号系统完全解释的存在。要看清骷髅，观看者必须改变自己的位置，放弃画作的中心视角。这种变化象征着欲望的破裂：对意义或统一的追求总是被实在界的侵入所阻碍，实在界揭示了无法实现完整性的事实。拉康的分析展示了凝视如何破坏主体的定位，变形骷髅代表了实在的破坏性力量，它侵入了象征界秩序（意义的有序世界），并破坏了想象界秩序（观看者对掌控和统一的幻想）。

图 4-4　大使

五、主要方法

文学中，心理批评分析常常从以下切入点展开文学研究：

第一，探讨作者、作品中角色或读者的无意识的动机和情感，关注文学作品中出现的各种心理症候，突出个人的心理，弱化外部社会的影响。

第二，分析故事中的原型和集体无意识的主题。

第三，将心理术语应用于文学史的研究之中。例如，布鲁姆的《影响的焦虑》把后一代诗人为处在前人的影响之下而难以建立自己的身份所产生的心理称为"负债的焦虑"，这在心理分析中很可能会被解读成是一种恋母情结。

第四，分析作品中的镜像阶段和无意识的主导性，探讨身份和语言如何塑造主体性。偏向分析反现实主义作品，将文学文本看作拉康的语言和无意识观点的体现，尤其是所指（意义）的难以捉摸性。

总之，心理批评分析试图揭示塑造文学文本的潜意识欲望、恐惧和冲突，通常涉及压抑、身份认同和欲望等主题，揭示了文本如何处理心理复杂性，使其成为解读文学深层意义的有力工具。下文将以《哈姆雷特》为例展开分析。

第三节　批评与实践：
"犹豫（忧郁）王子"哈姆雷特的延宕

　　莎士比亚的《哈姆雷特》被认为是西方文学中最具心理复杂性的作品。剧中的主角哈姆雷特在为父报仇的过程中犹豫不决，这一主题贯穿整个悲剧。虽然对哈姆雷特的犹豫有多种解释方式，但从心理批评分析的角度，特别是弗洛伊德理论的视角，可以更深刻地理解哈姆雷特的内心冲突、心理斗争和最终的悲剧。

一、俄狄浦斯情结

　　弗洛伊德对哈姆雷特犹豫的经典解释之一，是他在潜意识中经历的俄狄浦斯情结。哈姆雷特对母亲的复杂情感在他延迟报仇的过程中起到了关键作用，他对母亲在父亲死后迅速再婚的愤怒与厌恶，表明了他潜意识中对母亲的情欲需求，这恰恰是社会所禁忌的。哈姆雷特犹豫不决的原因在于他无法面对这种禁忌的欲望，内心感到罪恶。
　　俄狄浦斯情结的基本理论是，男孩在成长过程中会对母亲产生潜在的性欲，同时将父亲视为情感上的竞争对手，认为父亲威胁到自己获得母亲青睐的机会。就哈姆雷特而言，克劳狄斯即是他的杀父仇人，也是他无意识中本我欲望的投射，杀死克劳狄斯就是杀死自己，这就导致了他对克劳狄斯的矛盾态度。

二、"自我"与"超我"冲突

　　哈姆雷特犹豫的另一个精神分析学解释是自我与超我之间的冲突，尤其是罪疚感的影响。"超我"代表着个人内化的社会道德标准，在哈姆雷特这里，为父报仇的自我欲望与内心的道德意识产生了剧烈冲突，它不断对哈姆雷特的行为进行批评。随着剧情发展，哈姆雷特愈发意识到谋杀的后果。一方面，谋杀行为本身不为社会容许，要遭受道德的谴责，这使得他在复仇行动中总是感到不安；另一方面，戏剧结尾向我们暗示了"国不可一日无君"，克劳狄斯的死将给邻国创造入侵的机会，让国家陷入战争与混乱。因此，尽管他有强烈的复仇欲望，但这一内心的矛盾使他一直处于无法打破的心理束缚之中，迟迟无法采取行动。

三、哈姆奈特（Hamnet）与哈姆雷特（Hamlet）

莎士比亚对哈姆雷特的描绘可能反映了他在失去儿子哈姆奈特后的悲痛和心理斗争。哈姆奈特于 1596 年去世，时年仅 11 岁。弗洛伊德注意到"哈姆雷特"和"哈姆奈特"这两个名字之间的相似性。戏剧中关于死亡、哀悼和家庭冲突的主题，可能反映了莎士比亚失去儿子后的感受。弗洛伊德认为哈姆奈特的去世对莎士比亚而言可能是一次创伤性的事件。在弗洛伊德的理论中，未解的创伤或悲痛可以通过创作转化为艺术，即通过升华的方式表现出来。莎士比亚可能将自己的悲痛升华到《哈姆雷特》中，创造出这个在情感和心理上深刻挣扎的角色。哈姆雷特的忧郁症（抑郁症）——表现为瘫痪、内省和绝望——可能是莎士比亚哀悼过程的反映。虽然戏剧主要关注哈姆雷特与他父亲的关系，但它同样深刻探讨了遗产、纪念和家族传承的主题。莎士比亚在失去唯一儿子后，可能强烈意识到遗产的脆弱性。

总之，从弗洛伊德心理分析的维度看，哈姆雷特的忧郁（抑郁症）源于他对禁忌欲望的压抑，他的优柔寡断和自我厌恶反映了一种内在的冲突——一方面是为父复仇的责任，另一方面是对克劳狄斯的认同。哈姆雷特延迟为父复仇的行为，是他内心潜意识欲望、内化的罪恶感以及自我与超我之间的冲突共同作用的结果，而这可能源于莎士比亚的心理挣扎，由此将戏剧的主题与莎士比亚的个人经历（如他儿子哈姆奈特的去世）联系了起来。

事实上，弗洛伊德对哈姆雷特犹豫的解释，在他的心理分析框架之内虽能自圆其说，但也不乏争议。将哈姆雷特复杂的动机简化为单一的无意识性欲望，这种解读简化了哈姆雷特的智力和情感深度，而哈姆雷特所面临的是存在问题、道德困境以及荣誉和复仇的文化价值。弗洛伊德的解读，似乎是强行将哈姆雷特套进俄狄浦斯情结的模式，缺乏充分的文本证据。虽然哈姆雷特与格特鲁德之间确实有紧张关系，但剧中并未明确暗示哈姆雷特对母亲有性欲。例如，哈姆雷特对格特鲁德的愤怒可以被看作对她背叛哈姆雷特王的反应，而不是压抑的性嫉妒。

从更大的层面看，哈姆雷特的犹豫，还是一个时代的回响。"文艺复兴"为"Renaissance"，意为"重生"（Rebirth）或"再生"（Rebirth），主要指对古希腊时期文明的复兴，尤其是在经历了漫长的中世纪之后，对人文主义的召唤。在《哈姆雷特》中，随处可见对人性的赞美之词：

> 人是多么了不起的杰作！多么高贵的理性！多么伟大的力量！多么优美的仪表！多么文雅的举动！在行为上多么像一个天使，在智慧上多么像一个天神！宇宙的精华！万物的灵长！①

还有奥菲莉亚对哈姆雷特"一世英才"的称颂：

> 朝廷人士的眼睛、学者的舌头、
> 军人的利剑、国家的期望和花朵、
> 时尚的镜子、文雅的典范、
> 举世瞩目的中心……②

这与中世纪的一切以神学为中心，人性被笼罩在神性的阴影之下的观点形成了鲜明的对比。《圣经》的教义宣传的是一种谦卑、顺从和自我牺牲的品性，在尼采看来，这是一种奴性原则，是一种让穷人安分守己、服从命运安排的哲学。而古希腊文化则倡导一种敢于反抗的、积极主动的精神，阿喀琉斯、赫拉克勒斯、奥德修斯等人物，无一不是英勇无畏、坚决果断的积极主动的角色。但对于文艺复兴时代的人而言，在经历了漫长的基督教的洗礼之后，他们不可能完全回到以人为中心的古希腊时代。

> 究竟该忍气吞声来忍受狂暴的命运矢石的交攻
> 还是该挺身反抗无边的苦恼，
> 扫他个干净呢？③

哈姆雷特的犹豫承载了古希腊文化和希伯来文化中两种不同的英雄观——是"逆来顺受"，还是不顾一切"奋起反抗"？这体现了一个处于千年未有之变

---

① William Shakespeare, *Hamlet: Prince of Denmark*, Philip Edwards, ed., New York: Cambridge University Press, 2003, p.143.

② William Shakespeare, *Hamlet: Prince of Denmark*, Philip Edwards, ed., New York: Cambridge University Press, 2003, p.162.

③ William Shakespeare, *Hamlet: Prince of Denmark*, Philip Edwards, ed., New York: Cambridge University Press, 2003, p.158.

局的时代关口上时人对于未来何去何从的思考。

对于"两希"① 文化的犹豫不决的态度，在文艺复兴时期其他文艺作品中也多有表现。这个时期虽然倡导人文主义、人文思想，但并不是要抛弃希伯来文化，许多伟大的作品恰恰是二者的调和。例如，米开朗琪罗的《创造亚当》（见图4-5）通过神学的主题，歌颂人类的不平凡，亚当几乎可以与上帝拉手；拉斐尔的《椅中圣母》（见图4-6）中的圣母平易近人、温婉可亲，处处闪耀着人性之美。可以说，对"两希"文化的摇摆不定，几乎贯穿了整个西方现代之前（直到尼采宣称"上帝死了"）的文明史。启蒙主义时期，斯威夫特创作的《格列佛游记》（*Gulliver's Travels*，1725）中对人性的讽刺，或许可以看作对文艺复兴"以人为中心"的一种反思；在科学技术高度发展的 18、19 世纪，很多科学家仍把世界看作上帝的创造，科学研究的目的不过是更好地理解上帝的伟大，到了 20 世纪，诺贝尔文学奖获得者戈尔丁的《蝇王》（*Lord of the Flies*，1954）又重新追溯人性恶的主题。

图 4-5 创造亚当(局部)

图 4-6 椅中圣母

如果能把莎士比亚创作《哈姆雷特》放到整个西方思想史的背景里来理解，我们就能更好地理解这部作品的伟大之处。在整个西方文明传统中，莎士比亚用一部戏剧，准确地把握了一个时代的心理，一个在西方不断重现的母题，并在历史的潮流中不断激起后人碰撞的水花。

---

① "两希"指西方文明的两大源头：古希腊文化和希伯来文化。

第五章　女性主义

女性主义是一种社会、政治和思想运动，主张性别平等，它挑战了维系权力不平衡的父权制规范，关注薪酬不平等、性别暴力、生育权利以及社会期望等问题。女性主义还强调通过解构僵化的性别角色来赋予所有性别力量，认识到父权制系统同样伤害男性，质疑传统叙事，倡导更具包容性的表达，其核心目标是创造一个人人都能享有平等机会和尊重的世界。

第一节　理论发展

女性主义批评探讨文学如何反映、延续或挑战对女性的压迫，关注性别动态、女性的形象再现以及父权制意识形态如何塑造文本。女性主义批评还致力于重新发现和重新评价在传统文学研究中被忽视的女性作家的作品，其发展大体经历了以下三个阶段。

一、第一波浪潮

女性主义有着长期的政治历史，玛丽·沃斯通克拉夫特（Mary Wollstonecraft）《女权辩护》的出版（*A Vindication of the Rights of Woman*，1792）是女性主义历史上的重要里程碑。它将启蒙思想应用于女性权利的讨论中，使用当时社会主流支持的女性话语进行有力的辩护：作为母亲和妻子的女性，若能接受良好的教育，可以更好地履行职责，并在家庭和社会中发挥更积极的作用。约翰·斯图尔特·密尔（John Stuart Mill）的《女性的从属地位》（*The Subjection of Women*，1869）是 19 世纪女性主义理论的重要著作之一。该书系统地论证了性别平等的必要性，特别是在教育、就业和政治方面的平等权利。1848 年《情感宣言》对女性选举权的呼吁，以及 1870 年出台的《已婚妇女财产法》，都有利于女性地位的提高。与此同时，文学也发挥了至关重要的作用。

夏洛特·珀金斯·吉尔曼（Charlotte Perkins Gilman）的作品以及夏洛特·勃朗特（Charlotte Bronte）和乔治·艾略特（George Eliot）的小说，挑战了关于家庭角色的性别理想。

20世纪早期，伍尔夫是最具有代表性的女性主义者之一。在《一间自己的房间》（*A Room of One's Own*，1929）和《三个金币》（*Three Guineas*，1938）中，伍尔夫比较集中地讨论了与女性相关的话题。前一本书主要涉及女性在物质方面的不利因素，后一本书则探讨了男性权力与法律、教育和医学等职业之间的关系。在这两本书中，她提出了女性面临的各种问题：从向母亲要零花钱、离婚法案的改革到女性高等教育的权利和女性报纸的创办等。在《一间自己的房间》里，她还提出女性书写应该探索自身的经验，而不总是参照男性的经验。伍尔夫最大的贡献，在于她认识到性别是社会建构的，同时也看到了女性作家在社会和经济方面遇到的挑战。她曾饶有兴致地提出，如果莎士比亚有一个名叫茱蒂丝·莎士比亚的妹妹，和她哥哥一样聪慧而富有创造力，她能成为"莎士比亚"那样的人吗？答案是否定的：

> 父母不让她去上学。她没有机会学习文法和逻辑学，也没有读过贺拉斯和维吉尔。偶尔拿起一本书，可能是她哥哥的，读上几页。这时父母就会走进来，对她说别对着书本发呆，快去补袜子或看一下炖菜熟了没有……她曾经在阁楼上偷偷写下一些东西，但又小心地把它们藏起来，或者干脆一把火烧了。不久后，在她还是十几岁的时候，可能就被许给了邻居羊毛商的儿子。[①]

这个想象中的"莎士比亚的妹妹"即便拥有与哥哥一样的才华，也不具备与其相当的教育，同时她还需有繁杂的家务劳动做，她的创作不会得到家人的支持和认可，最终困在一段不情愿的婚姻中，她的天赋被浪费，创造力被社会对女性的固有期待埋没。

伍尔夫还提出了著名的"双性同体"（androgyny）的概念。双性同体是一种理想的写作心态，融合了男性与女性的特质，从而实现创造力与思想的平衡。伟大的艺术与文学应超越性别限制，融合"男性化"与"女性化"视角。伍尔夫批判传统性别角色的僵化，指出纯粹的男性或女性的思想是局限的，因为它排除了人类经验的完整性。相反，双性同体思想是流动的、和谐的、富有

---

① Virginia Woolf，*A Room of One's Own*，London：Grafton，1977，p. 53.

创造力的，它是一种"共鸣而通透"（resonant and porous）的思想，能够开放地接受所有可能性。伍尔夫将莎士比亚视为双性同体式作家的典范，认为他的作品超越了性别偏见，体现了对男性与女性深刻的理解。通过倡导双性同体，伍尔夫提倡思想的自由以及性别二元对立的消解，鼓励作家拥抱统一的人类经验所带来的丰富性。[①]

二、第二波浪潮

第二波女性主义批评吸纳了来自精神分析学、马克思主义和后结构主义的理论框架，最具代表性的是强调语言、身体和主体性的法国女性主义者，以下我们将以朱莉娅·克里斯蒂娃（Julia Kristeva）为例展开介绍。

克里斯蒂娃是保加利亚裔法国哲学家、心理分析家和文学理论家，她深入探讨了语言、身份与权力的关系。受拉康理论中的"想象界"和"象征界"的启发，在《诗性语言的革命》（*Revolution in Poetic Language*，1974）一书中，克里斯蒂娃提出了"象征性"（The Symbolic）和"符号性"（The Semiotic）两个概念。在"符号性"阶段，"自我"尚未与"非自我"区分开来，身体感知也没有和外在世界分离开来，就像拉康的"想象界"一样，是前语言阶段、前俄狄浦斯阶段，孩子完全生活在伊甸园里，无忧无虑。克里斯蒂娃认为，"符号性"具有政治颠覆性，总是对政府、文化价值和标准语一类的象征秩序语词构成威胁。

克里斯蒂娃将母体视为"符号性"的起源：母亲与婴儿之间的身体连接（如哺乳、触摸）构成了婴儿早期交流与表达体验的基础。当孩子进入象征秩序时，这种母性领域被压抑。不过，被压抑的"符号性"也是一种创造力和颠覆的力量，在艺术、诗歌和先锋派形式中，符号性能够突破并动摇象征秩序的僵化结构，这一点在诗性语言中尤为明显。诗性语言通过打破句法、语法和意义的规则，为被压抑的"符号性"创造了显现的空间，挑战了语言规范，动摇了主导的社会和文化秩序。例如，乔伊斯运用"意识流"写作，以支离破碎的、非线性的思绪为核心，让人物内心独白混杂了转瞬即逝的思绪、记忆、感官体验以及随机的联想，进而展现了"符号性"的流动性和多样性，削弱了以

---

① 值得一提的是，在肖瓦尔特（Showalter）看来，伍尔夫的"双性同体"概念无异于是一种被动的退缩；而在托莉·莫伊（Toril Moi）看来，伍尔夫作品中不断出现的多重视角表明，她不在意所谓的"平衡"，也无意翻转两性的位置，利用所谓的"女性沙文主义"去取代"男性沙文主义"，她更关注的是如何打破性别本质主义，揭示性别的建构性。

线性、连贯性和逻辑性为中心的象征秩序。

在《厌恶的力量》（*Powers of Horror*，1980）中，克里斯蒂娃探索了"排斥"（abjection）的概念。这是一个心理分析术语，描述了人类对那些被视为不纯洁、禁忌或威胁身份和社会秩序的事物的反应，如身体排泄物、尸体，也包括任何破坏秩序、身份和正常感的事物。克里斯蒂娃运用这一概念分析了个人和社会如何通过排斥"他者"来定义自身。克里斯蒂娃将排斥与母体联系起来，特别是强调了象征着具有与母亲发生联系并再度分离的双重属性的怀孕与分娩过程。母体代表着模糊的空间——既是生命的源泉，又与衰亡相联系；既是我们的一部分，又独立于我们之外。父权制文化通过排斥母体来巩固控制并强化象征秩序（法律、逻辑和社会规范）。排斥是文化和身份建构的基础——通过拒绝"污秽"，社会定义了何为纯洁、有序以及什么是可以接受的。在克里斯蒂娃看来，文学与艺术经常与排斥对话，直面禁忌并探讨人类的恐惧。

三、第三波浪潮

受金伯利·克伦肖（Kimberlé Crenshaw）交叉性（Intersectionality）理论的影响，20世纪90年代之后的女性主义批评开始关注性别与种族、阶级、性取向和殖民主义的交汇点。后殖民女性主义者如盖娅特丽·斯皮瓦克（Gayatri Spivak）和非裔美国作家、女权主义者贝尔·胡克斯（bell hooks）强调了跨越文化和历史背景的女性经历的多样性。

胡克斯出生于肯塔基州霍普金斯维尔，她选择了笔名"bell hooks"以纪念她的外曾祖母——一位坚强、独立的女性，并故意将名字写成小写字母，以凸显她的思想，而非个人身份。胡克斯揭示了种族、性别和阶级的交织关系。她认为，压迫的体系是相互交织的，任何对不平等的讨论都必须考虑到它与其他因素的交集。在《难道我不是女人吗？黑人女性与女性主义》（*Ain't I a Woman? Black Women and Feminism*，1981）中，胡克斯探讨了黑人女性在女性主义运动和民权运动中的特殊困境，批评了主流女性主义往往忽视种族和阶级问题，而黑人解放运动则忽视了性别问题。

斯皮瓦克在《"被压迫者"能说话吗？》（"Can the Subaltern Speak?"，1988）中探讨了为那些被殖民主义边缘化的群体（如后殖民社会中的女性）发声的局限性和遭遇的挑战，在社会和政治等级结构中处于底层的人，往往无法用他们自己的语言发声，因为他们被权力结构所压制。该文批判了西方中心主义话语，揭示了这些话语虽然声称为被压迫者"代言"，却维持着自身的主导地位。该文被视作后殖民研究和女性主义理论的奠基之作。

这一波女性主义近年来通常与社交媒体和数字化联系在一起，关注交叉性、性别平等和社会正义，同时直面当代问题，如性骚扰、身体积极性和性别认同，强调包容性，允许更多边缘群体的声音参与讨论。此外，跨性别权利、性别流动性和非二元个体的可见性也是女性主义辩论中的核心。如今，女性主义文学批评充满活力，其整合了生态学、酷儿理论和数字化视角，并持续探讨文学如何巩固或挑战性别化的权力结构。

第二节　主要概念

女性主义批评不断与各种社会、文化和政治问题交织互动，其主要概念也随着社会状况以及性别、种族、阶级和性别认同的交叉而不断发展。

一、父权制

父权制（patriarchy）一词源自希腊语"patriarkhēs"，意为"族群的父亲或首领"。传统上，它指的是一种家庭结构，在这种结构中，家庭中的男性家长对女性、儿童和财产拥有权威。女权主义思想家扩展了这一概念，认为父权制不仅存在于家庭内部，而且渗透到生活各个领域。

在女性主义理论中，父权制指的是一种在社会、政治和经济体制中，男性占据主要权力，而女性则处于从属或边缘化的地位的结构。其被视为一种加强男性主导地位和特权的结构，通常通过法律、文化规范和实践来维持性别不平等。它影响生活的各个方面，包括家庭结构、职场以及公共领域。

父权制在女性主义思想中有以下特征。一方面，男性在生活中大多数领域占据主导着权力，而女性常常是从属的角色。这种主导地位不仅表现在政治或经济方面，还包括文化方面，男性的经验和声音往往被优先考虑。父权制根植于各种社会制度和结构中，使得性别不平等成为一种系统性的问题，而非个体问题。这种不平等表现为收入、教育和机会上的差距，以及对女性的暴力和歧视。另一方面，父权制强化了僵化的性别角色，规定了对男性和女性的行为规范。男性通常被期望表现出支配性、理智性和独立性，而女性则被期望表现出养育性、情感化和依赖性。在社会规范上，父权制的意识形态常常通过文化规范、媒体传播和法律制度得以维系。

法国女性主义创始人波伏娃和美国著名非裔女权主义者胡克斯都曾讨论过父权制。波伏娃认为，女人不是天生的女性，而是后天形成的，其他人的介入，才会让一个人成为"他者"。① 这个让男性成为上述的"其他人"的体系包括生物学、心理学和经济学等。波伏娃区分了生物性别"女性"和社会建构的"女性"，在她看来，除非女性能挣脱被客体化（objectification）的命运，否则难以打破父权制的束缚。

事实上，父权制作为一个支配系统，不仅影响女性也影响男性，尽管女性遭受的伤害更为严重。胡克斯在《改变的意志：男性、男性气质与爱》（*The Will to Change:Men，Masculinity，and Love*，2004）② 一书中指出，父权制不仅伤害女性，也对男性造成深远的危害，因为它强化了僵化的性别规范，压抑男性的情感健康。正如她在书中指出的那样："父权制之下，男性施暴的第一对象并非女性，而是他们自身——他们遭受着心理自残，极力扼杀内心的情感。"③ 例如，男孩从小被教导要压抑自己的情感，因为表现出脆弱或敏感被看成是"女性化"和软弱的表现，而这种情感压抑使男性与真正的自我疏离，无法建立真实、充满爱的关系。此外，在父权制社会中，男性被灌输愤怒或暴力才是"被接受"的情感表达方式，导致他们对自己，对其他男性、女性及整个社会产生破坏性行为。在"工作与爱有什么关系"一章中，胡克斯深刻分析了父权制下男性被视作"养家糊口者"的定势思维对两性造成的伤害。父权制要求男性作为家庭经济的权威，在此观念影响下，男性必须通过工作来进行自我定义，他们将大量的时间和精力投入工作，无法接受工作上的失败，无法接受女性成为家庭收入的主要来源，为了重获主宰感，工作失意的男性很可能在家中实施冷暴力，让孩子和女性成为牺牲品。相反，如果能让男性接受男女平等的工作权利，让他们同女性一样平等地参与抚养子女的过程，或许他们能更好地正视自己的工作上的得失，也能给家人提供更好的情感支持，这也有助于他们自身的心理健康。

在书的最后，胡克斯提出，为了让男性重新获得情感自由并恢复爱的能力，他们必须主动拒绝父权制的影响，与女性携手共同消解这一体系，实现集

---

① See Simone de Beauvoir，*The Second Sex*，New York：Vintage，1984，p. 12.

② 书名让人联想到尼采的"Will to Power"（权力意志），与尼采强调个人意志类似的是，胡克斯也强调了个人能动性和有意识的行动在摆脱父权制束缚中的重要性。

③ bell hooks，*The Will to Change：Men，Masculinity，and Love*，New York：Atria Books，2004，p. 68.

体疗愈：

> 男性在人际关系的复原……绝不可能独自完成，一种赋予男性改变力量的疗愈文化正在逐步形成。疗愈无法在孤立中发生，懂得爱与渴望去爱的男性深知这一点。我们需要站在他们身边，以敞开的心灵，张开的双臂支持他们。我们要随时准备拥抱他们，用爱去庇护他们受伤的灵魂，陪伴他们寻找回归自我的路，只要他们有改变的意志。①

胡克斯的《改变的意志》是对女性主义思想和男性气质进行研究的宝贵贡献，它以富有同情心和感染力的视角批判了父权制对男性的影响，呼吁男性重新找回自己的人性，反抗父权制强加的情感压抑。然而，该书提出的解决方案过于抽象，过分强调个人责任，有时还流露出过分的理想主义，在实际应用中存在一定的局限性。

总体而言，父权制是女性主义理论中的核心概念，代表了维持男性主导和性别不平等的社会与结构机制。女性主义的批判目标不是男性，而是让两性都摆脱禁锢的父权制体系，从而实现性别平等和社会公正与和谐。

二、女性批评

女性批评（Gynocriticism）是由学者伊莱恩·肖沃尔特（Elaine Showalter）在《她们自己的文学：从勃朗特到莱辛的英国女性小说家》（*A Literature of Their Own: British Women Novelists from Brontë to Lessing*，1977）中提出的，主要从女性视角分析和解读女性的写作，梳理了英国女性写作的历史和发展轨迹。该书的核心观点是，出于独特的社会和历史背景，女性作家创造了一个独特的文学传统。

（一）女性创作的三个历史阶段

1. 女性化阶段（The Feminine Phase，1840—1880）：女性作家如勃朗特姐妹和艾略特等人，为了在男性主导的文学经典中获得认可，常常模仿男性的写作风格和主题。

---

① bell hooks, *The Will to Change: Men，Masculinity，and Love*，New York：Atria Books，2004，p. 165.

2. 女权主义阶段（The Feminist Phase，1880—1920）：这一阶段的女作家更加直接地批判父权制，关注性别不平等、女性自主权和妇女参政权等议题。

3. 女性自觉阶段（The Female Phase，1920 年以后）：女作家逐步脱离男性定义的文学传统，开始以自己的方式探索女性身份、性别和艺术表达。

（二）四个维度

肖沃尔特的书通过上述"三阶段框架"，主要从以下方面探讨了女性作家的作品是如何构建女性的经验、身份和文学传统的：

1. 女性的声音：探索女性在文学中的独特声音和主体性。

2. 女性文学传统：追溯在主流文学批评中常被边缘化或忽视的女性作家传统。

3. 女性经验：探讨文学作品如何表现女性的生活经验，包括性别化的挑战，如压迫、屈服和性别认同等。

4. 女性写作的抵抗模式：女性的写作可以成为抵抗父权制文化和主流文学规范的一种形式。通过探索女性作品如何颠覆传统性别角色和意识形态，女性批评揭示了女性文学的反叛特性。

不过，上述框架仅展示了一个线性的进展过程，未能准确反映女性作家的重叠和多样化经历，这种严格的分类简化了女性写作的复杂性，排除了不完全符合这些阶段以及那些同时挑战多个范式的作家。此外，该书专注于英国女性作家，未能考虑到种族、阶级和殖民主义是如何与性别交织并共同塑造女性文学传统的。

《阁楼里的疯女人：女性作家与 19 世纪文学想象》（*The Madwoman in the Attic*，*the Woman Writer and the Nineteenth-century Literary Imagination*，1979）是桑德拉·吉尔伯特（Sandra Gilbert）和苏珊·古巴尔（Susan Gubar）共同撰写的女性主义文学批评的里程碑之作。书名源自《简·爱》中的角色——被关在阁楼里的"疯女人"伯莎。吉尔伯特和古巴尔将她作为隐喻，探讨女性在文学中的刻画和束缚，以及女性作家在父权制文学传统中面临的挑战。该书分析了 19 世纪的女性作家，包括奥斯汀、玛丽·雪莱、艾米莉·勃朗特和乔治·艾略特等人，指出这些作家经常面临"双重困境"。一方面，她们被要求符合"家庭天使"的理想形象；另一方面，她们又试图表达自己的创造性抱负，而这常常被视为"不女性化"或"叛逆"。吉尔伯特和古巴尔指出，女性的文学作品中往往包含反叛和被压抑的角色（如"疯女人"），以象征她们自身对社会束缚的抗争。该书还批判了以男性视角为主导的文学经典体系，指出其对女性声音的边缘化和误解。

女性批评为传统文学批评提供了一个重要的反思视角，不仅重新审视了文学作品中女性的表现方式，还突出了女性作家在塑造和定义文化和社会叙事中的独特贡献，旨在提升女性写作在文学传统中的地位和影响。

三、女性写作

女性写作（l'écriture féminine）是由法国女性主义理论家西苏在 20 世纪 70 年代提出的，指的是一种颠覆传统父权、强调女性独特经验和表达方式的写作形式。西苏认为，女性的身体和主体性长期以来被边缘化，女性的写作应当打破传统的男性主导结构，体现出一种不同的表达方式。

西苏的文章《美杜莎的笑声》（"The Laugh of the Medusa"，1975）可以看作"女性写作"的宣言。美杜莎是古希腊神话中的蛇发女妖，看见她的眼睛的人都会变成石头。在西苏笔下，美杜莎成了一个隐喻，代表着被压抑和沉默的女性，同时也象征着女性表达的力量以及颠覆父权规范的潜力。美杜莎的"笑"是解放和反抗的标志，反映了女性重新夺回话语权的努力。在西苏看来，写作是一种表达女性主体性、情感和性别认同的方式。文章一开篇，她便呼吁：

> 女人必须写她自己：必须写关于女性的东西，并让女性走向写作，由于同样的原因、同样的法则和同样的致命目标，她们被排除在写作之外——正如她们被排除在自己的身体之外。女人必须将自己写进文本——就像将自己写进世界和历史一样——通过她们自己的行动。[①]

西苏认为，女性写作可以突破线性、结构化和理性等"男性化"风格，采取更加碎片化、循环性和多维度的叙事方式，大胆地将身体纳入书写，让自己的写作扎根于她们的身体经验，尽管这些经验常常在传统话语中被压抑或排斥：

> 女性必须通过身体进行写作，她们继续发明一种坚不可摧的语言，去

---

① Helene Cixous, Keith Cohen, Paula Cohen, "The Laugh of the Medusa," *Signs*, Vol. 1, No. 4, 1976, pp. 875-893.

打破各种分离、阶层、修辞、规则和编码，她们要去推翻、去割裂，去超越最终的保留话语，包括那种嘲笑"沉默"的话语……女性的力量，就在于扫除句法，破除那条著名的为男性代言的"脐带"。①

对于西苏而言，使用这种语言的人似乎一直处在一个无秩序状态中，不断对权力的中心发起反抗。

《美杜莎的笑声》这篇文章就是一个"女性写作"的典范。文章没有遵循传统的学术结构，也没有一个直接的论点，而是一个流动的思想探索。西苏频繁地在个人反思、知识性批评和理论性论证之间切换，创造出一种非线性的叙事。例如，"女性必须写作，寻求自我，从身体出发写作，通过身体写作，了解身体……"② 这句话没有严格的论证结构，也没有铺设一个整齐的论点进程，而是来回穿梭，反复回到女性必须从身体和经验中写作的观点。此外，在整篇文章中，西苏直接对女性发言，敦促她们写作并重新夺回她们的身体和声音，这种语气既亲密又紧迫："写你自己。你的身体必须被听见。只有这样，潜意识、未知、未被发现的巨大资源才会对你开放。"③ 文中频繁使用第二人称（"你"）直接与读者对话，命令式的表达"写你自己"是一种直接的行动鼓舞。西苏的论文不仅仅是一次思想上的呼吁，更是一种充满激情的号召，是一种以"女性写作"的方式，来倡导女性通过她们自己的身体、欲望和经验来表达自己的要求。

事实上，西苏并非第一个提出"女性写作"的作家。早在20世纪初，伍尔夫就曾提出语言是有性别的：一名女性作家写小说的时候，会发现没有现成可用的句子，而男性作家则可以毫不犹豫地信手拈来。伍尔夫总是试图打破各种界限，包括性别的界限、文类的界限等。在小说《奥兰多》（*Orlando*，1928）中，尽管叙事时间跨度超过300年，但作者对时间的处理却是流动且主观的。伍尔夫常将历史时刻压缩呈现，强调历史的循环性和个人性，突出历史的非线性发展。小说的语言，既是散文体的，也是诗歌体的，充满生动的意象和富有节奏的句子，突出自然、艺术和人类经验的美感。伍尔夫甚至有意根据

① Elaine Marks, Isabella de Courtivron, eds., *New French Feminisms*, Brighton: Harvester Press, 1981, p. 256.

② Helene Cixous, Keith Cohen, Paula Cohen, "The Laugh of the Medusa," *Signs*, Vol. 1, No. 4, 1976, pp. 875-893.

③ Helene Cixous, Keith Cohen, Paula Cohen, "The Laugh of the Medusa," *Signs*, Vol. 1, No. 4, 1976, pp. 875-893.

奥兰多的性别，调整语言的风格，借以探讨两性语言的差异。例如，当奥兰多是男性时，语言描述集中在行动和外部事件上；当奥兰多成为女性时，语言则更多地转向对人物内省与人际关系的描写。

　　女性写作鼓励女性作家摆脱传统语言的限制，通过身体、流动性和对传统形式的颠覆，挑战语言和社会中的父权结构，进而寻找展示女性身份与个性的全新的表达方式。但问题是，是否真的存在一种"女性的语言"？如果它归根结底只是一种想象性的存在，那么很可能让女性陷入含糊不清的呓语，让"女性"重新成为一种本质主义的生物性别；将写作视为"本质上是女性的"做法，可能会将女性经验本质化，从而限制其潜在的多样性，让她们在政治和思想领域变得更加沉默。

第三节　批评与实践：超越、颠覆和戏仿
——《简·爱》中的家庭场景"微政治"[①]

　　19世纪英国，随着各种经济、政治要素的推动，"家庭崇拜"（Cult of Domesticity）的观念被推到前所未有的高度。当时的各种报纸杂志——《完美先驱》《家常话》《伊丽莎烹饪手册》《家庭经济学家》等——都对"家的理想""甜蜜的家"进行过细致生动的描绘。虽然家庭话语的使用看似在为民众谋福利，指导他们更好地生活，但事实上，不同的集团和机构对家庭话语的征用，意图也不尽相同。1842年查德威克的《卫生报告》通过美化中产阶级家庭的卫生、干净和有序，反衬工人阶级家庭是"堕落的""肮脏不堪的"，是急需改善的，从而不断强化中产阶级家庭规范性作用。在对外殖民政策上，英国人认为，埃及人落后的家庭观使得他们不适合担任政府要职，于是，以现代的、进步的家庭自居的英国为自己的殖民课业确立了合法性。奇格蒙·鲍曼认为，定义无形中也宣告了一种对立，宣告了在界限这一边具备的特征，恰恰是另一边的缺乏的。[②] 英国人在将中产阶级家庭作为标准的同时，也确认了其他阶级和民族家庭意识形态的非法性。19世纪40年代到50年代之间，各种报纸杂志对家推崇备至，将家作为一种意识形态，其好处是可以超越阶级、性别

---

　　① 英文为"micropolitics"，这一概念指权力并非仅通过中央集权机构运作，而是弥散于日常实践之中（例如监控、规范、自我规训），以毛细血管般的方式渗透社会肌体。

　　② See Zygmunt Bauman, *Legislators and Interpreters: on Modernity，Post-modernity and Intellectuals*，Cambridge：Polity Press，1989，p. 8.

和代际差异，团结所有的读者，使其具有争夺文化领导权的功能。

在这样强大的家庭修辞的影响下，文学家也以自身的方式参与其中。作为19世纪中叶重要的社会小说家，狄更斯和盖斯凯尔夫人都征用了家庭观念，将其作为一种"微政治"，试图为现实问题提供想象性的解决方案。狄更斯的许多小说都分析中产阶级个人身份的确立与家庭道德观念树立之间的关系，盖斯凯尔夫人试图在小说中用家庭隐喻解决劳资矛盾。但这一时期的另一女作家——夏洛特·勃朗特笔下的家庭隐喻却很少受到关注。在《简·爱》（1847）中，勃朗特没有像狄更斯或盖斯凯尔夫人那样使用家庭修辞直接指涉社会阶级问题或民族问题，也不纯粹是对当时期刊、报纸大力提倡的"家庭崇拜"的宏大叙事的模仿。表面上看，小说使用了当时盛行的"家庭小说"的框架，讲述了一个以灰姑娘为原型的婚恋故事。实际上，作者充分利用家庭修辞，翻转或置换了家庭崇拜的各种内涵，对简先后生活的三个不同的家，用了三种不同的手法——或超越"家长制"监视，或颠覆家庭中"看"与"被看"的关系，或戏仿家庭崇拜的话语模式，逐步展示了简在象征秩序的监控下，是如何实现女性主体欲望的诉求的。

一、里德太太的家：超越"家长式"的监控

在里德太太家里，简生活在一整套极其严格的"家长式"统治[①]之下。克劳迪娅·尼尔逊（Claudia Nelson）认为，在维多利亚时期的中产阶级家庭中，由于父亲在外工作，母亲便成了家庭领域的首脑，具有绝对的权威。[②] 对于寄人篱下的简而言，里德太太就是这样一位专制、霸道的"舅妈""母亲"角色。她对简的要求极其苛刻，要求绝对地服从，不容许一丝半毫的忤逆和辩解。在里德太太的影响下，家庭其他成员也在监控简的一举一动。里德家三个蛮横的

---

　　① 这种"家长式"或"家长制"（patriarchalism, paternalism），在恩格斯的《家庭、私有制和国家的起源》以及劳伦斯·斯通的《英国的家庭、性与婚姻（1500—1800）》里都有详细的解释。在这种家庭中，父亲像君王一样，具有绝对的权威。但正如《17世纪英国的文学和家庭政治》（Su Fang Ng, *Literature and the Politics of Family in Seventeenth-Century England*, Cambridge: Cambridge University Press, 2007）一书论证的那样，"家长式"统治常与父权制关联，对于不同机构具有不同的意义指向。例如17世纪日益觉醒的女性主义者认为，除了父亲，母亲也有权威地位。这种认识发展到19世纪，既是"家庭崇拜"的观念的催生因素之一，又反过来受其影响，进一步巩固了女性在家庭的主导地位，并为女性走出私人领域，进入公共领域争取权益，奠定了基础。

　　② See Claudia Nelson, *Family Ties in Victorian England*, Westport: Praeger Publishers, 2007, p. 11.

子女从另一个侧面反映了里德太太的权威。一有机会，他们就要将自己的压抑发泄到简身上，对她冷嘲热讽，甚至拳脚相向。善良的女管家南茜是里德太太淫威的体现。尽管她本性善良，但在女主人的命令下，常常丧失了独立的判断力，盲目地对女主人言听计从，有时甚至不辨是非地指责简。虽然简生活在这样四面楚歌、处处被监视的家庭困境中，但她却试图用当时盛行的女性家庭娱乐活动，即阅读活动，突破现实的束缚，实现灵魂的超越。小说开篇的阅读场景中，就有简超越父权监控秩序的多重指涉：

> 客厅的隔壁是一间小的餐室，我溜了进去。屋内有一个书架。不一会儿，我从上面拿了一本书下来，特意挑插图多的，爬上窗台，缩起脚，像土耳其人那样盘腿坐下，将红色的波纹窗帘几乎拉拢，使自己隐蔽起来。①

这个场景体现了简在肉体和精神上的双重超越。

首先，她试图从生理上逃避无处不在的"家长式"的监视。我们看到，她是"溜进"（slip）餐室的，与"跑""走"相比，"溜"少了几分从容和自信，却多了几分小心和恐惧。无处不在的监视，让简的每个行为都谨小慎微。此外，她还试图用视线突破家庭物理空间的局限，尽管躲在窗帘后，她却透过玻璃窗，看到白茫茫的世界，获得了通往外部世界的许可证。

其次，她在这里挑选的《英国鸟类史》一书，有悖维多利亚家庭崇拜对女性角色的期待，也是一种越界。在19世纪英国，家庭崇拜本质上是一种想象性的建构，被视为可以削弱资本主义赤裸裸的金钱关系对人（尤其是男性）的腐蚀的方式。在私人领域中，把占主导地位的女性看作道德化身，意在使其成为与男性"本性"抗衡的概念体系，从而避免男性在公共领域被市场"异化"的危险。也就是说，在男性进入政治、经济和科学等公共领域一展抱负的同时，女性必须成为私人领域的美德的象征，创造舒适、甜蜜的家，从而保证男性身份。受这种观念的影响，家庭中不同成员的读物也有着严格的区分：对于那些将要成为取代母亲位置的女孩而言，她必须有明确的学习目标，需同刻苦的长兄一起阅读拉丁文；年幼一些的儿子可以阅读自然史，绘画适合纤弱的妹妹；而政治经济学是父亲的读物。女性的阅读不是为了自我的愉悦和满足，而是为了更好地提高自己在穿着、绘画、插花和刺绣等方面的品位，从而更好地建设

---

① 夏洛蒂·勃朗特：《简·爱》，林子译，哈尔滨：哈尔滨出版社，2002年，第1页。

家庭道德文化。简对自然读物的选择，是对她超越性别角色的隐喻。作为家庭道德的化身，女性阅读被认为是最有用，但同时也是最危险的，所以需要进行必要的审查。在简阅读《英国鸟类史》的过程中，约翰·里德贸然闯入，并对其施以暴力，无疑是父权象征秩序对女性阅读活动监控和干预的最佳隐喻。

再次，简还在阅读的方式上试图超越既定社会规范。语言作为深层结构或象征秩序，对人的自我的形成有重要的影响。在维多利亚时期，尽管关于语言的塑形作用还没有体系化的描述，但人们已经开始担忧阅读的影响力。从18世纪开始，随着印刷术的发展和大众阅读的兴起，人们就试图找到宗教读物与世俗读物之间的平衡点，找到区分智者读物与略受教育者读物的标准。早在1632年以法文出版的《完美的女性》（此书1753年被译成英文，1632—1753年，共重印了八次）一书中，雅客·迪博斯克（Jacques Duboscq）就指出，正如我们的身体由摄入的食物决定，我们的性格也由我们读的书决定。① 但简却用非寻常意义的"阅读"拒绝书中文字的影响。她对书中的文字部分并无太大兴趣，相反，她凭着自己的想象，创造了另一个世界：

> 我说不出是一种什么样的情调弥漫在孤寂的墓地：刻有墓志铭的墓碑、一扇大门、两棵树、低低的地平线、破败的围墙、一弯出生的新月，时间正是黄昏之时。
>
> 两条轮船静静地听靠在水波荡漾的海面，我认为他们是海上的幽灵鬼怪。
>
> 魔鬼从身后按住窃贼的背包，那样子太可怕了，我连忙翻了过去。
>
> 同样害怕的是，那么黑色怪物头上长角，独踞于岩石之上，望着远处一大群人围着绞架。②

这些想象与书中关于鸟类的介绍相去甚远。在简看来，每一幅画都是一个故事，而每一个故事却不是来自触手可及的现实，它们都是源于大脑的、非指涉性的想象。简就是在这样一个想象的世界里，既与现实世界关联，又超越了现实的藩篱。这种想象通过自我指涉而指涉到更加广阔的世界，即通过远离现实的方式达到反抗现实、构建自我的目的。这种不着边际，完全不受理性控制

---

① See Nancy Armstrong, *Desire and Domestic Fiction: A Political History of the Novel*, Oxford: Oxford University Press, 1989, p.101.

② 夏洛蒂·勃朗特：《简·爱》，林子译，哈尔滨：哈尔滨出版社，2002年，第2页。

的想象力，是不受约束的激情的体现，也是向往自由的个人与有组织的社会机制之间对立的体现。[①] 语言也是象征秩序作用的重要途径，而简对语言的拒绝，是她对维多利亚时期"家长式"家庭话语模式的质疑和反叛。

　　小说的第一页、第一章或开篇有着非同寻常的意义，它既是诱惑，又在很大程度上设定了整部小说的基调。[②] 简在进行寻常的家庭活动的同时，又以独特的方式超越家庭物理空间的局限，超越家庭崇拜对女性角色的期待，用想象自由地翱翔于社会秩序的规约之上。在接下来的两个"家"中，勃朗特将继续使用她的家庭修辞。

二、桑菲尔德庄园与芬丁庄园：家庭秩序的解构与重构

　　两性关系是家庭的基础，在旧贵族体系的家庭观念里，女性只是家庭与家庭之间交换的商品，是"男性同性关系的社会文化实践的产物"[③]，虽然到了维多利亚时期，这种以家族和血统为基础的婚姻观逐渐弱化，但在家庭崇拜的观念的影响下，女性仍被看作没有欲望、不具备"观看"能力的客体。男性与女性之间是"看"与"被看"的权力关系。勃朗特利用家庭的修辞，利用桑菲尔德庄园与芬丁庄园的隐喻，置换了这种主客体关系。

　　在桑菲尔德庄园，从一个房间到另一个房间，从楼梯到大厅，叙述者都对家庭内部布置进行了最为详尽细致的描绘，这在勃朗特的其他几部小说中，是不多见的。虽然，桑菲尔德庄园给简的第一印象是幅和谐的家庭图画，但随着她慢慢进入庄园的中心区域，这种家庭的温馨感渐渐消失，取而代之的是"威严""华丽""豪华"和"宏伟壮丽"，是令人不适的感觉。从客厅、餐厅到三楼的房间，从楼梯、扶手、长廊到天花板，从椅子、窗帘、地毯到壁炉，从华丽的青铜灯、大钟到染色玻璃，从橡木到胡桃木，土耳其地毯、帕罗斯大理石、波希米亚闪光玻璃装饰物，紫色、白色和红色，在桑菲尔德庄园里，可谓凡所应有，无所不有。在描述这些物件时，简用到最多的一个词便是"古老的"。阿姆斯特朗认为，勃朗特故意在家庭框架里引入陌生的文化物件，并去

---

　　① 参见奇格蒙·鲍曼：《立法者与阐释者：论现代性、后现代性与知识分子》，洪涛译，上海：上海人民出版社，2000年，第71页。

　　② See Thomas C. Forster, *How to Read Novels Like a Professor*, New York: Harper Collins Publishers, 2008, pp. 21−36.

　　③ See Lucy Irigaray, *This Sex Which Is Not One*, Catherine Porter and Carolyn Burke, trans., New York: Cornell University Press, 1985, pp. 170−171.

除其文化他性，重建了一套关系。阿姆斯特朗引用本雅明的"迷恋价值"（cult value）一说，认为对庄园各个房间的描绘是中产阶级对无法复制的旧贵族的"迷恋"。[1] 这种看法虽有一定道理，但却很难解释简为什么对这种奢华感到不适应，为什么当她看到普通现代风格的陈设，心里便十分高兴，更重要的是，勃朗特最后为什么要让桑菲尔德庄园灰飞烟灭？

从家庭观念的角度看，庄园内的陈设虽然是旧贵族的象征，但这并不代表勃朗特或简在迷恋这套旧贵族价值，恰恰相反，这套价值体系是要被摧毁的观念体系。旧贵族家庭与现代家庭一个主要的区别是，旧贵族将婚姻看作延续家族血统或增加家族财产、地位的手段，在这样的体系中，如伊瑞格蕾所说，女性完全被当作商品在男性之间流通。[2] 桑菲尔德庄园的男主人公罗切斯特是这套旧贵族价值的代言人。在他眼中，简不过是另一个值得他炫耀的器物。在小说二十四章里，罗切斯特不顾简的再三反对，执意要用各种珍稀的珠宝、首饰和绸缎对她进行打扮，"我会亲自把昂贵的钻石项链套在你脖子上，把发箍戴在你额头……把手镯按在纤细的手腕上，把戒指戴在仙女般的手指上"[3]。此外，他还要用当时贵族流行的欧洲游对简进一步包装，这样她就具备同别人公平地比较的资本，有了自己的价值，即商品的交换价值。

米尔科特乔在小说中是个重要的场所。它第一次出现于简即将到达桑菲尔德庄园的路上，她曾在这里的旅店借宿。对于旅馆的布置，简连用五个"一样的"[4]，不屑之情跃然纸上。无论是旅馆墙上挂着的乔治三世、威尔士亲王等画像，还是之后她见的桑菲尔德庄园大厅墙上"护胸铁甲"的威严男子和"戴着珍珠项链"的贵妇人，都是旧贵族的象征，让简感到不适。在简与罗切斯特即将举行婚礼的时候，还是在米尔科特乔，简进一步感到了旧贵族体系给女性施加的压力。在这里，罗切斯特将简当作"玩偶"一样，要将她与土耳其王后宫全部嫔妃做比较，从上到下审视着简，并称简不仅是他生活中的骄傲，而且也让他大饱眼福。我们看到，简几乎完全被物化，她是罗切斯特"凝视"的客体，她的个体诉求一再被漠视。她的自然价值已经完全被交换价值掩盖，如商品一样，她必须同别人"比较"之后才具备价值，她不过是罗切斯特欲望的载体。

---

① See Nancy Armstrong, *Desire and Domestic Fiction: A Political History of the Novel*, Oxford: Oxford University Press, 1989, pp. 210−211.

② See Lucy Irigaray, *This Sex Which Is Not One*, Catherine Porter and Carolyn Burke, trans., New York: Cornell University Press, 1985, pp. 177−191.

③ 夏洛蒂·勃朗特：《简·爱》，林子译，哈尔滨：哈尔滨出版社，2002 年，第 234 页。

④ 英文原文为"such"，参见 Charlotte Brontë, *Jane Eyre*, London: The Continental Book Company, 1946, p. 101.

在福柯看来，凝视的主体同时也是"权力的眼睛"①。简和罗切斯特曾有个对峙的过程，她曾经试着用注视者眼光去"观看"："我不安地瞧着他的眼睛在五颜六色的店铺中扫描，最后落在了一块色泽鲜艳、富丽堂皇的紫晶色丝绸上和一块粉红色的高级缎子上。"② 简不愿放弃"观看"的权力。"我在此大胆地与我主人兼恋人的目光相遇。尽管我尽量地避开他的面容和目光，他的目光却非常固执地搜寻着我的目光。"③ 简的游移不定的目光与罗切斯特的固执形成了鲜明的对比。在一整套父权象征体系前，简的任何努力都是苍白无力的。尽管她曾表示过自己喜欢观察所有的面孔和所有的身影，注视他们对她来说是一种独特的乐趣，她观察桑菲尔德庄园的来来往往的人与物，但最后发现，自己不过是罗切斯特"观看"的对象，从来就不曾跳出桑菲尔德庄园象征的旧体系。

桑菲尔德庄园的各种奇特珍稀的摆件是旧贵族的象征，而简不过是贵族又一个值得夸耀的物件（aristocratic display）。在父权象征体系中，女性不过是男性欲望的自我投射，是他们自我炫耀的客体。正是在这个意义上，作者必须让简离开桑菲尔德庄园，回到"荒野文化"中去，并让庄园的一切付之一炬，从而销毁这里的一切秩序。在最后的芬丁庄园里，简不再是依附在罗切斯特身边、"被观看"的商品，而是具有观看能力的女性主体：

> 我成了他的眼睛……我的确是他的眼珠，他通过我看大自然，看书。我不知疲倦地替他观察，用语言来描述田野、树林、城镇、河流、云彩、阳光和面前的景色的效果，描述我们四周的天气——用声音让他的耳朵得到光线没法使他的眼睛得到的影像。④

之前的"男性观看"在这里荡然无存，与在桑菲尔德庄园不同，罗切斯特也不再把简当作任由自己打扮、投射自我欲望的商品了，在芬丁庄园，简成了罗切斯特的"眼睛""眼珠"，成了观看的主体，而不仅仅是被观看的、投射男性欲望的客体了。在伊格尔顿看来，《简·爱》这部小说努力要做的事情，就是让简在社会规范许可的范围内，实现自我。⑤ 但同时，我们也应该清醒地看

① 陈榕：《凝视》，赵一凡、张中载、李德恩主编，《西方文论关键词》，北京：外语教学与研究出版社，2006 年，第 357 页。

② 夏洛蒂·勃朗特：《简·爱》，林子译，哈尔滨：哈尔滨出版社，2002 年，第 243～244 页。

③ 夏洛蒂·勃朗特：《简·爱》，林子译，哈尔滨：哈尔滨出版社，2002 年，第 244 页。

④ 夏洛蒂·勃朗特：《简·爱》，林子译，哈尔滨：哈尔滨出版社，2002 年，第 420 页。

⑤ See Terry Eagleton, *The Event of Literature*, New Haven and London：Yale University Press，2012，p. 183.

到，这里也出现了一个悖论：简在获得主体性的同时，似乎也消解了日常生活中女性主体的合法性地位。因为只有罗切斯特身体出现残缺后，简才能成为真正的观看的主体，才能与他平等对话。也就是说，女性只能和有缺陷的男性对等，显然，这弱化了女性主体的地位，强化了女性只能是具有某种缺失（want）的男性"他者"的观念。

三、沼泽居：充满悖论的"家的理想"

如果说里德太太的家是简超越"家长式"统治的隐喻，桑菲尔德庄园是简颠覆"看"与"被看"权力关系的隐喻，那么沼泽居则是简憧憬的现代家庭的象征。这里没有无处不在的权威，没有豪华的、令人窒息的装饰，也没有被商品化的危险。在沼泽居，人与人、人与自然和谐相处，处处洋溢着玫瑰色的暖意，充满着家庭的友爱和温馨：

> 房间的沙子地板擦得很光洁，还有一个核桃木餐具柜，上面放着一排排锡盘，映出了燃烧着恶泥炭或的红光。我盟看见一座钟、一张白色的松木桌和几把椅子，桌子上点着一个蜡烛，烛光一直是我的灯塔。一个看去有些粗糙，但也像她周围的一切那样一尘不染的老妇人，借着烛光在编织袜子。①

这里就像一幅宁谧和谐的家庭风俗画。与桑菲尔德庄园的奢华绚丽的贵族气派相比，朴实的沼泽居是现代文明家庭的象征。在劳伦斯看来，现代家庭与旧体制家庭的最大区别，就是"从疏远、服从以及父权体制"到"情感个人主义"（affective individualism）的变化。②沼泽居具备了现代家庭的关键特征。③在这里，包括女管家在内的所有家庭成员之间可以享有亲密无间的关系；与约翰家的两姐妹一样，简可以尽情享受学习德文，享受阅读席勒的乐趣；她甚至可以有自己的职业——乡村教师，让自己的技能有了用武之地；当

---

① 夏洛蒂·勃朗特：《简·爱》，林子译，哈尔滨：哈尔滨出版社，2002年，第304页。
② 劳伦斯·斯通：《英国的家庭、性与婚姻（1500—1800）》，刁筱华译，北京：商务印书馆，2014年，第4页。
③ 现代家庭有四个关键特征：家庭和新成员情感联系增强，邻居和亲属重要性趋淡；个人自主意识增强，个人拥有追求幸福的自由权利意识增强；性欢乐与罪恶感的联系减弱；对身体隐私权的需求增强。参见劳伦斯·斯通：《英国的家庭、性与婚姻（1500—1800）》，刁筱华译，北京：商务印书馆，2014年，第4页。

简的绘画得到认可，她甚至感到了"艺术家的颤栗"。总之，在这里，简获得了她梦寐以求的乌托邦式的自由，她的能力得到充分的施展。她甚至还可以拥有真正属于自己的私密空间——"一间自己的小屋"：

> "我日思夜想的家呀——我终于找到了一个家——一间小屋。小房间的墙壁已经粉刷过，地面是黄沙铺成的。房间里有四把新漆过的椅子，一张桌子，一个钟，一个碗橱。橱里有两三个盘子和碟子，还有一套荷兰白釉蓝彩陶家居。楼上是一个面积跟厨房一样大小的房间，里面摆放一个松木床架和 一个衣柜。"[1]

然而，这种平等友爱的家庭却无法立足于现代文明秩序中，它必须是与世隔绝的，只能建立于苍茫无边的荒原之中，作为荒原文化的一部分而存在，成为一种乌托邦式的想象。在鲍曼看来，荒野文化象征着不受约束、不受管制的自然状态，是一种内含自我平衡和自我维持的机制[2]，它拒绝统治者或管理者的干预，与强调社会等级和秩序的现代文明相冲突。正如欧内斯特·盖尔纳所说："荒野文化（wild culture）中的人一代又一代地复制着自身，无需有意识的计划、管理、监督或专门的供给。"[3] 象征自然状态的沼泽居与象征社会秩序的桑菲尔德庄园的冲突，是想象界与象征界的矛盾，也是女性欲望与父权象征秩序的冲突。简回归面目全非的桑菲尔德庄园的行为，是她在一定程度上放弃自己的部分欲望向象征界屈服的隐喻。

其实，早在沼泽居的时候，这种屈服就以家庭生活的面貌出现了。正当简充分享受自我实现的乐趣的时候，小说突然出现叙述转向：简获得了一笔意外的遗产，即被伊格尔顿戏称作维多利亚小说"解围之神"（deus ex machina）[4]的利器。它将简从欲望之界拉回到社会认可的"家庭天使"的范畴。小说中有一段"误读"式的对话：

> "我不明白你放弃了这项工作后，要找什么工作来代替。现在你生活

---

① 夏洛蒂·勃朗特：《简·爱》，林子译，哈尔滨：哈尔滨出版社，2002 年，第 331 页。

② 参见齐格蒙·鲍曼：《立法者与阐释者：论现代性、后现代性与知识分子》，洪涛译，上海：上海人民出版社，2000 年，第 111 页。

③ Earnest Geller, *Nations and Nationalism*, Oxford：Basil Blackwell, 1983, p. 50.

④ Terry Eagleton, *The Event of Literature*, New Haven and London：Yale University Press, 2012, p. 184.

中的目标、理想是什么？"

　　"我的第一个目标是清理（你理解这个词的全部力量吗？），把沼泽居从房间到地窖彻底清理一遍；第二个目标是用蜂蜡、油和很多的布头把房子擦得明亮；第三个目标是按数学的精密度来合理地安排每一件椅子、桌子、床和地毯，再后我可能用尽你的煤和泥塘，把每个房间都生起熊熊的炉火来。最后在你妹妹们预计到达之前的两天里，汉娜和我要大打鸡蛋，细捡葡萄干，研磨调料，做圣诞饼，剁肉馅子，隆重操持其他烹饪事项。对你这样的外行，用语言是难以表达这样的忙碌的乐趣。"①

　　简一向认为女性应该超越世俗认定的女性需要遵守的规范，走入社会做更多的事情，学更多的东西，为何此刻要故意曲解圣·约翰的问题，答非所问，用一长段繁琐的家务事回答"目标、理想"这样的大问题？表面上看，这段描写是受到当时盛行的家庭生活手册的影响。正如小说兴起之际，理查逊的《帕米拉》和《克拉丽萨》花了近三分之一以上篇幅描绘家庭礼节、待客仪式那样，勃朗特在作品中添入关于家庭生活方面的细节，尤其是她提到的关于家庭布置的描述，以便增强文本的可读性。

　　但同时，这种有意"误读"更是对"家庭崇拜"观念的戏仿。勃朗特用整整两页描绘简做家务、烹饪和布置房间的每一个细节，全书没有任何一处对家务做如此细致的描绘。布置家居的时候，她竟然还要使用"数学的精密度"②。在勃朗特戏仿"家庭崇拜"的修辞手法背后，透露的是对将女性角色局限在家庭生活内部的社会规范的尖锐而有力的嘲讽。对"家庭崇拜"的戏仿折射出许多维多利亚女性早已将社会规定的女性天使角色、家庭主妇角色，内化成自我的本真状态，并在不断的实践中，加强这种已成为"常识"的观念，自我陶醉。与整部小说的情结跌宕起伏相比，这部分的描绘愈是冗长、详尽，愈能衬托女性局限的家庭生活的无趣和荒唐。此外，在一问一答中，我们看到的不是两个人的问答，而是有自我欲望的想象界的简，或者说，是她的"另一个自我"（alter ego），向受象征秩序控制、没有自我的简发出的质疑。这样的回答并不是作为主体（subject）的"简"的回答，而是被社会秩序"驯服"（subjected）的"简"的回答。也就是说，简并非言说主体，她只是"被言说"的载体。

---

　　① 夏洛蒂·勃朗特：《简·爱》，林子译，哈尔滨：哈尔滨出版社，2002年，第361页。

　　② 维多利亚时期，受科学技术发展的影响，英国人表现出对分门别类和测量数值的极度崇拜（fetish for measurement），此处可视作反语。

个人的也是历史的。简在沼泽居的前后矛盾不仅是个人的矛盾，也是维多利亚人的矛盾。早在《简·爱》之前就有幽默杂志《潘趣》（*Punch*，1844）对家庭生活手册进行戏仿，提供夫妻互相激怒对方的方法。极力宣扬"甜蜜之家"的罗斯金，家庭生活并不幸福；狄更斯笔下频繁出现的不幸福的家庭和他个人婚姻的破裂也暗示了家庭理想的遥不可及。而人们心目中"完美家庭主妇的典范"——维多利亚女王，婚后十多年共生育九个子女，在给女儿的私信中却表现出对婴儿的恐惧和对婚姻的怀疑，有许多观点竟与19世纪的女权主义者不谋而合。① 沼泽居家庭理想的悖论，反映了作为理想的家庭与现实中家庭之间难以调和的矛盾，体现了个人欲望与社会规范之间的冲突。简的回答，不仅仅代表她个人，还反映了在家庭崇拜的强大话语的作用下，维多利亚时代女性的集体失语。

19世纪的小说为了读者的快乐，常会提供大圆满的结局。在《简·爱》中，勃朗特也利用"家庭小说"的框架，以大团圆的方式结束故事。但小说的结尾我们再一次看到，她对圣·约翰的自我实现之路充满了钦羡之情。正如勃朗特在另一部作品里深情呼吁的：

> 英国的男人们啊，看看你们那些可怜的女儿们吧……生活对她们来说是一片荒漠……为人父的人们啊，你们难道就不能改变一下这种情势吗？……你们总希望是为你们的女儿自豪而不是羞愧的吧？那就为她们找个事业和职业吧，……培养她们——为她们提供机会，让她们工作——她们就会成为你健康时最快活的伴侣，患病时最体贴的护士，年老时最忠实的依靠。②

勃朗特笔下的简表面上顺从了维多利亚对女性角色的规约，实际上则用非指涉性的想象超越了维多利亚家庭默许的"家长式"监视，通过颠覆了两性"看/被看"的关系，在置换了婚姻中两性权力关系的同时，又巩固了父权体系，并通过戏仿"家庭崇拜"中沉迷于家庭生活的女性，睿智地使用家庭修辞策略，利用维多利亚的"家庭"话语反对"家庭"，展示了社会边缘群体如何征用宏大叙事的主流话语，透过层层审查，发出自己的声音。

---

① See Claudia Nelson, *Family Ties in Victorian England*，Westport：Praeger Publishers，2007，p. 6.

② 夏洛蒂·勃朗特：《谢莉》，徐望藩、邱顺林译，选自宋兆霖主编，《勃朗特两姐妹全集》第三卷，石家庄：河北教育出版社，1996年，第422页。

第六章　后殖民主义

后殖民主义流派出现在 20 世纪中期，主要考察殖民统治对前殖民地的影响，旨在探索这些经历是如何塑造当代世界的身份认同、文化实践和权力结构的，进而批判一直存在的不平等和新殖民实践，并尤其关注到边缘群体的声音，挑战那些无视被殖民者存在或具有偏见的误导性的叙述和再现。

第一节　理论发展

殖民主义与后殖民主义之间的关系密切，后殖民主义本质上是对殖民主义历史及其持续影响的回应。殖民主义对殖民地区和殖民者本身产生了深远的影响，创造了一个不平等的世界秩序；后殖民主义旨在应对殖民主义带来的心理、文化和政治后果，致力于解构殖民叙事，挑战帝国的主导地位并恢复本土身份和历史。

一、殖民主义

殖民指的是一个国家或民族对另一独立地区或民族实施的统治和剥削，时常伴着语言和文化的强制性输入。西方的殖民史，可以一直追溯到 15 世纪初。1415 年，葡萄牙海上探险船队侵占了位于北非的一个城市。1492 年，西班牙王室派出哥伦布向西寻找通往印度和中国的新航线，虽然哥伦布没有到达亚洲，却到达了另一片富饶的大陆——美洲大陆。在那里他发现了丰富的黄金和其他金属矿藏，还有几乎与黄金等价的香料。在给西班牙国王斐迪南二世和西班牙女王伊莎贝拉的信件中，他极力称赞这片土地的富饶：

> 这是一个令人向往的土地——一旦见过，就再也无法放弃——在这里——尽管我已为殿下占有了所有这些土地，它们都比我所能描述的更为

丰富，我以殿下的名义拥有它们，殿下可以像处理卡斯蒂利亚王国一样全权处置——这个西班牙岛上，最靠近黄金矿藏的地方，便于与大陆的交易，无论是在这边还是在大坎的另一边，都有繁荣的贸易和巨大的利润……①

哥伦布的发现开启了一个大航海时代，从那以后西方各国开始了海上新大陆的角逐，英国、荷兰和法国等国家相继加入，并迅速在海外建立自己的帝国。

西方的殖民主义可以分为两大波。第一波从 15 世纪开始，持续到 19 世纪。欧洲在美洲、亚洲和非洲沿岸国家建立早期殖民地，之后便是横跨三大洲——欧洲、美洲和非洲的"黑三角贸易"。这个时期的殖民主义深受重商主义（mercantilism）思想影响，通过对殖民地的剥削，将财富源源不断地搜刮到欧洲。欧洲人将几百万的非洲人当作黑奴贩卖到南美洲的种植园，再从南美洲带回大量的物资，卖给欧洲本土，赚得盆满钵满。

这一波殖民主义标志性的事件就是上文提到的哥伦布开启的大航海时代。殖民给欧洲以外的国家造成了巨大的伤害，尤其是美洲原住民人口的锐减。这些在历史文献中有不少记载，此处不再赘述。不过殖民在无形之中也促进了一些物种的交换。哥伦布将美洲的玉米、土豆等对土地要求不太高的粮食作物带回欧洲，之后又传入中国，因此有了后来的世界人口大增长。今天在美洲许多国家都庆祝"哥伦布日"，不过各个国家的庆祝意义不尽相同。有的国家是为了纪念哥伦布的独立、勇敢，让白人在美洲找到了新的住所；而在巴西或委内瑞拉，它却象征着"多元文化主义"或带有"反抗"的意味。

到了 19 世纪，随着西班牙和葡萄牙在美洲的许多殖民地的独立，第一波美洲殖民浪潮也暂告一个段落。随之而来的是 19 世纪末到 20 世纪中叶欧洲对非洲和亚洲的殖民，也被称作"新帝国主义"（New Imperialism）。这是一次全球范围的资源掠夺和政治控制。随着欧洲国家的工业化进程，英国、法国和德国需要寻找新的市场，种族主义和社会达尔文主义为欧洲人种和文化优越论提供了重要支撑。如果说第一波浪潮打着"传播基督教"的"神圣的"名义，那么第二波殖民主义浪潮则打着"传播文明"的旗号，扬言要向亚非等所谓落后地区播撒文明，从而为自身的行径找到合法性。对亚非地区的资源掠夺和对

---

① Christopher Columbus, *The Journal of Christopher Columbus*, Cecil Jane, ed. and trans., New York: Bonanza Books, 1960, p.198.

人民的剥削，伴随着针对殖民地人民反抗的压制，一直延续到第二次世界大战之后亚非以及中东许多国家的独立运动才得以终结。

　　总体来看，第一轮殖民主义浪潮是在重商主义的影响下，欧洲对美洲的控制，第二轮殖民主义浪潮则是工业资本主义影响下，几个国家对亚非地区的劳动力资源和自然资源的抢夺。两次殖民主义对世界的政治、经济和文化产生了巨大的影响。

二、后殖民主义

　　20 世纪后半叶以后，随着许多殖民地国家的独立，殖民主义已经不再是过去那种赤裸裸的掠夺和压榨，而是产生了新的权力结构。后殖民主义作为批判性学术框架，致力于研究上述殖民主义和帝国主义对曾经被殖民的国家和人民的影响，并尤其探究其是如何通过构建知识体系、文化叙事和社会等级制度，以证明其统治的合理性的。

　　1961 年，法国心理分析学家弗朗茨·法农（Frantz Fanon）在《大地上的受苦者》（*The Wretched of the Earth*，1961）中，借鉴他在阿尔及利亚争取独立战争中的经历，以及治疗因殖民暴力而遭受创伤的精神病患者的经验，对殖民主义进行了有力的批判，并呼吁去殖民化（decolonization）。该书着重探讨了殖民对被殖民者和殖民者双方在心理和文化上的影响，并指出要想去殖民化，必须借助于有组织、有计划的政治斗争，在这个过程中暴力行动不可避免，因为殖民主义就是建立在暴力基础之上的，但早期去殖民化阶段不能过分依赖本土资产阶级，他们出于生存的本能和贪婪、自私的本性，常和西方资产阶级合谋；这个阶段必须依靠群众的力量，因为"民族存亡取决于革命性的领导人和普通民众"[①]。该书还强调民族文化对于重获自由的重要性。几个世纪以来，欧洲的殖民力量都试图抹去被殖民者的历史文化。对于曾经遭受殖民的人们而言，最重要的一步，就是要认识并重申本民族的历史，重估自身的历史并强调本民族的历史与白人的历史具有同等的价值和意义。

　　后殖民主义另一部奠基性著作出自爱德华·萨义德（Edward Said）的《东方主义》（*Orientalism*，1978）。萨义德生于巴勒斯坦的耶路撒冷，早年曾在耶路撒冷和开罗就学，中学毕业后来到美国继续深造，先后于普林斯顿大学获得学士学位、于哈佛大学获得硕士学位和博士学位，之后长期在哥伦比亚大

[①]　Frantz Fanon，*The Wretched of the Earth*，New York：Grove Press，1963，p. 203.

学任教。他在书中探讨了西方世界如何想象和再现东方的国家或"东方的"（Oriental）文化，尤其是中东、北非和亚洲地区的文化。萨义德批判了长期以来西方对东方文化的扭曲和贬低，西方将东方看作"异国情调""落后""非理性"和"不文明"的代名词，而"西方的"（Occidental）则是"现代""进步""理性"和"文明"的象征。借助福柯的权力与知识的理论，萨义德提出，西方关于"东方"的偏见已经成为某种约定俗成的"知识"，背后其实是一套权力运作机制。西方对于东方的想象不仅仅是一种学术话语和文学想象，它还和政治、经济和殖民统治交织在一起。东西方的二元对立观巩固了西方的优越感，并为其殖民行径找到了合法性。

霍米·K. 巴巴的《国家与叙事》（*Nation and Narration*，1990）是后殖民理论中的关键文本，探讨了国家如何以复杂且常常自相矛盾的方式被想象、表现和叙述的。巴巴以其关于文化混杂性、身份的"中介空间"以及权力关系如何塑造国家意识的理论而闻名。该书是一本论文集，借用了本尼迪克特·安德森的"想象的共同体"概念，主要探讨国家身份和文化是如何通过叙事、符号和表现来构建的。巴巴认为，国家并非自然的、有机实体，它通过叙事（如故事、神话和文化等）进行构建，这些叙事将人们团结在一个共同的身份下。从这个意义上说，国家是一种虚构的存在，其通过持续的叙述过程得以存在。国家身份不是静态的或先天存在的，而是通过语言、符号和历史构建被重新定义的。巴巴考察了归属国的叙事如何排斥某些群体或个人，尤其是那些不属于主流文化或族群的人。国家的叙述过程总是伴随着某种排斥，因为"国家"是通过与"他者"对立的方式构建的。这一概念涉及民族主义、公民身份和文化认同，以及某些群体（例如移民、少数民族或原住民）如何在国家叙事中被边缘化或隐形化。

作为"后殖民主义三驾马车"（另外两位为上文提到的萨义德和巴巴）之一的斯皮瓦克，于1942年出生在印度，在加尔各答大学获得了英语文学本科学位，后来在康奈尔大学获得博士学位。她的学术兴趣最初围绕比较文学展开，其理论深受解构主义思想家，尤其是德里达和福柯等学者的影响，还融入了女性主义理论的思考。她的《在他乡：文化政治论文集》（*In Other Worlds:Essays in Cultural Politics*，1987）探讨了后殖民理论与女性主义理论以及文化政治之间的关系，审视了殖民历史对权力、身份和知识的影响和塑造，分析了被边缘化的群体如何在主流知识框架中艰难地发声。在《被压迫者能说话吗？》（"Can the Subaltern Speak?"）一文中，她进一步探讨了表征的局限性，以及被压迫群体，尤其是全球南方的女性，在殖民和后殖民话语中是如何被剥夺发声的权利的。斯皮瓦克认为，被压迫者无法以传统意义的方式"说话"，因为权力结构（包括语言和话语）在设计的时候，就排斥被压迫者的存在。[①]

第二节 主要概念

后殖民主义从一个主要关注政治和文化结构去殖民化的知识运动，发展成一个广泛的跨学科领域、研究殖民主义的复杂影响的领域的演化原因，从它的主要概念中可以管窥。

一、"他者"与"他者化"

"他者"这一概念源自于哲学和精神分析的传统。在哲学中，像黑格尔和拉康都曾探讨了身份是如何通过差异来定义的。黑格尔的《精神现象学》(*The Phenomenology of Mind*，1910) 研究了个体的自我意识是如何通过对"他者"的认知来进行塑造的；在精神分析中，拉康的镜像阶段理论和自我发展的过程理论都涉及自我与外部、独立的"他者"之间的关系构建。拉康的思想促使后殖民主义的思想家去思考殖民主体如何内化殖民者强加给他们的身份，并最终导致扭曲的自我认知和心理疏离。

在后殖民理论中，"他者"或称"他者化"(The "Other"/Othering)的概念指的是殖民势力定义和构建被殖民人民身份的过程。通常，"他者"被描绘为异域的、原始的或野蛮的，被看作根本不同的、低劣的或从属的，与殖民者的"文明"与"优越"性质形成对比。制造殖民者与被殖民者之间的二元对立，有助于为殖民统治提供正当性并维持这种统治。

在《东方主义》中，萨义德探讨了"他者"如何通过文学、艺术和学术研究的方式，构建了"文明的西方"与"野蛮的东方"之间的分裂。萨义德作品中的"他者"概念强调了帝国主义如何通过文化表征来维持其权力。而在《黑皮肤，白面具》一书中，法农则探讨了黑人民族如何被迫通过殖民者的眼光来看待自己，解释了殖民主义如何扭曲身份，并在被殖民者中制造出自卑感。法

[①] 斯皮瓦克是"被压迫者研究"(Subaltern Studies Group) 的创始人物之一，该小组是一个学术团体，致力于恢复后殖民社会中（特别是在南亚地区）被边缘化群体的历史和声音。

农关于"他者"的概念与殖民统治所带来的心理创伤以及抗争与自我解放的复杂过程密切相关。

二、混杂性与"第三空间"

混杂性（hybridity）与第三空间（the third space）是后殖民理论中的关键概念，二者挑战了殖民者与被殖民者之间简单的二元对立，强调了在后殖民语境中，文化身份互动的复杂性、流动性和矛盾性。混杂性指的是由于殖民主义、迁徙、全球化以及其他形式的文化交流而产生的不同文化、身份和实践的混合与融合。混杂性并不将文化身份视为固定或纯粹的，而是认识到身份处于不断变化中，由殖民者与被殖民者之间的互动，以及种族、民族、语言和社会阶层等其他因素共同塑造。

"模仿人"（mimicry man）是巴巴提出的另一概念，这种模仿形象是其抵抗理论和混杂身份理论的核心。它指的是一个被殖民的主体试图通过模仿殖民者的行为、举止和风俗来融入其文化。然而，这种模仿不是完美的——总有一种多余或差异性打破了殖民权威。模仿人既像又不像殖民者，在这一过程中，他颠覆了殖民者的权力。例如，麦考利在 1835 年发表的《备忘录》以荒谬的夸张手法嘲弄东方学问，但在遭遇"改良的"后殖民主体的挑战时，他却表现得有些尴尬，不得不承认这是一批介于"欧洲人"和"被欧洲统治的人"二者之间的人：他们拥有印度人的血统和肤色，而他们的品位、观念、道德和思想，又是英国人的——换句话说，就是培养出一批"模仿者"。①

模仿揭示了一些东西，它与其背后的"自我本身"有所不同。模仿是一种伪装，但目的不是与背景融为一体，而是在斑驳的背景中，让自身变得斑驳——这正如在人类战争中使用的伪装技术一样。对于巴巴来说，"模仿"行为产生了混杂性，这同时也是一种抵抗形式，因为它创造了新的、不可预测的空间，在这些空间中，被殖民者不仅仅是模仿殖民者或屈从于殖民统治；相反，被殖民者以一种颠覆殖民权威的方式重新定义或"模仿"殖民者，创造了一个充满差异、模糊性和潜在颠覆的空间。在他看来，"模仿既是相似，又是威胁"②，混杂性通过复杂化那些维持殖民结构的身份和文化规范来挑战殖民权力结构。

---

① See Homi K. Bhabha, *The Location of Culture*, London：Routledge, 1994, pp. 124—125.

② Homi K. Bhabha, *The Location of Culture*, London：Routledge, 1994, p. 123.

　　第三空间的概念与混杂性密切相关，指的是一个临界的、中介的空间。在这个空间中，新的文化意义、身份和实践得以涌现出来。这个空间存在于殖民者/被殖民者、自我/他者、传统/现代这些僵化二元对立之外。第三空间是一个谈判和转型的场所，冲突的文化力量可以在这里碰撞、融合，并创造出新的东西：

　　　　正是这种"第三空间"，尽管本身无法被直接表述，却构成了表述的话语条件，从而确保文化意义和符号没有原初的统一性或固定性；甚至相同的符号也可以被重新挪用、翻译，可以重新历史化并被赋予全新的解读。[①]

　　在这些空间中，文化混杂的过程打破了传统的表征和规范，产生了某种不同的、新的、无法辨认的事物，即一个新的意义和表征的协商领域。第三空间是一个文化互动和交流的空间，它抵制本质主义的身份观念，是一个充满矛盾的场所。在这里，意义和身份永远不是固定的，而是不断地被协商和重新定义的，它不是一个静态的地方，而是一个动态的、表演性的空间——在这里，身份被建构和解构。

三、离散

　　萨义德曾在《对流亡和其他的反思》（*Reflections on Exile and Other Essays*，2000）中，写出自己在不同文化和世界中的复杂感受。他说，自己早年的时候深受身份归属问题的困扰：

　　　　我是个巴勒斯坦人，却在埃及上学，还有一个英语名字"爱德华"和美国护照——不知道哪一个才是我的身份。更糟糕的是，阿拉伯语，我的母语，英语，学校里使用的语言，两者常弄混，不知道哪个才是我的第一语言……每次自己说英语句子，耳边就回响起阿拉伯语，反之亦然。[②]

---

① Homi K. Bhabha，*The Location of Culture*，London：Routledge，1994，p. 55.

② Edward Said，*Reflections on Exile and Other Essays*，Cambridge：Harvard University，2003，p. 557.

这似乎可以看作"离散"（diaspora）的一个具象。在后殖民理论中，"离散"指的是由于殖民主义、奴隶制、移民或政治冲突等原因，导致人们从家乡迁徙、流散到其他地区的现象。它探讨了离散群体如何保持、转变或失去其文化身份，以及他们如何在原籍地与定居国之间建立联系。离散是后殖民理论中的一个核心概念，涉及身份认同、归属感、错位（displacement）和文化混杂等主题，具体包含以下几个方面。

（一）追寻文化根源

对已失去家园的渴望以及离别的痛苦是离散文学与理论中的常见主题，因为流离失所的感受会引发身份认同的问题，个体必须在新的文化环境中调和他们对原籍地的记忆与联系。

（二）记忆与乡愁

记忆在离散经历中扮演着至关重要的角色。许多离散个体通过保留文化习俗、传统和对家乡的记忆来维持身份认同。然而，随着时间的推移，这些记忆往往会被理想化或发生改变，导致他们与过去和现在之间的关系变得复杂。

（三）归属与边缘化

离散个体和群体常常面临归属问题。他们可能由于种族、民族或文化差异而在东道国感到被边缘化或疏离。同时，他们与家乡的联系也可能因时间和距离而变得疏远，使他们处于一种介于两者之间的状态，无法完全归属于任何一方。

（四）抵抗与能动性

离散群体也可以成为抵抗的场域，通过形成群体并保存文化身份，离散者可以抵抗主导的殖民或国家叙事对其文化的抹除。

离散理论提供了一个理解身份、文化和归属复杂性的框架，突显了流离失所的经历、混合身份的形成以及跨越国界不断协商文化纽带的过程。离散的个体和群体挑战了固定的国家和文化身份观念，强调了在后殖民世界中，身份的流动性和动态特质，这在许多作品中都有所体现。例如，萨尔曼·鲁西迪的小说《撒旦诗篇》（The Satanic Verses，1988）探讨了流亡、迁徙和身份认同的主题，反映了离散个体在不同文化之间徘徊的经历。小说描绘了移民在远离家乡生活时如何应对自己的身份认同，同时与宗教和文化的张力进行互动。而奇玛曼达·恩戈兹·阿迪契（Chimamanda Ngozi Adichie）的《美国佬》（*Americanah*，2013）则讲述尼日利亚女性伊费梅卢（Ifemelu）作为一名非洲移民在美国的生活经历以及她后来回到非洲的故事，着重探讨离散个体如何在新的环境中应对文化差异并重新构想自己的身份的问题。

第三节 批评与实践：
英国维多利亚时代中期小说中的"她"者

女性是英国维多利亚时期小说的重要主题，也曾一度成为批评界的焦点。20世纪以来，受批评传统的影响，学界大多只是从性别政治的维度进行探讨，且主要集中在英国本土的"家庭天使"（Angel in the House）这一形象上。这类研究促进了女性权利的发展，但在突出女性主义视角的同时，却忽略了特定的全球化背景下，英国文学中的女性形象与国家话语和殖民话语之间的关联。下文将联系具体的历史语境，考察爱尔兰、埃及等地的女性在维多利亚时代中期英国小说中的表现，并分析其与英国"家庭天使"形象之间的异同，借以窥探其背后深刻的历史原因和政治意图。

20世纪以来，对于英国维多利亚时期文学中"家庭天使"这一形象的女性的研究，取得了丰硕的成果。这一过程大致可以分为两个阶段。从20世纪初到70年代，随着女权主义的发展，学界普遍认为"家庭天使"角色把女性束缚在家庭空间内，是女性追求独立和自由之路上的绊脚石。80年代末以来，国外越来越多的史学家发现，"家庭天使"角色对于女性而言，并不只是消极的影响，该理念赋予女性的责任与义务，亦可成为女性为自身谋取政治或经济权利的重要武器。[①] 与此同时，许多文学评论家也通过重读当时的小说发现，"家庭天使"可以挪用家庭话语，直接或间接地参与公共事务。

总体看来，学界对于"家庭天使"的看法，经历了一个从否定、批判到逐步接纳、肯定的过程。两个阶段看似矛盾，实则隐含着共同的出发点，即二者都是基于女性主义展开研究的。上述研究符合19世纪以来女性意识逐渐增强的历史实情，且大大拓宽了女性主义研究的路径。然而，这类研究在

---

① 20世纪80年代后期，西方学界出现了大量相关研究。这些研究通过丰富的史料，论证了女性是如何通过使用当时社会认可的性别角色，以一种不抵抗的姿态，或参与政治事务，或推进护士等职业合法化，逐步获得正当权利的。

突出"家庭天使"的性别政治维度的同时，却忽略了其背后所隐藏的其他文化政治内涵。考虑到当时英国在全球的地位，要想更好地理解当时小说中的女性角色，有必要将其置于更广阔的背景中去考察。下面将联系具体的历史语境，通过观测维多利亚时代期小说中对爱尔兰、埃及等地区女性的刻画，说明英国的"家庭天使"在被刻画成理想女性角色的同时，又是被形塑为具有国别特色的道德范畴，使其间接参与"英国性"的建构，并巩固当时英国人的国族想象。

一、"不称职的"爱尔兰女性

在 19 世纪英国文学中，爱尔兰女性很少成为故事的主角，很多时候她们只是无关轻重的女仆或管家角色，而且大多是负面的。这些女性常常被刻画成肮脏、粗俗和虚伪的形象，这一点无论在经典的维多利亚时期作家笔下，还是在当时的畅销作家的作品中均有体现。

在勃朗特·夏洛特的《维莱特》（*Villette*，1853）中，有一位来自爱尔兰的思微内太太，虽然家庭女教师的地位略高于其他家庭女仆，但小说中的这位女教师具有诸多不良习性，如粗鲁、酗酒、造作等，之后叙述者插入一句，几乎无需解释，就能断定这位贵妇实际上就是爱尔兰人。[①] 这种想当然的语气背后，隐含着当时英格兰人对爱尔兰女性的共同偏见。这种偏见还出现在一些通俗小说中。在《奥德利夫人的秘密》（*Lady Audley's Secret*，1862）中，小旅店管家马洛尼夫人也是爱尔兰女性，尽管小说偶尔提及她的诚实可靠，但总体而言，她表现得像个智商未完全发育的孩子，愚蠢而幼稚，在持家方面她不太称职：肮脏与她有不解之缘，烹饪的食物乏善可陈，任凭陌生男子进入罗伯特房间盗取证物，而作为管家的她对此则一无所知。

在"家庭天使"的所有职责中，最重要的是母亲的角色，对这个角色的忽视也是当时英格兰人对爱尔兰人的重要指控。夏洛特·杨格（Charlotte Yonge，1823—1902）在畅销小说《雏菊之链》（*The Daisy Chain*，1856）中对库克斯莫尔地区的描写在 19 世纪 50 年代几乎就是反对爱尔兰的典型例子。库克斯莫尔地区被描写成一个充满野蛮人的蛮荒之地，那里的女人狡诈、污秽而且懒惰。其中，乌娜的母亲成了爱尔兰女人的典型：她野蛮而粗鲁，没有信

---

① 参见夏洛特·勃朗特：《维莱特》，吴钧陶、西海译，上海：上海译文出版社，1994 年，第94～97 页。

仰，从来不去教堂，不仅不能完成教育子女这样神圣的事业的，甚至还让家走到"地狱的边缘"。① 事实上，几乎所有的库克斯莫尔的孩子都没有得体的礼貌和行为。

在这部小说所构建的叙事框架中，家庭被赋予了至关重要的教育功能，被视为塑造子女品格与行为的核心场域。通过对爱尔兰家庭与英国家庭的并置描写，作者建构了一个鲜明的二元对立结构：在爱尔兰家庭中，幼儿行为失范的现象被直接归因母亲的教养失职，这种叙事策略不仅将教育失败的责任个体化，更暗示了爱尔兰家庭文化中的某种结构性缺陷。与之形成强烈对比的是，作为维多利亚时期"家庭天使"理想化身的梅夫人，其形象被赋予了诸多正面特质——她不仅展现出娴静典雅的气质，更具备高尚的道德品格。尽管梅夫人在小说叙事的中段便已离世，但她的精神遗产与教育理念却持续影响着子女的成长轨迹，这种跨越时空的影响力在文本中得到了反复强调与强化。作者通过这种对比性的叙事策略，将爱尔兰母亲建构为失职的负面典型，而将英国母亲塑造为得体的典范，这种二元对立的叙事模式不仅强化了维多利亚时期英国中产阶级的家庭意识形态，也折射出殖民话语中隐含的文化等级观念。

当时，爱尔兰连年的饥荒导致许多人流离失所，他们逃亡到英格兰，然而迎接他们的并非温饱和富足，很多时候依然是家徒四壁，食不果腹。亨利·梅修曾这样描述伦敦街头的爱尔兰人的住所：

> 在黑暗的房间后面，住着一家人。这个房间也被用作客厅，堆满了凳子和桌子……尽管这是个温暖的秋天的正午，但屋里的火既是取暖的也是照明的，在它周围蹲着许多人：母亲、孩子们和访客，他们都蜷着身子取暖，仿佛这是最寒冷的冬天。②

梅修的社会调查很大程度上反映了当时爱尔兰人的生活处境，同时似乎也在告诫英格兰人，爱尔兰之家肮脏、贫穷，离英格兰人不过咫尺之遥。英格兰人对爱尔兰人的恐惧，不仅来自低廉劳动力的竞争，还来自后者恶劣的

---

① See Charlotte M. Yonge, *The Daisy Chain or*, *Aspirations: A Family Chronicle*, London: Macmillan, 1890, pp. 333, 184, 230.

② Henry Mayhew, *London Labour and the London Poor*, Vol. 1, New York: Dover Publications, 1968, p. 110.

家居环境，以及由此可能引起的肉体和道德的双重堕落的威胁。① 当时各种社会矛盾和瘟疫等疾病的流行，进一步加深了前者对后者的排斥。可以说，"堕落的"爱尔兰女性是种族话语的一部分，受英格兰人对爱尔兰人刻板印象的影响。但这些形象的反复出现，无形之中又加深了英格兰人眼中消极的爱尔兰人形象。

爱尔兰女性形象在 19 世纪英国文学与文化表征中的刻板化建构，与当时英国社会对爱尔兰民族的整体认知框架存在着深刻的互文性关联。这种表征体系的形成根植于两个民族之间长期的历史纠葛，其中宗教分歧（新教与天主教的对抗）、政治冲突（爱尔兰自治运动与英国统治之间的矛盾）以及经济矛盾（爱尔兰农业经济与英国工业资本主义的结构性冲突）等因素共同构成了民族对立的复杂历史语境。特别是在 19 世纪的社会转型期，随着工业化进程的加速和城市化的发展，大量爱尔兰移民涌入英格兰的工业城市，这一人口流动现象进一步加剧了英格兰社会对爱尔兰人的偏见性认知。在这种社会语境下，爱尔兰人逐渐被建构为威胁英格兰社会秩序的"他者"：

> 随着竞争、限制和贸易压力的增大，资本的利润不断减少，劳动力的价格也不断下跌，爱尔兰人的无知、野蛮和草率更是无处不在。这个野蛮部落就像埃及的沙尘暴摧残肥沃的平原那样，摧残着英国的文明……②

爱尔兰人不仅被视作导致英格兰工人阶级贫困化的根源之一，更被表征为文明程度低下、道德堕落的群体。这种整体性的负面表征不可避免地投射到对爱尔兰女性的形象塑造上，使得爱尔兰女性在文学文本和社会话语中往往被简化为一系列刻板印象，成为彰显英格兰文明优越性的对立面。

---

① 在大饥荒时期，爱尔兰人多被刻画成无节制的、非理性的和不道德的形象，他们是威胁英格兰的"多余的人"（redundant surplus）。1846 年的《泰晤士报》（*The Times*）这样写道："他们（爱尔兰人）来到我们中间，却没有成为我们中的一员。他们赚走我们的钱，却没有培养出我们那样的习惯和同情心，也不像我们那样讲卫生或追求舒适，更没有我们身上那种节俭和谨慎的精神。难道他们天生就是无法克制和改变吗？" See David Lloyd，"The Indigent Sublime：Specters of Irish Hunger，" *Representations*，Vol. 92. no. 1，2005，pp. 152—185.

② James Phillips，*The Moral and Physical Condition of the Working Classes Employed in the Cotton Manufacture in Manchester*，2nd edition，London：James Ridgway，1832，pp. 21—22.

二、"不会持家的"埃及女性

　　"堕落"并非爱尔兰女性的专属，在关于其他殖民地女性的描绘中，也有类似的表征。在对埃及的管理过程中，英国也曾挪用类似的家庭话语使自身行为合法化：埃及女性，无论是上层贵族还是下层的农妇，均缺乏相夫教子的能力。[①] 当时的英国政府认为，只有等英国"帮助"埃及建立良好的家庭制度并培养合格的公民之后，埃及政府才配拥有国家管理权。[②] 在指责他族女性"持家不利"的背后，掩藏的是英格兰对自身家庭观念以及本民族文明的优越感。对于极其重视家庭理想的维多利亚时代人而言，家庭是培养个人的场所，女性又是家庭的核心，而对"堕落的"他族女性的表征，喻示了这些地区的家庭观念的落后以及个人品格的缺失，甚至是种族之未开化之象征，这无疑又反过来巩固了英格兰殖民统治的合法性。

　　受达尔文的进化论以及当时许多考古学家的"生物本质论"影响，19世纪的英国人坚信白人的优越性，同时又对可能导致白人种族沦落的非洲或东方人充满了恐惧。英国政府甚至还采取了一系列的措施，如鼓励英国女子到殖民地充当"上帝的警察"，试图利用英国女性的道德典范作用，监督并规范男性的行为举止，同时还尽可能避免英国人与殖民地居民通婚。此外，英国还向殖民地输送大量传教士，试图通过宗教的作用，教化他所认为的"劣等民族"。文学文本中也出现了大量类似的理念，如《简·爱》中的女主人公在个人理想与社会规范发生冲突的时候，便寄希望于到海外实现自我，实现将文明和上帝带到野蛮无知国度的神圣的课业：

　　　　我要成为那一群人的希望，这群人把自己的一切雄心壮志同那桩光荣的事业结合在一起，那就是提高他们的种族——把知识传播到无知的领域——用和平取代战争——用自由取代束缚——宗教取代迷信——上天堂的夙愿取代入地狱的恐吓。难道这也得放弃？它比我血管里留的血还珍贵。这正是我所向往的，也是我的目标。[③]

---

　　① See Lane Sophia Poole, *The Englishwoman in Egypt: Letters from Cairo*, *Written During a Residence There in 1842*, *1843*, *and 1844*, London: C. Knight, 1844, p. 146.

　　② See Lisa Pollard, *Nurturing the Nation: the Family Politics of Modernizing*, *Colonizing*, *and Liberating Egypt*, *1805－1923*. Berkeley: University of California Press, 2005, pp. 2－3.

　　③ 夏洛蒂·勃朗特：《简·爱》，林子译，哈尔滨：哈尔滨出版社，2002年，第345页。

1882年，英国对埃及的军事占领是其帝国扩张进程中的重要转折。然而，这一耗资巨大的海外干预行动在国内引发了激烈的政治争议，批评者质疑其必要性及合法性。为了规避直接殖民统治的指控，并缓和国内外舆论压力，英国政府采取了间接治理策略，宣称其介入仅旨在协助埃及政府推行现代化改革，待埃及证明其具备"现代"治理能力后，英国将逐步撤出。这一话语建构不仅为殖民统治提供了合法性依据，同时也将埃及的"落后"状态归因于其政治、经济及社会制度的缺陷。

在此过程中，"家庭"成为殖民话语的核心修辞工具。伊夫林·巴灵（Sir Evelyn Baring，后受封为克罗默勋爵）作为英国驻埃及总领事，强调改革必须从埃及的家庭内部开始。他批判埃及的一夫多妻制、后宫制度等婚姻实践，认为它们与英国所代表的"现代性"和"进步"价值观——尤其是一夫一妻制——形成鲜明对比。通过将埃及的家庭结构病理化，英国殖民当局进一步论证了该国政治经济体系的"不道德性"，从而合理化其持续干预的必要性。

这种话语策略使得埃及的"家庭"问题不再仅仅是私人领域的习俗，而是被提升至国家治理能力的评判标准。英国的殖民政策因此呈现出一种"家庭外交"（domestic diplomacy）的特征，即通过规范家庭实践来塑造埃及的"现代性"资格，家庭实践变成了家庭政治，家庭的标准成了一个民族或国家是否具备自治能力的重要标准。[①] 在此框架下，家庭制度的改革成为衡量一个民族是否具备自治能力的关键指标，而英国的殖民统治则被包装成一场旨在"教化"埃及、促使其迈向"文明"的"道德工程"。这一过程不仅强化了殖民权力的渗透，同时也揭示了帝国如何通过性别与家庭话语来维系其霸权逻辑。

在19世纪英国殖民扩张的语境下，以英国为代表的现代化模式呈现出显著的政治经济中心化特征，这种模式与东方专制制度和传统政治体制形成鲜明对比。在此过程中，英国的家庭结构被建构为现代文明的典范，而埃及和印度的家庭制度则被殖民话语系统性地贬斥为落后与不道德的象征。具体而言，英国的一夫一妻制被赋予了文明进步的意涵，与东方社会的一夫多妻制形成二元对立。这种殖民话语的建构不仅体现在家庭制度层面，更延伸至政治领域：英国殖民者通过将埃及人的家庭观念描述为"过时"和"落后"，进而论证其不适合担任政府要职的政治合法性。殖民话语进一步将埃及男性塑造为"柔弱"

---

① See Lisa Pollard, *Nurturing the Nation: the Family Politics of Modernizing*, *Colonizing*, *and Liberating Egypt*, *1805 − 1923*, Berkeley：University of California Press, 2005, pp. 2−3.

的形象，认为他们既无法保护妻女免受柴堆火葬之害，更无能力治理国家，从而为英国的殖民统治提供合理化依据。值得注意的是，在这种殖民话语体系下，家庭落后的根源被归咎于女性主体，埃及女性尤其受到严厉批判，被指责为缺乏为人妻、为人母的应有品质：

> 最致命的……是女性的地位……儿童早期，或许是也是一生中最重要的时期，受到了女眷们的不良影响……东方女性几乎不具备什么改良的能力。作为妻子，她不能净化丈夫的思想，也不能使他充满活力；作为母亲，她无法给孩子带来正面的影响；作为女主人，她不能让客人有舒适感……总之，缺上等的教养。①

在埃及，就连上层女性都被看作糟糕的持家人，更不用说来自下层的百姓了。农夫的妻子往往缺乏基本的持家能力，家里污垢丛生：

> 到处都是泥土地板和污垢……这是一个典型的村庄……或许也是世界上最懒惰的地方。男人和女人在屋里闲逛，或蹲在尘土上，他们都非常懒惰。此外，几乎所有的女人都在给孩子喂奶……男人比女人还干净一些，各方面都好一些。②

埃及的农妇也遭到指责：她们不懂得如何让屋子保持整洁、不会照顾孩子，也从不关注他们，孩子们几乎像动物一样被放养，当生存状况受到威胁的时候，她们还可以把孩子像商品一样进行买卖：

> 从出生开始，这些孩子就很少受到关注——至少看起来是这样。很迟才给他断奶，一旦能走路，他整天就和家禽和山羊混在一起……他很少或几乎不洗澡，成群的苍蝇在他眼前飞着……形势悲惨的时候，母亲可能把他卖了。③

---

① See Lane Sophia Poole, *The Englishwoman in Egypt: Letters from Cairo*, *Written During a Residence There in 1842*, *1843*, *and 1844*, London: C. Knight, 1844, p. 146.

② Charles Dudley Warner, *Mummies and Moslem*, Hartford, Conn: American Publishing Co., 1876, pp. 294－295.

③ Bayle St. John, *Village Life in Egypt*, London: Chapman and Hall, 1853, pp. 143－144.

　　在维多利亚时期的文学作品与殖民游记中，爱尔兰女性及亚非殖民地女性往往被塑造为负面的、消极的形象。需要指出的是，这并不意味着同时期英国本土女性均被描绘为符合"家庭天使"理想范式的完美形象。事实上，英国女性角色亦常呈现复杂多元的形象，其偏离主流道德标准的行为或源于社会现实的残酷，或可归因于结构性压迫导致的心理异化，因而文本叙事中往往渗透着作者的无奈与同情。

　　然而，相较之下，殖民地女性的"恶行"则被本质主义话语建构为种族劣根性的必然结果。在帝国意识形态的框架下，她们的道德"堕落"不仅被视为家庭伦理缺失的表征，更被阐释为整个种族退化的重要标志。这种叙事逻辑与当时盛行的文明等级论形成共谋——在许多英国知识精英看来，对所谓"未开化"族群的殖民统治，实则是一场以文明教化为使命的启蒙工程。

　　因此，维多利亚文本中对爱尔兰及亚非殖民地家庭女性的模式化书写，既折射出帝国知识界对"他者"的认知范式，又通过将种族差异本质化的修辞策略，客观上参与了维护殖民统治合法性的知识生产。这种表征实践不仅强化了帝国/殖民地、文明/野蛮的二元对立，更通过文学想象巩固了殖民话语的知识权力体系。

第七章　马克思主义

马克思主义是由卡尔·马克思（Karl Marx，1818—1883）和弗里德里希·恩格斯（Friedrich Engels，1820—1895）发展起来的，旨在分析塑造人类历史的经济体系、批判资本主义结构的社会经济和政治理论。马克思主义文学批评将文学视为物质条件的产物，而非孤立的艺术形式，通过历史唯物主义和社会经济背景的视角分析文本，将文学分析从传统的审美范畴扩展到对文本政治和社会维度的探讨。

第一节　理论发展

马克思主义文学批评源于马克思和恩格斯的思想，强调文学作为文化上层建筑的一部分，受经济基础的决定性作用。马克思主义理论继承者卢卡奇提出"反映论"，将能够捕捉时代特征和历史动态的作品视作伟大的文学创作。阿尔都塞和詹姆逊则结合了精神分析学和符号学理论，将马克思主义批评延伸到意识形态和"政治无意识"的领域。

一、马克思、恩格斯主要思想

马克思和恩格斯主要在《德意志意识形态》（*The German Ideology*，1845）和《共产党宣言》（*The Communist Manifesto*，1848）两本书中分析了现实的本质。前一本书发展了辩证唯物主义思想（dialectical materialism）。"辩证"一词最早由古希腊哲学家苏格拉底和柏拉图用来形容包含矛盾观点的逻辑推导过程。19 世纪哲学家黑格尔将其阐释为"正—反—合"（thesis-antithesis-synthesis）的过程。马克思和恩格斯在"合"的概念基础上，发展出辩证唯物主义，即存在决定意识，现实是物质的，而非精神的，文化并非基于某种神圣的或柏拉图式的理念。决定我们是谁的，不是我们的哲学或宗教信仰，因为我们不是精神存在，而是社会建构的产物：一个人的意识是通过日常的生活及与他人的交往而形成的，即社会生产的基础是经济方式，它决定了人类的制度和意识形态等上层建筑。

历史唯物主义是马克思主义的基本方法论。它将物质条件（特别是经济体系）视为社会的基础，认为人类历史是基于生产方式的变化，阶段性地发展演进的。马克思指出社会历史阶段进程包括奴隶社会、封建社会、资本主义社会、社会主义社会，最终过渡到共产主义社会，每个阶段都以压迫阶级和被压迫阶级之间的冲突为特征，这种冲突最终导致革命性的变革。1844年，马克思在巴黎遇到恩格斯，两人决定合作解释共产主义的原则（后来称之为马克思主义）并组织一个国际运动。在《共产党宣言》里，马克思和恩格斯认为，资本家通过经济政策和商品的生产奴役了无产阶级，无产阶级必须反抗并剥夺资产阶级的经济和政治力量，将私有财产交给政府进行公平分配，从而废除私有制，最终消灭阶级差异。

在《资本论》（1867）里，马克思进一步阐释了经济基础的决定性作用。马克思借用了法国哲学家德斯蒂·德·特雷西（Destutt de Tracy）提出的"意识形态"（原意为"关于观念的科学"）一词，来说明资产阶级的统治、习惯和实践特征。资产阶级通过控制物质生产，间接控制着上层建筑，并有意无意地向无产阶级渗透他们的意识形态，影响后者的自我定义和阶级意识，使工人阶级无法看清楚自己被剥削、被压迫的社会地位，进而产生一种"虚假的意识"（false consciousness）。资本主义社会的意识形态导致了个人的碎片化和异化，尤其是对无产阶级而言，劳动的分工使得工人无法看到商品的生产、分配和消费的全过程，他们被迫与自己劳动的全部价值分离，也和其他工人分离，成了一个固定的工具角色，看不到自己处于被剥削、被压迫的社会地位。只有让政府拥有工业并控制国家经济生产，工人才有望摆脱资产阶级的剥削。

在马克思生活的时代，主要的文学批评手法是传统的"历史—传记"式批评，即通过考察作家的生平、作品创作的年代及历史和文化背景，来分析一部作品。马克思接受了这个观念，并补充了另一个要素——生产的经济条件，它包括"谁决定了哪些作品可以出版""何时出版""如何出版和传播"等，这就要求批评家不仅要分析文本内部的社会要素，还需要考察文本外部复杂的社会关系网。

马克思的著作涉及经济学、社会学、历史学和政治学多种理论，这些理论被称为马克思主义。尽管马克思主义最初的构想并非为了解释文学文本，但其原则在早期就被应用于文学批评中，并得到后来马克思主义文艺工作者的不断丰富和充实，并在 20 世纪的实践中，日益成为一个具有影响力的批评流派。

二、法兰克福学派

法兰克福学派（The Frankfort School）是指一群与德国法兰克福的社会研究所（Institute for Social Research）相关的知识分子，该研究所于 1923 年成立。法兰克福学派源于马克思主义传统，旨在分析和批判现代资本主义社会。这些学者试图解释为何马克思所预言的资本主义社会革命并未发生。资本主义已经发展成更加复杂和微妙的统治形式，涉及的不仅是经济剥削，还包括文化和意识形态的控制。法兰克福学派的核心人物包括马克斯·霍克海默（Max Horkheimer）、西奥多·阿多诺（Theodor Adorno）、赫伯特·马尔库塞（Herbert Marcuse）、瓦尔特·本雅明（Walter Benjamin）以及后来的尤尔根·哈贝马斯（Jürgen Habermas）。

在谈论法兰克福学派之前，有必要先提及匈牙利马克思主义文论家卢卡奇。卢卡奇出生于布达佩斯一个富裕的犹太家庭，最初受到德国唯心主义（尤其是黑格尔哲学）的影响，但在接触到马克思的著作后，逐渐转向马克思主义。他的转变还受到中欧政治动荡的影响，包括他本人积极参与的 1917 年的俄国革命和 1919 年匈牙利苏维埃共和国的变革。卢卡奇是西方马克思主义发展的重要人物，他关于物化、阶级意识以及文化和艺术在社会变革中作用的理论，在哲学、文学和文化研究领域都引发了广泛的讨论。卢卡奇认为对文本的象征、意象和其他文学手法的细致分析可以揭示阶级冲突和经济基础与上层建筑之间的直接关系。这种方法也被称作"反映论"（reflection theory），将文学文本视作社会意识的直接反映。反映论也被称作"庸俗马克思主义"（vulgar Marxism），因为他们认为经济基础和上层建筑是一种单向的关系，而文学作为上层建筑的一个组成部分，同样直接反映了经济基础。他们认为通过文本细读，可以得知文本的现实以及作者的世界观，批评家要做的就是展示作品角色是如何反映他们的所处的历史、社会经济背景以及作家的世界观的。

法兰克福学派同意卢卡奇所说的文学揭示了文化的异化和碎片化，文学就像其他产品一样，也是由资本主义生产的，不存在所谓的直接反映人们意识的纯粹的审美活动，因为市场，或者说商品的销售，最终决定了文本的出版方式和生产实践。文本反映了文化的碎片化而非整体性，文学已经失去了本雅明所说的"宗教般的光晕"（quasi-religious aura），批评家不该默认资产阶级在文学作品中植入的想法和欲望，而要自觉抵制资产阶级意识形态。本雅明的好友布莱希特曾将上述思考应用于具体的戏剧表演之中。戏剧家利用剧院来表达自己的观点，但他们却受剧院控制。为了避免盲目地接受资产阶级既定风俗，戏剧家需要进行反抗并掌控戏剧生产的模式。戏剧演出应放弃亚里士多德的时间、地点和行动的统一性原则，也无需服务于让观众"眼见为实"的目的，而是应该引入"史诗剧场"（epic theatre）的概念，创造一种"间离效果"（德语原文：Verfremdungseffekt），有意打断观众的预期。例如，在戏剧中，布莱希特会通过歌曲或演讲的插入，让观众清醒地意识到自己是在观看戏剧，直面戏剧中提出的伦理和社会问题，从而被迫采取行动或做出决定。布莱希特的史诗戏剧旨在激发理性思考和社会变革，而非单纯的情感宣泄（catharsis）。他提出的"间离效果"试图让观众保持批判性思维，而不是被动地接受叙事，这一点与法兰克福学派对大众文化作为资本主义意识形态工具的批判相契合。

三、杰姆逊

弗雷德里克·杰姆逊（Fredric Jameson，1934—2024）是美国最为重要的马克思主义批评家，提出了"辩证批评"（dialectical criticism）的概念。他的《马克思主义与形式》（*Marxism and Form*，1971）一书主张，在分析文本的时候，所有的批评家都要清楚地意识到自己的意识形态，即"辩证的自我意识"（dialectical self-awareness）。《后现代主义：晚期资本主义的文化逻辑》（*Postmodernism，or the Cultural Logic of Late Capitalism*，1991）一书则强调，后现代主义不仅是一种审美风格，更是晚期资本主义的文化逻辑，它模糊了高雅文化与大众文化之间的界限，偏好缺乏批判意图的模仿形式——拼贴（pastiche），表现出一种历史深度的丧失，即"历史健忘症"（historical amnesia）。

杰姆逊的《政治无意识：作为社会象征性行为的叙事》（*The Political Unconscious：Narrative as a Socially Symbolic Act*，1981）是马克思主义文学理论的里程碑之作。该书借用了精神分析中"无意识"的概念指出所有叙事作品，无论其主题是什么，实际上都受到潜在的社会政治和历史力量的塑造，即"政治无意识"。也就是说，所有文化作品都是其所处时代意识形态斗争的反映，受创作历史时刻影响，并成为与政治和经济结构互动的文化话语的一部分。即便是表面上看来与政治无关的文学作品，在经过深入分析后，也可能显露出潜藏的政治意涵或关于权力的假设——因为所有文本实际上都是社会象征性行为。

借鉴马克思主义和精神分析传统，杰姆逊发展了一种"症候式阅读"

（Symptomatic Reading）方法，用于揭示文本的政治无意识。与单纯关注文本明确表达内容的阅读方式不同，症候式阅读强调那些未被说出的、被压抑的或潜意识中暗示的内容，如文本中的遗漏、空白、矛盾和沉默①，进而揭示其背后蕴藏的社会结构和意识形态冲突。症候式阅读的主要特点如下：

第一，症候式阅读不只是对文本的纯粹表层解读（如其字面意义或作者意图），而是要深入探究文本下隐藏的意义结构。

第二，关注矛盾与沉默。症候式阅读特别关注叙事中的矛盾或意识形态的不一致性，以及文本刻意回避或省略的内容。这些被认为是更深层次意识形态冲突或历史紧张关系的"症状"。

第三，将文本看作意识形态的产物。症候式阅读认为，文本并非中立或孤立的，而是在特定的社会经济和意识形态背景下产生的。因此，它将文本视为对历史现实的反映或扭曲。

第四，受弗洛伊德精神分析学的影响，症候式阅读将文本视为无意识的表现，其中被压抑的欲望或冲突会通过符号、空白或移位间接显现出来。

杰姆逊的另一个重要贡献，是他强调叙事形式与历史语境之间的关系。"永远历史化"（Always historicize）是他的重要主张，也就是要将叙事作为其所处历史语境的一部分来理解。任何个别文本都无法脱离其所处的历史与经济力量，而对文化作品的任何分析都必须考虑其在社会与经济生活整体性中的位置。叙事的结构不仅仅是一种形式特征，也是其创作过程中意识形态力量的反映。换句话说，故事如何被讲述——包括其情节、主题和人物——往往对应了其创作时期的社会和政治动态，如阶级斗争或不同社会群体之间的冲突。法国作家雨果的《悲惨世界》中主人公冉·阿让（Jean Valjean）与检察官贾维尔（Javert）之间的冲突不仅是一场个人的斗争，也体现了更广泛的阶级冲突。冉·阿让代表了一个底层人从贫穷到富裕与受人尊敬的过程，而贾维尔对法律与秩序的绝对忠诚，则代表了维持社会等级秩序的权威结构。小说叙事结构将个人故事与重大历史事件（法国大革命）交织在一起，反映了个体能动性与更大社会力量之间的紧张关系。小说通过多视角的叙述方式和对系统性不公的呈现，揭示了 19 世纪法国社会秩序的意识形态力量。卡夫卡的小说《审判》的叙事结构则是现代资本主义社会异化效应的一个有力例证。主人公约瑟夫·K.（Josef K.）陷入了一个荒诞、梦魇般的官僚系统，无法理解也无法逃脱它。小说片段化、令人迷惑的叙事结构，反映了个体在不近人情的社会控制系

---

① 症候式阅读类似心理学中的"Freudian Slips"。

统支配下的无奈与迷失；而重复、缺乏清晰的结局和持续困境感的叙事风格，则体现了资本主义社会中的异化与碎片化。

四、伊格尔顿

特里·伊格尔顿（Terry Eagleton，1943—）是英国文学理论家和文化批评家，他的研究既涉及马克思主义对文学和文化的批判，也探讨了马克思主义对革命社会变革的潜力，探索了文学批评与政治思想之间的交集。

伊格尔顿的《文学理论导论》（*Literary Theory: An Introduction*，1983）一书试图论证文学不应脱离社会政治条件被单独研究。该书将马克思主义批判精神、通俗易懂的论述与犀利的机智熔于一炉，系统梳理了从俄国形式主义到后结构主义等 20 世纪主要理论流派，同时瓦解了"文学理论无关政治"（Literary theory is apolitical）的神话。在"结论：政治批评"一章中，伊格尔顿再次强调文学与政治的关联：

> 根本无需将政治拉入文学理论中，事实上，就像南非的运动从一开始就存在一样，文学理论自诞生之日起，就一直与政治有关。我所说的"政治"，不过就是我们组织社会的方式以及其所包含的权力关系。在整本书中，我都尝试说明现代文学理论的历史是我们时代政治和意识形态历史的一部分。[①]

《文学理论导论》远非普通的入门教材，而是一部宣告文学与意识形态及权力紧密相关的宣言书。除了文学关乎政治，伊格尔顿还认为艺术也是如此。传统的观点中，艺术常被浪漫化为一种纯粹超验体验的现象——仿佛与权力、政治和社会正义的现实毫无关联，伊格尔顿的《美学意识形态》（*The Ideology of the Aesthetic*，1990）一书通过细致梳理从启蒙运动到当代美学观念的历史发展脉络，来论证美学无法脱离其生产和消费的社会政治语境，艺术运动与意识形态变迁往往联系紧密，因而美学形式常常成为意识形态冲突的战场。

---

① Terry Eagleton, *Literary Theory: An Introduction*, Oxford: Blackwell Publishing, 1983, p. 169.

在"理论鼎盛时期"（High Theory）①之后 20 多年，伊格尔顿写了《理论之后》（*After Theory*，2003）一书，旨在回顾那个时代。伊格尔顿既评估了后现代理论取得的成就与存在的缺陷，也提出了需要探索的新方向。后现代主义理论的重要成就包括研究对象的扩展（涵盖性别、性向、大众文化、后殖民主义等议题），以及对传统假设的全面的自反性批判。但"理论"也犯下了诸多严重错误，如过分攻击规范性（the normative）、执迷于真理的相对性、拒斥客观性及（过度）反对一切本质主义等，这暴露出一种不自觉的唯心主义倾向，或至少是对人类物质性的漠视——这种倾向归根结底源于对死亡的无意识恐惧。尽管后现代主义为理解意义与表征的复杂性提供了重要洞见，但它也导致理论过度抽象化，使批评家与现实关切及伦理思考脱节，回避政治介入，有时还将理论游戏置于实质性的社会批判之上。后现代主义往往催生对变革与进步可能性的冷漠或犬儒态度，其世界观带有虚无主义色彩。与此相对，伊格尔顿主张一种更具政治参与性和伦理根基的文学批评路径，强调社会语境的重要性与文化生产的现实意义。

伊格尔顿是当代最活跃的马克思主义文艺理论家之一，其主要思想很难用三言两语来概括，但通过上述著作简介我们可以进行管窥。总体而言，在伊格尔顿看来，文学不单纯是作者灵感或情感的产物，也是意识形态的产物，而意识形态又是历史的产物，这种意识形态是人与人之间在特定的时间和特定的地点社会交流的结果，所以批评家的任务就是要去重构作家的意识形态及其社会环境的意识形态。

伊格尔顿对马克思主义理论的最大贡献之一，是他对意识形态与文学形式之间相互关系的考察，即文学的形式特性——如体裁、结构、语言和风格等——如何与意识形态相互作用。在他看来，"形式构成内容，而不仅仅是内容的反映"（Form is constitutive of content and not just a reflection of it）②。伊格尔顿强调文学形式并非内容的被动载体，而是主动塑造内容，例如，一首运用了英雄双行体的齐整性、对称性以及平衡感的新古典主义诗歌，一部利用后台活动来补足舞台现实感的自然主义戏剧，一篇打乱时间顺序或者转换人物视角的小说——所有这些例子都说明，艺术形式本身就是道德或者意识形态意义的母体，即使是一首诗意的胡诌、一段文字游戏或者一个无意义的词语"jea"，都可能隐含着一种观点，因自己激发的创造性力量而感到愉悦，刷新

---

① "理论鼎盛时期"即福柯、德里达等人的后现代主义理论盛行的阶段。
② Terry Eagleton，*How to Read a Poem*，Oxford：Blackwell Publishing，2007，p. 67.

我们对世界的认识，释放种种无意识的自由联想。① 也就是说，文本中的一切形式都能创造意义。语调、节奏、押韵、句法、谐音、语法、标点等，都是意义的生产者，而不只是意义的容器，改变其中任何一个，就是改变意义本身。

除了文本形式外，伊格尔顿认为文学的体裁也具有道德意味，以现实主义小说为例：

> 有不少现实主义小说鼓励读者与人物建立认同。……通过调动想象力，再现他人的经历，现实主义小说使我们的同情心变得更为博大，也更为深切。从这个意义上讲，这是一种无须说教的道德教化。这里的道德指的是形式，而不仅仅是内容。②

伊格尔顿认为，现实主义小说描写典型人物、反映时代状况、再现世界真实，有助于读者复原他人的各种经验，唤起读者的共情，可见现实主义小说这种文体形式自身就具有道德意义。他还深入分析了乔治·艾略特的创作观念，由此证实自己对于现实主义小说的理解：

> 乔治·艾略特是个特别喜欢说教的作家，对现代阅读口味而言尤其如此。但她就是这样看待小说这一形式的。"要说我对写作的效用有什么热烈的企盼，"她曾在一封信中写道，"那就是我的读者能够更好地想象并感受别人——那些人除掉也是血肉凡胎，也在胼手胝足，也会误入歧途，和他们毫无相似之处——的喜怒哀乐。"对艾略特来说，创造性想象是自我中心的反面，它使我们得以进入他人的内心的世界，而不是与世隔绝，封闭在个人的空间里。从这个角度说，艺术创作近乎伦理学。如果大家当真能用别人的视角看待世界，那我们对他们的行为模式及动机就会有更加充分的了解，不至于再以隔岸观火的态度去指责他们。③

现实主义小说这种形式最为重要的意义，就在于其能够使人们通过阅读作品，设身处地地感受他人的经验，克服利己主义的局限，进入他人的内心世界，从而强化道德意识。

---

① 参见特里·伊格尔顿：《文学事件》，阴志科译，开封：河南大学出版社，2017年，第52页。
② 特里·伊格尔顿：《文学阅读指南》，范浩译，开封：河南大学出版社，2015年，第87页。
③ 特里·伊格尔顿：《文学阅读指南》，范浩译，开封：河南大学出版社，2015年，第87～88页。

伊格尔顿的分析揭示了文学形式不仅仅是美学选择，还是深刻的意识形态实践，形式也是一种"物质现实"（material reality），"书写诗的形式的历史，即是书写政治文化的历史的方式之一"（To write the history of poetic forms is a way of writing the history of political cultures）①。

第二节　主要概念

马克思主义文学批评认为文学既是社会经济背景的产物，也是反映和塑造意识形态的工具。理解马克思主义文学批评理论需要掌握几个关键术语，如经济基础和上层建筑、阶级斗争、异化、物化以及文化工业等，这些术语帮助批评家探索文学如何揭示或掩盖社会中的权力结构以及压迫与抗争的关系。

一、经济基础

在对待社会历史发展及其规律问题上，唯心史观一直在西方占据统治地位，而马克思主义则关注思想动机背后的物质动因和经济根源，提出社会存在决定社会意识，即唯物史观。物质生活的生产方式制约着整个社会生活、政治生活和精神生活的过程。不是人们的意识决定人们的存在，而是社会存在决定人们的意识。社会的物质生产力发展到一定阶段，便同现存生产关系发生矛盾，那时社会革命的时代就到来了，随着经济基础的变更，上层建筑也或慢或快地发生变革。

根据马克思的观点，人类历史背后的推动力是其经济体系，人们的生活是由他们的经济状况决定的，社会是由其生产力塑造的。经济基础决定上层建筑，是马克思主义的重要主张。经济基础指的是社会的经济结构，包括生产资料（如土地、工厂）和生产关系（如阶级关系）。上层建筑包括文化、政治、宗教和意识形态，具体如社会制度、价值观、艺术和法律等，它们由经济基础决定并服务于经济基础。这意味着，要解释任何社会或政治背景、任何事件或产物，首先需要理解它们发生的物质背景和历史环境。

一个社会是由其"生产力"塑造的，社会以向人们提供食物、衣物、住所以及其他类似必需品的方式，在人群中形成了社会关系，这些社会关系成为文

① Terry Eagleton，*How to Read a Poem*，Oxford：Blackwell Publishing，2007，p. 164.

化的基础。简而言之，生产资料决定社会结构。例如，资本主义具有两种构造：资产阶级拥有财产，从而控制生产资料；而无产阶级是被资产阶级控制的工人，他们的劳动创造了资产阶级的财富。那些控制生产资料的人拥有权力基础，他们有许多方法维持现有地位。他们可以操控政治、政府、教育、艺术和娱乐、新闻媒体等各个方面，以达到这一目的。

例如，在莫泊桑的小说《项链》中，经济基础有着重要意义。有产者和无产者的差距通过他们拥有和缺乏的物品，以及他们获得财富和权力的机会的多寡来体现。洛伊塞尔夫人的丈夫是一个职员，过着与他的雇主截然不同的生活。"小职员"不会与上层人物亲近，除非通过偶尔的邀请（他非常渴望得到这些邀请）。而在这样的场合中，洛伊塞尔夫人很难打扮得体。随着这对夫妇不断从事越来越卑微的工作，以偿还他们的债务，阶级的分化变得愈发明显且无法弥合。由于欠资产阶级的债务——这些债务是因为洛伊塞尔夫人弄丢富有朋友的项链而产生的——他们在社会阶层中逐渐下沉，失去了曾经对社会地位或物质舒适的最后一点掌控。最终，洛伊塞尔夫人变得衰老、不修边幅，甚至连她的朋友也认不出她来。最不公正的是，她在 10 年后得知，自己的努力都是徒劳的。资产阶级再次欺骗了她，富有朋友借给她的项链并非钻石，而是切割玻璃。

资本主义的经济还给人们带来了心理上的损害，为了销售更多商品，资本主义利用了消费者的不安全感，促使他们在商品的数量和质量上与他人竞争：更换一辆新车，更大的钻石订婚戒指，再买一座房子，等等。其结果就是商品化——人们开始以物品的影响力（符号价值）或转售的可能性（交换价值）来评价它们，而非其实际用途（使用价值）。例如洛伊塞尔夫人和她的富有朋友都是过分强调符号价值的受害者。前者被珠宝、礼服和时尚人群的闪耀迷惑，以至于在自己丈夫的谦卑关怀中找不到什么幸福；而她的富有朋友对项链的兴趣仅限于它是财富的象征——她用玻璃替代了真正的钻石。对那些具有符号价值或交换价值的物品的追求，一旦变得极端，就成了"炫富式消费"（conspicuous consumption）。

在马克思主义者看来，私有制从奴隶制开始，然后演变成封建制度，到了18 世纪末基本被资本主义取代。资本主义在 16 世纪就开始萌芽，并在 19 世纪中期，伴随着资产阶级的权力增长，成为一种完全发展的体系。在每一个阶段，资本主义都带来了负面后果，因为它是一个有缺陷的体系，它通过压迫多数人来维持少数人的权力，其结果必然是持续的阶级斗争。马克思主义者致力于揭示资本主义的内在矛盾，以便无产阶级认识到他们的压迫并奋起反抗，夺回应得的东西。《项链》中的洛伊塞尔夫人，虽然没有发动革命，但她意识到自己痛苦的根源是因为富有的朋友。马克思主义认为资产阶级的垮台和无产阶级的胜利是同样不可避免的，而从这种革命中诞生的新社会将是一个无阶级的社会，在这个社会中，每个人都能平等地享受其物品和服务，如食物、教育和医疗。

在文学批评中，要从马克思主义视角考察文本中的经济力量，可以从提出并解决以下问题开始：文本中所描绘的社会中，谁是有权势的人？谁是无权的人？这两类人是否得到了读者同等的关注？文本希望读者钦佩哪个群体？读者会对哪个群体表示同情？故事中有的权力来源于何处？是继承的，财富的，还是暴力的结果？为什么其他人不具备这个权力？

二、物化

乔治·卢卡奇（György Lukács，1885—1971）是马克思主义文学和文化理论的重要代表人物，他在《历史与阶级意识》（1923）中提出了"物化"（reification）这一核心概念。物化源于拉丁语"res"（物体），借助该词，卢卡奇批判了资本主义的异化效应：资本主义将人类关系转化为商品，即"物化"。这一概念是卢卡奇批判资本主义社会的核心观点之一，揭示了商品化如何影响物质对象、人类意识、社会关系及文化生产。

卢卡奇的物化概念建立在对马克思《资本论》中商品拜物教（commodity fetishism）的分析之上。资本主义社会里的商品呈现出一种神秘性：其价值似乎是固有的，而生产商品所需的人类劳动被掩盖了。卢卡奇将这一思想延伸，认为物化是一种普遍现象，不仅仅体现在物质对象上，还体现在人类的意识和社会关系中，导致异化和疏离。物化主要体现在以下三个领域：首先，在经济生活上，当工人被当作生产机械中的可替代部件后，劳动不再是人类创造力的体现，而被视作一种商品买卖。其次，在社会关系中，人与人之间的关系被简化为市场逻辑下的交易关系。最后，在意识形态上，个体内化了物化逻辑，将社会结构视为不可改变的"自然法则"，而非可以改变的人类构建。资本主义通过商品化在生活的各个方面实现全面的物化，人与人之间的关系具有了事物的特性，因此获得了一种"虚幻的客观性"。这种客观性使得个体失去人性化，他们开始将自己和他人视为经济效用的工具。物化通过将不平等自然化的方式，维持资本主义的主导地位。它总是强调效率和专业化，割裂了个人的经验，使其难以察觉系统性的社会不公正并采取行动。

物化不仅体现在经济领域，还蔓延到文化和文学这些深受资本主义商业化影响的领域。在资本主义社会中，文化本身都成了商品。艺术作品、文学以及其他的文化形式不再是人类创造力的表达，而成了可以买卖的商品，这导致了文化生产的异化（alienation）。艺术家和作家也像工人那样，被迫为市场而生产作品，而不是为了真正的自我表达而创作，他们的作品已经脱离个性（individuality）。此外，物化的艺术还造成了文化形式的标准化。大众生产和消费酿造了文化的同质性，以往的原创性、批判性让位于易接近性（accessibility）和娱乐性。例如，现在的一些书商或影院经营的目的，不是激发人们思维的碰撞，而是追求销售量和票房。

文学对于物化有两种回应方式。第一种是文学作品反映了物化社会的碎片化的意识。在卢卡奇那里，现代主义是一种艺术上逃避现实的形式，它倾向于将社会割裂成孤立的、不相关的几个部分。这反映了资本主义所导致的异化和解构，呈现出一个破碎的、主观的世界观。乔伊斯的《尤利西斯》这样的现代主义作品，通过支离破碎的叙事和对人们内心世界的关注，突显了晚期资本主义碎片化意识的症状。然而这一类作品虽然反映了资本主义制度下的异化和切割，却因为过于关注主观经验而未能充分揭示社会批判，无法展示社会的"整体性"。① 相比之下，第二种是文学作品，即现实主义作品，如巴尔扎克、托尔斯泰和狄更斯的作品，则反映了社会的整体性。例如，在巴尔扎克的《人间喜剧》或托尔斯泰的《战争与和平》中，生动刻画了个人生活、阶级结构和历史力量的相互关联，同时也反映了他们所处时代的社会整体性。文学的任务是揭示物化的过程，同时指出解放的可能性。现实主义叙事能够帮助读者批判性地理解他们自身被物化的境遇，能很好地抓住个人生活与更加广阔的社会生活之间的关联，将人物角色放置在历史进程之中，让读者更好地理解他们的处境，并反思可能做出的改变。狄更斯的《艰难时世》就通过对功利主义和工厂生活以及对工人的非人性化的描绘，批判了工业资本主义。现实主义作品展现了人的能动性和团结性，揭露了资本主义制度剥削和压迫的本质。

---

① 卢卡奇关于"整体性"的概念是其马克思主义哲学中的核心思想之一，并尤其体现在他对社会系统和历史发展的分析中。卢卡奇认为，理解资本主义不仅仅是分析经济生产问题，而且需要全面理解社会生活的各个方面（文化、政治、意识形态和经济）是如何相互关联的。他的整体性概念源自历史唯物主义。马克思主义理论认为，社会的物质条件（特别是经济生产）塑造了生活的所有其他方面。他认为历史不能分割开来理解，社会的所有部分都是相互关联的，并构成一个整体的历史进程。同时，卢卡奇还借鉴了马克思的辩证方法，运用辩证思维来理解整体性。这意味着要认识到社会中的矛盾（例如阶级之间的矛盾），并理解这些矛盾是一个动态、不断发展的过程的一部分，这个过程最终导致社会变革。对于卢卡奇来说，整体性不是一个固定或最终的状态，而是一个动态变化的过程。

三、文化工业

法兰克福学派批判理论的重要人物阿多诺提出了"文化工业"（The Culture Industry）这一概念，用以批判资本主义下文化的大规模生产。他在与马克斯·霍克海默（Max Horkheimer）的合作的经典论文《文化工业：作为大众欺骗的启蒙》（*The Culture Industry: Enlightenment as Mass Deception*，1944）中阐明了这一思想。阿多诺的理论批判了文化工业通过标准化和商品化文化产品，操控个体并维持资本主义的运作这一现象。

"文化工业"一词指出了文化生产的工业化过程：艺术、音乐、文学以及其他文化产品都像其他商品一样，以一种重复性的、程序化的方式被制造出来。文化产品生产过程是一整套标准化的过程，文化成了商品，主要目的是销售，而不是传统的艺术表达和艺术批判。

同质化是文化工业的主要特征之一，不同的文化表达都具有某种"一致性"。例如，大多流行音乐和好莱坞票房好的电影都遵循某一种类似的模式，以便吸引大众的兴趣。除了这种一致性，文化工业还产生了"伪个性"（pseudo-individuality）——一种假冒的独一无二性。消费者认为自己在做选择，如选择听哪一首歌、看哪一部电影等，但事实上他们的选择已经被提前"设定"好了，因为在一个标准化的体系中，标准在他们选择之前就已经被确定好了。此外，文化工业不鼓励消费者积极参与到文化产品之中，那些可能引起批判思考的艺术形式被更具有趣味性但也更肤浅的形式取代。文化工业还会制造虚假需求，很多东西并非消费者的真正需要，有些欲望不过是广告和市场的产物。

文化工业化给个人和资本主义社会带来了深远的影响。首先，它巩固了资本主义主流意识形态，并帮助维持现状。电影和广告总是掩盖社会体系的不公平，美化消费主义和个人主义。其次，文化工业提倡更具娱乐性和分散注意力的方式，禁止批判思考，这也让个体更难认识到反抗社会压迫的必要性。最后，文化工业通过微妙的方式控制消费者的行为，从而制造出一种自由的假象。对阿多诺而言，文化工业，无论是电影、音乐还是电视，都在通过提供统一化、标准化的产品来维持社会控制，扼杀真正的批判性思维，而与之相关的大众文化也成了一种压迫性的存在，消费者被动地接受其操控。阿多诺对大众文化的分析虽然具有重要影响力，但也引发了大量争议，不少学者对他对文化生产和消费的悲观的、带有决定论色彩的观点提出了异议。

同为法兰克福学派的马尔库塞在马克思主义框架和对大众文化的批判上与阿多诺有许多相似之处，但他对文化的潜力则持更加乐观的态度。马尔库塞认为，文化工业可以用来创造解放性的文化形式。在他的著作《单向度的人》（*One-Dimensional Man*，1964）中，马尔库塞批判了资本主义下技术和文化如何导致人类自主性的削弱。然而，他认为存在一种批判性和解放性的文化生产的可能性，这与阿多诺更为悲观的观点形成对比。斯图亚特·霍尔（Stuart Hall）关于媒介意义编码/解码的解读也质疑了阿多诺的观点。他的《电视话语中的编码与解码》（*Encoding/Decoding*，1973）一书就试图说明，观众并非如阿多诺所认为的那样只是大众文化的被动消费者，而是在积极地解读和抵抗文化文本中编码的信息。不同社会文化语境的观众，对相同的电视内容，可以产生多样化的解读，他们并不是媒体信息的被动接受者，而是意义建构的积极参与者。而鲍德里亚在《拟像与仿真》（*Simulacra and Simulation*，1981）中则转向了一种不同的分析。他关注的是超真实（hyperreality）和拟像（simulacrum）的概念：在后现代时代，"真实"和"虚构"之间的界限已经崩溃，符号本身已经比它所指代的对象更为真实，文化工业生产的不再仅仅是简单的意识形态操控，而是创造了一种新现实——在这种现实中，"真"与"假"之间的区别已经失去意义。换句话说，鲍德里亚的批判比阿多诺的更为激进，因为它表明消费者不仅仅是被动的文化接受者，而是身处一种充满拟像和超真实体验的世界，这种现实的崩塌意味着，大众文化不再简单地迎合现存的社会秩序，而是创造了自己的现实，消费者积极地参与其中。在鲍德里亚的框架中，文化工业不再简单地反映或支持特定的意识形态；相反，它创造了一种全新的社会现实，在这种虚拟现实中，意识形态被无穷无尽的符号再生产取代。

第三节　批评与实践："我们都是男管家"
——从《长日留痕》中的史蒂文斯看现代人的生存悖论

石黑一雄（Kazuo Ishiguro，1954—）的长篇小说《长日留痕》（*The Remains of the Day*，1989）曾获得具有"当代英语小说界最高奖项"之称的"布克奖"。现有研究主要从叙述策略、文化研究以及音乐性等跨学科角度对该小说进行多维度的解读，这些成果大大丰富了文本的内涵。随着2017年石黑一雄获得诺贝尔文学奖，越来越多关于他的访谈和记录也公之于世。他称小说《长日留痕》中的男管家是一个"隐喻"。但笔者认为，这个隐喻绝不只是现有研究提及的"英国性""殖民性"等语汇所能涵盖的，它的背后折射出一个更具有普适性的现代社会里个人的生存境况，这或许也是它能唤起世界各地那么多读者共鸣的主要原因。下文试图在文本细读的基础上，结合第二次世界大战以后西方知识界的主流话语以及石黑一雄一些主要访谈记录，重新审视小说《长日留痕》中的男管家史蒂文斯这个角色背后的深层涵义。

一、"手"的隐喻与人的工具性

小说中，"职业"（professional、professionally、professionalism）一词出现的频率高达 73 次，在史蒂文斯看来，忠诚、坚忍和克制是男管家最重要的品质。这些品质综合起来，就是一名管家真正的"尊严"（dignity）所在：

> "尊严"，对于男管家而言，最重要的是不能放弃他的职业身份（professional being）。不称职的男管家，为了一点私人原因，便轻易放弃了职业身份。这样的管家，就像一些拙劣的哑剧演员，别人稍微推一下，自己轻轻绊一跤，便演不下去了，草草收场。伟大的管家，有能力扮演好职业角色，并将其发挥到极致，外部发生的事情，无论多么惊人，多么震撼，多么棘手，他都能面不改色，岿然不动。①

在史蒂文斯眼中，这种尊严是职业的尊严，也是人的尊严，职业与个人生命是等价的。在他大半生的管家生涯中，他也一直以这样的高标准要求自己，并为之做出不懈的努力。其中最让他觉得有成就感的，有两件事情。一件是在他父亲去世的时候，当时达林顿庄园正在接待几位贵宾，史蒂文斯明知父亲将不久于人世，却强忍住内心情感的波动，妥善处理大厅里的各项事务，当他最后才抽空上楼看父亲的时候，父子俩有了一次不像对话的"对话"：

> "希望父亲您感觉好一些了。"我说。
> 他继续看了我一会，然后问道："楼下都在掌控之内？"
> "还有些不太稳定。才刚过 6 点，父亲可以想象厨房的情形。"
> 父亲脸上划过一丝不耐烦。"可是楼下都在掌控之内？"他又问了一遍。

---

① Kazuo Ishiguro, *The Remains of the Day*, London：Bloomsbury, 2015, p. 43.

"是的，您可以好好休息。很高兴父亲感觉好一些了。"

他将手臂从被子下抽出来，似乎是有意地，疲惫地看着手背。这样看了好一会。

"很高兴父亲好一点了，"我又一次说道，"现在我得下去了。正如我所说，楼下的情况还有些不太稳定。"

他继续看了一会手，然后慢慢地说道："希望我是个好父亲。"

我轻轻笑了一下，说："很高兴您感觉好一点了。"

"我为您感到自豪。一个很棒的儿子。希望我是您的好父亲。但好像不是。"

"我们现在相当忙。希望明天再谈。"

父亲继续盯着他的手看，仿佛很生它们的气。

"很高兴您现在感觉好点了"，我又说了一遍，然后就离开了。[①]

上述对话里出现了大量的反复，并没有实际的内容。父亲或许已经预感到自己将不久于人世，所以坚持让肯特小姐在史蒂文森到楼上的时候，一定要叫醒他，好与儿子有一个道别。他希望儿子能多逗留一会，但又不希望耽误他的工作，这种内心的冲突，让一向不动声色的他脸上竟有了一丝不耐烦。从文字上看，该段大多为重复的内容。如父亲问了两次"楼下都在你掌控之中"，又重复了两次"希望我是个好父亲"。一生自我克制、以职业为全部生命的父亲，在弥留之际期待能够唤起儿子心里的某种情愫，但他从儿子那里得到的回应，却是不带任何感情的、程序化的回答："很高兴父亲现在感觉好点了。"

父亲并没有抱怨什么，只是盯着自己手看。父亲在最后一次工作的时候，即便突然无法动弹，仍然牢牢地用手抓住推车。在史蒂文斯告诉父亲，主人不希望他出现在餐桌附近而要把他调到次要的岗位的时候，父亲面无表情，但他放在椅背上的手看起来似乎十分放松。关于父亲有限的描写中，手的描写占据了中心的位置。这在一定程度上是对维多利亚时期的一种仿拟。《长日留痕》这部小说的创作虽然主要设定在 20 世纪 30 年代，但史蒂文斯的父亲工作的主要时期应该是在维多利亚中后期。在维多利亚时期，手具有特殊的意义。这个时期的各种报刊和手册，常常把手看作一个人的标志，称它为"性格的标志""一个人的缩影"和"人类灵魂的标志"。当时还盛行各种手相术（palmistry），如手纹术（chiromancy）和手形术（chirognomy），声称可以根

---

① Kazuo Ishiguro, *The Remains of the Day*，London：Bloomsbury，2015，p. 101.

据手和手指的纹理、形状、颜色和质地等判断一个人的性格。尽管这种以手相人的方式引起一定的争议，但它却贯穿整个 19 世纪，甚至还和当时盛行的面相术（physiognomy）一起构成了当时解读时人性格的重要方式。

19 世纪许多作家也在自己的作品中融入了对手的描写。例如，狄更斯在小说《我们共同的朋友》中，每次都详细描写了乔装改扮的男主人公的手。[①]石黑一雄在一次访谈中特意提到狄更斯对自己的重要影响，还称为写这部小说，他曾查阅了大量关于维多利亚时期的资料。因此，在关键的场景里，小说对史蒂文斯父亲的手的描写，一定程度上可以看作对维多利亚时期这一文化的再现。

维多利亚时期秉持一种社会有机观——社会体系能正常运转，很大程度是因为各个有等级之分的构成部分在共同运作。关于身体的隐喻也与所谓的社会有机本质形成了对照。其中，"头"象征统治阶层，而"手"则是没有性别、年龄和其他任何身份的"执行者"（doers）。在父亲临死前与史蒂文斯的最后一次对话中，小说三次提到父亲看着自己的手。这里的手已经不再暗示父亲的任何心理，相反，作为工具的手已经成了"人"的代名词。狄更斯在《艰难时世》（*Hard Times*，1854）里有一段著名的话：焦煤镇的民众，不过就是一些"手"（the Hands）——对于有些人而言，他们巴不得上帝让这个族群只长有手，或者就像海边的低级动物那样，只长有手和胃。[②]狄更斯反复指出，"人"就只剩下工具性的"手"的存在，如，"一群不足挂齿的'人手'"（a troop of Hands of very small account），"成千累万的'人手'"（So many hundred Hands）[③]。狄更斯刻意用"手"（Hands）指代焦煤镇的产业工人，这一隐喻深刻揭露了工业资本主义的非人化逻辑，就像约翰·罗斯金（John Ruskin）在《哥特的本质》（"The Nature of Gothic"）一文中所写的那样：

这个生物要么成为工具，要么变成人。你不可兼而有之。人不会像工具一样准确，任何行动都精确而完美。要从他们身上获得这种精确性，让他们的手指像齿轮一样，胳膊抡出来的弧线像圆规画出来的一样，那么就

---

① 小说中写道："虽然那双手晒得黑不溜秋的，但从手的颜色和肌理来看，他不是一个饱经风霜的人，而且那双手显然是松弛而柔软的。"参见查尔斯·狄更斯：《我们共同的朋友》，徐自立译，宋兆霖主编，《狄更斯全集》，杭州：浙江工商大学出版社，2012 年，第 351 页。

② 参见查尔斯·狄更斯：《艰难时世》，金增嘏、胡文淑译，上海：上海译文出版社，1978 年，第 77 页。

③ 查尔斯·狄更斯：《艰难时世》，金增嘏、胡文淑译，上海：上海译文出版社，1978 年，第 84 页。

要去除他们身上的一切人性。①

无论是罗斯金的假设，还是狄更斯辛辣的讽刺，都让我们看到，在工业社会的工具化标准下，手或者人必须成为一种没有主体意识的机械的存在。

史蒂文斯父亲看到的不仅仅是自己的手，而是在审视自己一生的职业，或者说生命本身，因为在他看来，二者是等同的。临终之时，他对此又感到愤怒。他将毕生精力投入职业之中，疏忽了父子之间的情感交流。与此同时，他看到儿子正在重复他当年的道路。他的临终遗言前后充满了矛盾和不自信：他希望自己是个好父亲，但又觉得不是。这样絮絮叨叨、犹疑不决，不是父亲的一贯作风，但却恰恰很好地烘托出他此刻内心激烈的挣扎：在生命之旅即将结束的时候，突然对自己一生引以为豪的职业精神，对于自己的生命的工具性存在，产生了怀疑。这里似乎也预示了史蒂文斯最后的命运大概与父亲差不多。小说作者仿佛也在告诉读者，19世纪英国工人的困境，到了20世纪不但没有解决，反而随着个人主体意识的觉醒，变得更加难以摆脱。

二、社会分工与人的主体性的缺失

小说中两次提到史蒂文斯觉得获得了职业"尊严"，并以此为荣。一次是他上面提到的在父亲弥留之际，另一次则是在有人指出他的雇主达林顿勋爵爷被纳粹利用的时候。卡迪纳尔先生问他，希特勒一直把爵爷当作小卒子一样摆布利用，自己作为对爵爷尽忠尽责的管家，有何感受？史蒂文斯回答说自己从未注意到爵爷的处境。在卡迪纳看来，史蒂文斯跟一个棋子差不多，从来都不会感到好奇，任由一切在他眼皮子下发生，从来没想去看看正在发生的到底是什么。

在某种意义上，石黑一雄笔下的史蒂文斯这个形象和罗伯特·弗罗斯特（Robert Frost）诗歌《分工》（"Departmental"，1936）中的蚂蚁形成了互文。两位作家都看到了现代社会中人的主体性的丧失，个体缺乏好奇心和兴奋感，越来越沦为工具性的存在。弗罗斯特的笔下有不少关于自然界小动物的描写，如飞蛾、蚂蚁等昆虫，这些生物群体不过是人类社会的微型缩影。在《分工》这首诗中，弗罗斯特描述了一个分工极为明确的蚂蚁的"社会"。这些蚂蚁有

---

① John Ruskin, "The Nature of Gothic," in Elaine Freedgood, ed., *Factory Production in Nineteenth-Century Britain*, New York: Oxford University Press, 2003, pp. 284-285.

着不同的职责，有的负责外勤，有的负责采食，有的负责殡葬，等等。大家各司其职，而对于职责之外的事务，毫无好奇之感，事不关己，绝不过问。例如，一只出外勤的蚂蚁，对不属于它职责范围的事务，表现得极其冷漠：

> 桌布上的蚂蚁
> 碰到了休眠的飞蛾
> 体型是它的数倍。
> 它一点都不惊讶。
> 这不是它的职责。
> 触都不触一下，
> 它又继续干自己的事了。①

在这首诗中，蚂蚁即便遇到自己族群的蚂蚁尸体，依然无动于衷，只是程序化地报告给蚁后，然后冷静地举行丧葬仪式：

> 没有蚂蚁在附近看
> 因为这不关它们的事。②

蚂蚁不同于人类，所以弗罗斯特没有像石黑一雄那样还描写了男管家的一些意味深长的举动，而是采取了一种照相机式的客观叙述，只描写它们的外在动作。诗的最后不无讽刺地写道：

> 不能算作不温柔
> 但这种分工，多么彻底。③

弗罗斯特几乎是以一种喜剧的手法，再现并嘲讽了一个看似高效的、井井有条的现代社会组织方式。

《分工》这首诗歌出版后 53 年，也就是 1989 年，石黑一雄的小说借用男管家这个角色，探讨了每一个现代人都要面临的悖论。从诗中可以看出，那只

---

① Robert Frost，*Collected Poems of Robert Frost*，New York：Halcyon House，1942，p. 372.
② Robert Frost，*Collected Poems of Robert Frost*，New York：Halcyon House，1942，p. 373.
③ Robert Frost，*Collected Poems of Robert Frost*，New York：Halcyon House，1942，p. 373.

永远处于忙碌之中、对一切都无动于衷的蚂蚁，与以"职业精神""职责"为座右铭的史蒂文斯，本质上并无二致。在《分工》中，我们看到蚂蚁对自己职责（duty）之外的事情，毫无兴趣。在《长日留痕》中，也有类似的表述。在达林顿勋爵看来，管家的职责就是服务好主人，其他一切都不要过问：

> 男管家的职责就是提供好的服务，而不是插管国家大事。事实上，这样的大事，远非你我所能理解，如果希望留下足迹，那么最好牢牢记住：我们能做的，就是我们自己范围里的事情，也就是说，为那些我们文明信任的伟大的绅士们提供最好的服务。①

这并非爵爷专断，而是现代社会下，个人能做出的一种理性选择。因为知识和学科的分化，个人越来越局限在自己的专业领域，已经不具备对更大层面的问题的思考能力和判断能力了：

> 如果房子着火了，你会不会把一家人都叫到客厅，让他们花上一整个小时去辩论几个不同的逃离方案？我看不会吧。以前的时候，或许还可以这么做，但现在的世界，复杂得多了。不能指望大街上随便一个人，都能对政治、经济和世界贸易有足够的认识。他为什么要了解呢？②

这里，作者提到了"以前的时候"，那样的时候，大概是指 19 世纪以前，如文艺复兴的时候，一个人涉及的领域广而博，同时还能掌握多门学科，可以看到社会总体发展情况。但随着现代社会的到来，知识越来越精细化和复杂化，学科也愈分愈细，很少有人能够精通多个领域，对于现代社会的专业人员而言，他们要尽的职责在本质上与上述男管家一样，即掌握好本学科的知识。

但是，从逻辑上讲，这一点是远远不够的。王元化先生曾根据马克思的《政治经济学批判导言》提出，人的思维除感性和理性之外，还有"知性"，认识一般要经历三个阶段：混沌的关于整体的表象（感性）、分析的理智所做的一些简单的规定（知性）和经过许多规定的综合而达到的多样性的统一（理性）。他还特意区分了"知性"和"理性"的异同：

---

① Kazuo Ishiguro, *The Remains of the Day*, London：Bloomsbury, 2015, p.209.
② Kazuo Ishiguro, *The Remains of the Day*, London：Bloomsbury, 2015, p.209.

马克思提出的由抽象上升到具体的方法，则是要求再从知性过渡到理性从而克服知性分析方法所形成的片面性和抽象性，而使一些被知性拆散开来的简单规定经过综合恢复了丰富性和具体性，从而达到多样性统一。从这一点来看，黑格尔说的一句警句是值得注意的，那就是理性涵盖并包括了知性，而知性却不能理解理性。[①]

从这段话里可以看出，掌握分化的知识，不过是从"感性"上升到"知性"这个中间的阶段，只有对各类知识做出综合和融会贯通，才能到达"理性"阶段，对事物做出全面而客观的判断。当然，这是一种理想的境界。在现实社会中，对于个体而言，"知性"与"理性"之间存在着难以调和的矛盾。现代社会的分工的细化，现代职业的成功需要个体对工作的敬业，就像小说中的男管家一样，许多人的思维在从"感性"到"知性"的时候，即从理解现象再到获取相对片面化的知识的过程中，就耗费了大量的精力，因而常常是见木不见林，难以上升到"理性"的阶段，无法在更大的层面上把握事物的本质。

1993 年，萨义德在《知识分子论》(*Representations of the Intellectual*, 1993) 里提出，当代知识分子受到的第一个压力就是"专门化"(specialization)。这种分化，会使人过度专注于自己的领域，看不到更大层面的问题，从而变得目光短浅：今天在教育体系中爬得越高，越可能受限于相当狭隘的知识领域。当然，没有人会反对专业能力，但如果它使人对个人直接从事的领域之外的任何事情（如早期维多利亚时代的情诗）都一无所知，并为了一套权威和经典的观念而牺牲广泛的文化时，那么这种能力就得不偿失了。在萨义德看来，完全的专门化使知识分子变得温驯，最终只会接受该领域的所谓领导人允许的任何事情，甚至因为工具化的压力，盲目崇拜所谓的专家。对专业化的认可原本无可厚非，但过度地陷入狭窄的分工，耗费毕生精力追寻这种职业精神，会让人很多时候见木不见林，看不到整体的善与恶。《长日留痕》中的男管家，在管理庄园事务的时候，兢兢业业、一丝不苟，对达林顿勋爵更是言听计从，但悲哀的是，他却没有看到达林顿勋爵在为希特勒服务，即便看到，仍以盲目的、忠诚的职业精神作为信条，"服务"于更大的恶。

弗罗斯特的诗歌用蚂蚁的隐喻，点出了现代人因为分工而变得麻木、无趣的现象——但至少他们所做的事情是无害的。而石黑一雄则指出，一个品行端正、尽职尽责地工作的人，却可能促成有悖人道主义的邪恶事业。这样

---

① 王元化：《思辨录》，上海：华东师范大学出版社，2015 年，第 187 页。

的后果，是否可以避免？萨义德提出，我们可以用一种业余性（amateurism）来进行对抗，即不为任何利益集团所利用，而是凭着自己的兴趣，同时拒绝任何某个专长的束缚，跨越各个领域的界限，形成多样化的观念和价值。但石黑一雄却没有提供解决方式，或者说是无法提供。他笔下的男管家是一个隐喻，几乎代表了所有的现代职业人。在 2007 年的一次公开谈话上，石黑一雄指出：

> 我认为，从伦理和政治的角度看，我们在一定程度上都是男管家。我们中大多数人都是如此。我们无法跳出自己的环境去评估它。我们不会说："等等，其实可以这么做。"我们只是服从安排，完成自己的工作，接受等级中的既定位置，并希望我们的忠诚能有好的结果，就像小说中的这位男管家一样。[1]

这个现代人生存悖论，也是石黑一雄创作的一个核心主题，正如他自己所说，虽然从个人的角度上，他的小说中的角色看起来似乎有些像"局外人"（outsider），是"疏离的"（isolated），如《浮世画家》（*An Artist of the Floating World*，1986）和《别让我走》（*Never Let Me Go*，2005）中的主人公，但事实上，他们仍然是那个时代和特定社群的一分子，他们无法以个人的身份摆脱环境，即便在《长日留痕》里，男管家也依然深受他所处的阶层的影响。在这个意义上，石黑一雄创作的角色，并非独特的，而是普遍的存在，用他的话说，这些人物是"像每个人那样的角色"[2]。

三、作为一种"策略"的反讽手法

2015 年，石黑一雄在接受 WSJ café（《华尔街日报》咖啡馆）的采访时，再次提到现代社会中个人的局限：

> "我们工作，服务于某个公司、某项事业或某个国家，我们做的是个人的工作，却都服务于更高的一些层面……并为自己的能力而沾沾自

---

[1] Kazuo Ishiguro, *Contemporary Critical Perspectives*, Sean Matthews and Sebastian Groes eds. , London & New York：Continuum International Publishing Group, 2009, p. 115.

[2] See Kazuo Ishiguro, *Contemporary Critical Perspectives*, Sean Matthews and Sebastian Groes eds. , London & New York：Continuum International Publishing Group, 2009, p. 115.

喜……即便在高度民主的社会，我们也不过是偏居一隅，服务于上层的事务。陷入这样的状态，是很无奈的。"①

正如毛姆在《月亮与六便士》（*The Moon and Sixpence*，1919）中所说，作家应该去理解人性，而不是去判断人性，石黑一雄并没有对男管家做出直接的道德判断，也没有对此给出任何解决的方案。这也正是虚构文本的优势所在：对于一些时代的困惑，保留"无解"状态比给出明确的答案更令人着迷。在小说中，石黑一雄采用一种贯穿始末的反讽的方式，细致入微地揭示了男管家所代表的现代人的生存悖论。某种意义上，反讽本身就是作者提供的一个"答案"。在作者看来，现代人的存在就是一个反讽、一个玩笑，这一点在小说中多有暗示。英文"bantering"（banter）一词意为"玩笑、打趣"，这个词在小说中贯穿始末，一共出现了 26 次，是史蒂文斯为了更好地侍奉达林顿府邸的新主人法拉雷先生，一直想要学会的一种技能。史蒂文斯觉得这个词还有"witticism"（妙语、俏皮话、诙谐）②之意。一直到小说的结束，史蒂文斯都在练习说俏皮话的本事。更具反讽意味的是，他甚至启用了职业精神，对自己严加训练，偶有空暇，就去听一个名为《一周两次或多次》（*Once or Twice a Week*）的电台节目，学习两个主播的幽默技巧。在史蒂文斯看来，这个节目的俏皮话说得相当有品位，并且也和他主人法拉雷先生的玩笑相称。同时，他还给自己制订了一个小计划，要求自己每天都要做一次以下训练：尴尬的时刻，根据所处的情景，至少当场想出三个俏皮话来，或者，为了让这个联系略有变化，还可以根据过去一个小时发生的事情，想三个俏皮话来。英文"wit"原指"急智"，是一种临场的应变的巧思妙语，但对于史蒂文斯而言，却成了一种呆板的、程序化的模式，违反了"急智"的本义，这不能不说是一种巨大的反讽。而更讽刺的是，无论他怎么努力，似乎都无法掌握"急智"的精髓。

反讽是西方文学的一个重要传统，苏格拉底、乔叟、莎士比亚、斯威夫特、奥斯汀、狄更斯、萨克雷、王尔德——几乎所有英国伟大的作家，都善于使用反讽。在《长日留痕》这部小说中，反讽的手法也被发挥到了极致。除上述提到的史蒂文斯本人不断学习反讽构成的反讽之外，小说的结局也很有深意。在一切的最后，当他发现为时已晚后，不是幡然醒悟，不是去质疑自己的

---

① 石黑一雄：《石黑一雄在 WSJ 咖啡馆谈〈被掩埋的巨人〉》，2019 年 11 月 20 日（https://www.bilibili.com/video/av76410913/August 18, 2020）。

② 该词出现了 12 次。

这种生活方式，而是觉得这一切不幸，都是因为他没有学好"逗趣"这一技艺：

> 我突然发现，雇主希望职业管家学会逗趣，这并非不近情理。我确实在这上面下了很大的功夫，但还没有尽全力。等我回到达林顿府邸——法拉雷先生还有一个星期才回来——我将全力以赴。希望等他回来的时候，我能给他一个愉快的惊喜。①

在史蒂文斯看来，逗趣成了人类温暖的唯一来源，最后他将以全新的面貌投入其中。小说的反讽在这里到达了高潮——自己深爱的父亲临死前却找不到话说，衷心服务的主人却是个纳粹分子；明明喜欢肯顿小姐，却故作冷静，不敢承认；最终失去了爱情、亲情，而他高度看中的工作，也充满问题，无奈之中，他把一切失败都归结在自己不会"逗趣"，为全文画上了完美的反讽句号。

第二次世界大战以及战后影响，在很大程度上已经成为 20 世纪后半叶西方众多知识分子的集体记忆。石黑一雄在接受采访的时候曾指出，当今世界的一切都是以第二次世界大战作为起点的。他们这一代人是在冷战时代成长起来的，只有正确理解第二次世界大战，才能了解自己周围人的想法以及他们之间的关系。② 在所有的问题中，最令西方知识界费解的是，在这场战争中，许多思想界和文化界的精英都卷入其中，如海德格尔、庞德等。这些独裁者不仅拥有本国的知识分子支持，还拥有自己国家以外的其他国家的知识分子支持。索绪尔的见解听起来或许有些尖锐，但不可否认的是，这些思想界的精英的自觉或不自觉卷入，让西方知识界对知识分子的理性，产生了启蒙时代以来最为严厉而认真的拷问，这在近几十年来从未停止过。从第二次世界大战之后学界出版的大量相关著作中可见一斑。除了上述萨义德的《知识分子论》，比较著名的还有朱利安·班达（Julien Benda，1867—1956）的《知识分子的背叛》（*The Treason of the Intellectuals*，1927）、雷蒙·阿隆（Raymond Aron，1905—1983）的《知识分子的鸦片》（*The Opium of the Intellectuals*，1955）等。其中，马克·里拉（Mark Lilla，1956—）的著作《当知识分子遇到政

---

① Kazuo Ishiguro, *The Remains of the Day*, London: Bloomsbury, 2015, p. 258.
② 参见陈婷婷：《如何直面"被掩埋的巨人"——石黑一雄访谈录》，《外国文学动态研究》，2017 年第 1 期，第 105~112 页。

治》(*The Reckless Mind：Intellectuals in Politics*，2016）深刻分析了 20 世纪里优秀的知识分子是如何在进入自己几乎一无所知的政治领域后，让个人的自主性和自由掩盖了历史真相，并助长了一整个时代的愚昧的。《长日留痕》这部小说之所以能获得英语小说的最高奖"布克奖"，除了国内学界提到的一些文化层面或叙述技巧方面的特色，与第二次世界大战以来整个西方知识界对当代职业人（尤其是知识分子）的职责的深度思考也是分不开的。

第八章　新历史主义

新历史主义于 20 世纪后期兴起。它挑战了传统的文学和历史研究方法，强调文本、文化实践和权力之间的相互联系。其核心观点是，文本并非孤立的艺术品，而是存在于文化、社会和政治力量的网络之中。新历史主义批评广泛采用跨学科的方法，吸收了人类学、社会学和后结构主义的思想，尤其是福柯关于权力和话语的理论，探讨了文本如何反映并参与其所处时代的权力建构，强调文学与历史之间的相互关系。

第一节　理论发展

旧历史主义和新历史主义是理解文学与历史关系的两种不同方法。旧历史主义起源于 19 世纪的学术研究，将历史视为客观、真实的背景，关注历史事件、作者意图以及社会政治环境如何影响文学创作。在这种观点下，历史是线性和固定的，文学被视为历史时代的镜子。新历史主义则兴起于 20 世纪后期。它拒绝将历史视为中立、客观的框架。相反，它认为历史与文学都是由话语、意识形态和权力动态构建而成的。新历史主义强调文本与历史背景之间的相互作用，关注文学如何参与塑造或挑战文化叙事。

一、旧历史主义

新历史主义的"新"是相对于"旧"历史主义批评而言的。旧历史主义批评，也被称作"历史－传记"（history-biological）批评。从亚里士多德的文学"摹仿论"开始，文学就被看作对现实的某种再现。文学与现实和历史背景有着千丝万缕的关系。因此，为了更好地理解文学文本，传统历史主义批评家往往要分析作者的个人背景以及作品的创作背景。例如，对于杜甫的《春望》一诗，如果从传统历史主义角度进行分析，则首先会提及这首诗歌创作背景：唐天宝十四年（755 年），安史之乱爆发，叛军攻陷了长安，唐玄宗被迫逃往成都，太子李亨在甘肃灵武即位，史称唐肃宗。然后，还会联系诗人的个人经历进行分析：杜甫一家因战乱流亡至鄜州（今陕西富县），准备去投奔唐肃宗，不想途中被叛军抓住，押解到长安，因官职太小，未引起叛军注意，后得以释放。最后，再将历史背景与诗人传记结合起来：此时大致是 756 年，杜甫看到整个长安城满目疮痍，又遇到昔日王孙四处躲藏，甚是感怀。国家的动乱、战事的频繁，有家不能归的怅惘，《春望》便集中展现了杜甫此时的向往和心情。旧历史主义者通常优先研究作者传记和历史条件对文本的直接影响，将文学视为时代的被动产物，文学作品成了作者对时代的某种映照，在介绍了作者的大致经历和时代背景之后，旧历史主义批评家就可以进一步结合诗歌中的意象——展开论述，呈现作品的内涵。这也是我们从小就熟悉的文学作品解读模式。

可以说，在旧历史主义批评中，关于"历史"的阐述，是服务于对文本的理解的，"历史"是"背景"，是"铺垫"，而文学文本才是"前景"，是"主体"。在旧历史主义批评中，文学是第一位的，历史只是"陪衬"，是第二位的。旧历史主义批评方法适用性很广，特别适用于一些现实主义文学作品，如狄更斯的《艰难时世》（*Hard Times*，1854）、盖斯凯尔夫人的《玛丽·巴顿》（*Mary Barton*，1848）等。

二、新历史主义

新历史主义一词由美国批评家斯蒂芬·格林布拉特（Stephen Greenblatt）提出，他的论著《文艺复兴时期的自我塑造：从摩尔到莎士比亚》（*Renaissance Self-fashioning: from More to Shakespeare*，1980）可以看作这一理论的开山之作。不过，类似的思想观念早在 20 世纪 70 年代的批评家笔下就已有涉及。[①]

新历史主义试图在文学和历史之间创造一种新型关系。在新历史主义那里，"历史"和"文学"被看作对现实的"再现"（representation），它们与历史"真相"（truth）都有着不可逾越的距离。在新历史主义者看来，历史不再是文学文本可以参照的客观存在的现实，不再是确定的"背景"（context），而是一种跟文学一样的"文本"（text），是另一种"文学"类型，历史与文学

---

① 例如，《国家的悲剧：雅各布戏剧研究》（*The Tragedy of State: A Study of Jacobean Drama*）一书就对传统的剧院观点提出疑问，认为雅各布时期的戏剧与当时的政治有着重要的关联。

二者是"共文本"（co-text）的关系。把历史看作一种"文学"，似乎是更加重视文学，但其真正的意义，在于帮助我们更好地分析文学与历史之间的关系，深入追溯和探讨过去或现在的各种文化的涵义。

新历史主义深受马克思主义和福柯思想的影响，关注权力是如何运作和维系的。新历史主义与文化唯物主义也有着密切的关联，某种程度上可以看作对后者一种回应。在文化唯物主义那里，所有的权力都是不牢固的，在一个社会中受制于各种因素，文学可以在不经意之间透露出权力的裂缝，展示出颠覆的力量。但在新历史主义者看来，文学的颠覆力量依然属于权力的残余，例如，莎士比亚虽然能在他的"亨利"系列戏剧中削弱王权，但在最后还是巩固了王权。颠覆（subversion）和控制（containment）在新历史主义中是经常被涉及的语汇。

新历史主义还会关注不同文本内部以及文本之间的话语（discourse）的流通。文本成了一种流通方式，在整个经济体系中有自己的位置，要想厘清特定时期的话语流通情况，不仅需要分析它在文学文本中的体现，还要分析它在其他非虚构性文本中的再现模式。可以说，新历史主义批评拓宽了研究的范围，不仅关注传统意义上那些与文学相关的历史文献，还将法律文件、广告和日常文化实践等"非文学"的材料与经典文学作品并置，展开研究。在新历史主义者看来，所有的文本——无论是文学文本，还是"非文学文本"——都参与到某个特定时期的社会文化意义的建构，批评家只有像细读文学文本一样，细致爬梳各种"非文学"文本，才可能弄清特定时期、特定文化下的话语建构方式。

旧历史主义和新历史主义在对文学与历史的关系认定上虽有不同，但仍然有不少关联，如，两者都肯定了文学与历史之间的深刻纠葛关系，都反对将文本与其创作条件隔离的纯形式主义方法。旧历史主义关注历史背景和作者意图，新历史主义则在此基础上进一步拓展了研究范围和方法论，不仅将文学视为历史的产物，还将其视为塑造历史和文化叙事的积极参与者。此外，旧历史主义通常将历史视为客观和线性的，新历史主义则在关注历史研究的同时，承认历史叙述的建构性和意识形态性。从本质上看，新历史主义可以看作对旧历史主义的批判和发展，吸收了旧历史主义的许多见解，但在一个更复杂的框架中对其进行重构，强调权力、话语以及文本与背景之间的相互作用。

第二节　概念与方法

新历史主义是对 20 世纪 70 年代末至 80 年代初主导的文学理论（这些理论往往将文学文本与其历史和文化背景隔离开来，特别是形式主义和结构主义）的回应。1982 年格林布拉特在《文艺复兴时期的形式之力》（*The Power of Forms in the English Renaissance*）中首次提出了"新历史主义"这一术语。新历史主义的理论根源来自多个知识传统，其中最重要的来源之一是福柯的思想。福柯关于权力、话语和知识建构的思想深刻地影响了新历史主义的方法论。福柯拒绝线性、客观的历史观，提倡片段化的、直面意识形态的叙述方式，将文学视为更为广泛的文化话语的一部分。此外，人类学理论，尤其是克利福德·格尔茨（Clifford Geertz，1926—2006）的"深描"（thick description）概念也在新历史主义的生成中发挥了重要作用。格尔茨将文化实践解读为象征性系统的研究方法，与新历史主义试图将文本与法律文件、政治演讲及日常文化实践等"非文学"材料并置研究的方法不谋而合。

一、"历史的文本性"

旧历史主义批评家认为，文学作品或多或少都再现了历史语境，批评家要想理解作品，需要阅读大量的非文学作品，如作家传记、当时的文化和政治等各种与作品有关的文献，因为文学批评在很大程度上与历史有关。旧历史主义主张文学作品与历史现实密切关联，这一点也可以简称为"文本的历史性"（historicity of text）。但在新历史主义者看来，这还远远不够，他们提出"历史的文本性"概念（textuality of history），即历史也是一种"文本"，具有虚构性和主观性。为了更好地理解这个概念，我们可以看两个例子。

第一个例子出自《伊索寓言》中的《狮子和雕像》（"The Lion and the Statue"）。故事讲述了一位男子和一只狮子在森林中相遇，两人开始互相吹嘘自己的力量和智慧，这时路边正好有一个雕塑，是赫拉克利斯打败狮子的场景，男子便得意地声称人类比狮子更强大，但狮子反驳说，如果狮子能够雕刻，那么石碑上会刻着狮子踩在人头上的场景。[①] 这个故事有很多寓意，如不

[①] See Aesop, *Aesop Fables*, Hoboken：Adobe Press，1993，p. 60.

要自大、正视彼此的优缺点等，但它似乎也隐含着这样的蕴意：狮子和人谁更强大，取决于谁来讲故事。在人类记录的历史中，狮子是人类的手下败将；但如果由狮子来记载历史的话，可能就是狮子将人踩在脚下——故事（历史）的讲述者决定了故事（历史）的样貌。传说《伊索寓言》于公元前 6 世纪所著，可见早在几千年前，奴隶出身的伊索就对历史的主观性有一定的认识了。新历史主义并不完全是"新"的。

另一个例子是文艺复兴时期英国著名戏剧家莎士比亚的《哈姆雷特》的故事。戏剧讲述了丹麦王子哈姆雷特怀疑自己的叔父杀了自己的父亲并篡位之后，开始一系列的复仇行动。在最后一幕里，哈姆雷特与雷欧特斯决斗，中了现任国王的奸计，死于毒剑之下。临死前，哈姆雷特迟迟不肯闭眼，多次嘱咐他的好友霍拉旭要继续下去，好好讲述关于他的故事：

> 我死了，霍拉旭。不幸的王后，别了！在这场剧里，你们这些人不过就是哑巴和观众，倘不是因为死神的拘捕不给我片刻的逗留，啊！我可以告诉你们真相——可是随它去吧。霍拉旭，我死了，你还活在世上，请你把我的行事的始末及其根由昭告世人（report me and my cause aright），解除他们的疑惑。①

在听到霍拉旭不愿苟活的话后，哈姆雷特却要他发誓，一定要活下去，"传述"他的故事：

> 你是个汉子，把那杯子给我；放手！凭着上天起誓，你必须把它给我。啊，上帝！霍拉旭，我一死之后，要是世人不明白这一切事情的真相，我的名誉将要永远受损！你若爱我，请你暂时牺牲一下上天堂的幸福，留在这冷酷的人间，替我传述我的故事吧（to tell my story）。②

哈姆雷特临死前的最后一句话，仍然是嘱咐霍拉旭讲述发生的一切事实。原文中有一句：

---

① William Shakespeare, *Hamlet: Prince of Denmark*, Philip Edwards, ed., New York: Cambridge University Press, 2003, p.252.

② William Shakespeare, *Hamlet: Prince of Denmark*, Philip Edwards, ed., New York: Cambridge University Press, 2003, p.252.

你们这些看起来苍白、浑身发抖的人

不过就是哑巴和观众

(You that look pale and tremble at this chance,

That are but mutes or audience to this act)①

　　这里的 "mutes"，原意为 "哑巴"，可以理解成上文中因为目睹现场而吓得说不出话的人，但文学的语言总是有着丰富的内涵，尤其是像莎士比亚这样的大文豪，其特别擅长使用双关，因而此处的 "mutes" 还有另一层隐喻，即周边其他在现场观看决斗的人，却没有在 "历史" 的现场。他们只看到了王后意外死亡，国王被他杀害……除了霍拉旭，在在场其他人眼中，哈姆雷特不过就是一个弑君的逆臣乱子，而对于国王的虚伪奸诈、王宫里持续数月的 "内斗"，他们一无所知，或者只是轻信国王派的一面之词。因此，如果由他们讲述这段历史故事的话，他们无法讲述 "真相"，因为他们无法得知事实，所以是 "不会说（真）话" 的人，是 "哑巴"。在哈姆雷特临死的场景里，他不断重复 "让好友讲述故事" 的遗言，其背后体现的恰恰是莎士比亚本人对历史的一种态度：哈姆雷特的故事，也就是丹麦的这一段历史，由不同个人讲述，会有不同的版本——当 "历史" 成了 "故事"，成了 "陈述"，偏见、主观性也就在所难免了。

　　历史，其英文单词 "history"，就是由 "他的"（his）和 "故事"（story）两个词构成的，似乎也暗示了 "历史" 是 "故事"，是某个人的叙述。伊索也好，莎士比亚也罢，都看到的个人的立场对于 "历史" 的影响。每一个故事都至少有四个维度：你的角度、他们的角度、所谓的真相以及真正发生的事情。"历史" 与历史 "讲述者" 有关，"真相" 与 "事实" 之间的区别，正如尼采所说，没有所谓的事实（facts），只有阐释（interpretations）。②

　　新历史主义者大概也同意解构主义思想家德里达的观点：文本之外，别无他物，关于过去的一切，都是以 "文本化"（textualized）的形式呈现出来的。德里达认为，我们所能接触的 "历史"，至少经过了 "三次加工"（thrice-processed）：首先是那个历史时期的意识形态，它决定了记录什么，如何记

---

① William Shakespeare, *Hamlet: Prince of Denmark*. Philip Edwards, ed., New York: Cambridge University Press, 2003, p. 252.

② See Friedrich Nietzsche, *The Will to Power*, Walter Kaufmann, ed., Walter Kaufmann and R. J. Hollingdale trans., New York: Vintage Books, 1967, p. 267.

录；其次是我们时代的意识形态和话语实践；最后还有语言这一层"扭曲"。[①]在新历史主义者看来，只要是用文本记录的，都是某一种"改编"或"改写"（remake），是对过去的"重组"（permutation），就像诗歌或戏剧是对某一特定文献的改写一样。在这个意义上，历史（写作）不再是无法如实再现历史，而是通过"置换"，呈现了一个新的，甚至是虚构的"现实"。

正如一位作家的写作意图永远不可能如实重构一样，鲜活的个体已经离我们远去，留下的只是一些文本，我们最多只能揣摩作者意图。新历史主义强调，历史留下的也只是一些文本记载，我们不可能抵达历史现场并确定当时到底发生了什么。关于历史的文字（the word of the past）取代了历史本身（the world of the past）：过去不等于历史，历史只是一种叙述，叙述不见得能被完全理解，当人们理解时，可能已经不是真实的历史了。

二、"圆形监狱"

新历史主义具有反建制主义倾向，追求自由主义中的个体自由，并提倡各种形式的差异和"偏常"（deviance）。同时，它似乎又对渗透到生活各个毛细血管的、无处不在的压制感到无望。这种对于国家是"无所不能的"和"无所不知的"看法，主要来自福柯的"全貌的"（panoptic）监控概念。

"全貌监狱"也被称作"圆形监狱"（Panopticon），该词来自 18 世纪功利主义（Utilitarianism）理论家杰里米·边沁（Jeremy Bentham，1748—1832）的思想，最初是为医院、学校以及精神病院的监控而设计的。一个监狱看守不可能同时观测到关押在牢房里的每一个囚犯，但只要不让囚犯知道他们何时被监视，就能让他们随时都处在被监视的不安中，从而达到规范他们行为的目的。为了达到这样的效果，需要一种特别的监狱设计。这种监狱建筑是一种带圆顶的环形构造，周边是牢房，中心则是一个检查室（如图 8-1）。看守或管理人员从里面可以看到任何一个囚犯的一举一动。"圆形监狱"的设计包含了三层理念：

第一，圆形结构，监狱由环形建筑组成，中心是一座瞭望塔。

第二，单向监视，塔中的看守可以随时观察所有囚室，但囚犯无法看到看守（或不确定是否被监视）。

---

① See Peter Barry, *Beginning Theory: An Introduction to Literary and Cultural Theory*, Manchester：Manchester University Press，2017，p. 169.

第三，心理控制，囚犯因"可能被监视"的恐惧，被迫自我规训，即使实际看守并不在场。

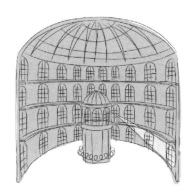

图 8-1　"圆形监狱"模型

福柯借鉴了边沁的这个观念，认为在社会中也存在这样无处不在的"监视"，不过比监狱里更加隐蔽，很多时候表现为一种无形的"话语实践"（discursive practice），总是在有意无意中渗透着国家的意识形态。所谓的"话语"（discourse）并不只是语言或文字的话语，而是一整套的文化思维定势（mental set）和意识形态，它影响现存社会每个社会成员的思想观念。"话语"也不是单一的，它具有多重性。权力的运作不仅表现在政府的各个层面，它还可以渗透到家庭这个私人领域之中。要抵制某一种话语实践，既包含党派政治，也可能涉及家庭领域的性别政治。这让政治乐观主义者看到了希望；而悲观主义者则认为，这种无处不在的政治权力话语，让改革和根本性的变革变得遥不可及。

三、深描

"深描"这一概念最早源自英国哲学家吉尔伯特·赖尔（Gilbert Ryle，1900—1976）的哲学思想。他在《心灵的概念》（*The Concept of Mind*，1949）一书中提出了"深描"和"浅描"的区别，主要用于描述对人类行为的理解。理解一个人的行为不仅要关注其外部表现，还要理解其背后的动机、意图和情境，"深描"指的是对行为的全面解读，包括行为的内在意义及其发生背景。

格尔茨借用了这一概念，在《文化的解释》（*The Interpretation of Cultures*，1973）一书中提出，人类行为和文化实践可以被视作"文本"，文化分析者必须解读嵌入在社会实践、符号和仪式中的多重意义层次，才能真正理解一种文化。通过"深描"，可以超越表面行为，揭示其背后深层的、象征性的意义，从而解读社会行为。这是一种人类学解读的方法，旨在捕捉文化实践、仪式和行为中丰富的内涵。例如，对于"眨眼"这个动作，"浅描"可能只是简要地记录下"那个人眨了一下眼睛"；而"深描"则将考察这一行为的背景——为什么这个人会眨眼，眨眼的对象是谁，发生在什么情境下，以及眨眼在文化中的意义（如表示共谋、挑逗或是秘密行为）。这种方法揭示了看似简单行为背后蕴含的复杂的社会意义。

新历史主义与格尔茨的"深描"方法在理解文化、历史和文学的方式上有着相似性。两者都强调文化实践和文本产生的背景，并且都注重这些实践中蕴含的复杂意义层次。首先，二者都重视"文本"的情景化。新历史主义认为文学文本应当与其促使产生的历史和文化背景联系起来进行理解，反对将文本孤立地进行研究，强调文本与历史之间的互动关系。"深描"是一种通过探索事件发生的背景、原因以及其在特定情境中的意义来理解文化行为的方法。其次，二者都拒绝客观性，强调解释性，旨在揭示文化符号背后的含义。不过，二者也存在细微的差别。例如，新历史主义认为，文本不仅是历史的被动反映，也是塑造历史和文化叙事的积极参与者。在分析文本时，新历史主义者拒绝客观、脱离背景的历史研究观点，它坚信所有历史写作都受到历史学家和他们所处文化背景的意识形态影响。格尔茨的"深描"则专注于理解符号和仪式在文化中的作用，它也不仅仅是描述行为，而是通过探索这些行为在特定文化框架中的使用和理解来解释其意义。格尔茨鼓励人类学家解读个体赋予行为的意义，这与新历史主义对文学文本中符号和意识形态维度的解读相似。

四、方法与评价

新历史主义强调对"非文学"文本的"细读"（close reading），但通常只是对于某些"非文学"文本的摘录的细读，有些见木不见林的意味。此外，这类批评很少指涉前人的研究。这种对单一的历史文本过度强调的研究方法，也饱受历史学家的批评，但在非历史学家那里却得到了一定的认可。新历史主义作为一种有影响力的文学和文化理论，一个主要优势是强调将文学文本放入更广泛的历史、文化和社会背景中进行理解，使学者能够看到文学作品不仅仅是一个独立体，更是历史进程中的动态一部分，积极地参与时代的塑造，突显了文学如何与政治、宗教和经济等力量互动。同时，它还关注文学作品如何反映并维持（perpetuate）特定社会结构的意识形态，经常揭示出文本中不易察觉的边缘声音或言论。在文学研究里，新历史主义主要关注以下领域：

第一，将文学文本与"非文学"文本并置研究，期望能在后者的观照之下，读出文学文本里新的内涵。

第二，将现有的经典文本从人们所熟悉的文学机制中剥离出来，不仅看到构成其经典的内在因素，还会重新审视一部作品成为经典的外部因素，如性别因素、机构的运作以及特定时代的需求等。例如，在20世纪初，内忧外患的背景之下，国人对英国浪漫主义诗人拜伦的了解，更多源自那一首歌颂民族独立和自由的《哀希腊》（"The Isles of Greece"）：

> 高山望着平原，平原望着海！
> 我在马拉桑的疆场上闲游，
> 我一面在梦想，一面在徘徊，
> 我梦想着希腊依然享有自由；
> 因为我脚踏着波斯人的白骨，
> 我不相信自己是一个俘虏。[①]

到了21世纪的今天，时过境迁，大多教材会选入他那首柔美的《她从美中走来》（"She Walks in Beauty"）：

> 她走在美中，像夜晚，
> 寂静无云，繁星点点。
> 世上最美妙的明与暗，
> 在她身边，在她眼中。
> 夜光柔和而又璀璨，
> 不曾现于耀眼的白天。[②]

对于新历史主义批评家而言，他们要做到就是"去经典化"（de-

---

① 闻一多：《希腊之群岛》，载孙党伯、袁謇正主编，《闻一多全集》第一卷，武汉：湖北人民出版社，1993年，第301页。

② George Gordon, Lord Byron, "She Walks in Beauty," in Margaret Ferguson, Mary Jo Salter, Jon Stallworthy, eds., *The Norton Anthology of Poetry*, New York: W. W. Norton and Company, 1970, pp. 451—452.

canonization），重新审视构成"经典"的非本质性的要素。

第三，关注权力是如何运作和维系的，探究"思维定式"（mindset）或一些话语模式如何与父权制、殖民化形成一种合作共谋的关系。例如，在英国维多利亚时期，家庭这个私人领域被看作远离公共领域的，即所谓的"分离领域"，但通过将文学和非文学文本（如家庭手册、法律文书、私人书信等）放在一起观察后，会发现所谓的"私人领域"与公共领域之间有着千丝万缕的关系。

第四，吸收后结构主义思想家，尤其是德里达的观点，认为现实的每一个维度都是"文本化"的，同时还受福柯的"社会结构取决于话语实践"的观念的影响。

新历史主义对于权力关系的透视，让我们对历史保持一种警惕，它时时刻刻提醒我们注意：当我们宣称某个东西是既定的真理的时候，应当了解其背后隐含的风险。需要扪心自问：从来如此，就是对的吗？新历史主义最大的意义，大概就是用一种福尔摩斯侦探式的方式，细致爬梳文学文本与"非文学"文本文献，从中发现一些裂痕，从而为我们解读过去提供一个新的视角。例如，在阅读《史记》中的《项羽本纪》的时候，我们可能会问：既然项羽与自己最后的几个部下在第二天的血战之中无一幸存，那么前一晚的霸王别姬的故事又是谁传下来的？屈原的命途多舛，受奸人所害，司马迁的命运与其有类似之处，因此在为其作传时，免不了投入很多的心血诉说其冤屈。但有史学家发现，《史记》中关于屈原的记载，大多是源自他的《楚辞》《离骚》里的记录。那问题就来了，写一个人的传记，能否只根据这个人自己创作的文学作品？要想全面客观了解一个人的生平和性格，除了听他自己说的，是不是应该还要看看他周边的人怎么看待他的？如他的父母、老师和朋友，甚至可以看他的敌人的论述等。本人对自己的论述，可以作为参考，但如果全盘接受，直接作为史料，就有失偏颇了。这些例子似乎都告诉我们，即便这样一部"史家之绝唱"，也受到了史学家本人的主观性因素的影响。这也正是新历史主义的洞见。

与此同时，新历史主义将"历史"等同于"叙述"和"文字记载"的做法，无疑又陷入一种无视现实存在的陷阱。正如诗中所说，"横看成岭侧成峰，远近高度各不同"，维度有所不同，结论可能也有差异，但必须承认，无论观点如何不同，首先还是要有一座"山"的存在。另外，就像朱立元先生所批评的那样，新历史主义注重"权力""支配""排斥"以及"解放"等历史话语与文学研究的关系，使得文学和批评丧失了独立、超然的特殊地位，最终陷入产生其权力关系的领域之中。① 可以说，对历史、权力的过分强调，忽略了文学文本的审美之维和文学特性，这一点也让新历史主义广受诟病。

第三节　批评与实践：
英国维多利亚时期"分离领域"之说的悖论

在维多利亚时期的英国，"家庭崇拜"的观念渗透到社会各大领域，不同的政治集团和机构组织都征用家庭的意象，服务于自身的各种目的。在《简·爱》这部小说中，勃朗特通过对几个不同家庭场景的描写，表面上模仿父权社会的家庭宏大叙事，实际上却对它进行超越、颠覆和戏仿，在传统的"家庭小说"的框架里，利用家庭"微政治"，巧妙地翻转或置换了家庭崇拜的多种内涵，逐步展示了女性在父权象征秩序里追寻主体欲望的可能和困境。

所谓的"分离领域"（Separate Spheres），在维多利亚时期的语境下，首先表现为性别领域的分离，即男性属于公共领域，女性属于私人领域。在当时许多家庭建筑手册里，都对家庭内部的性别特征进行规范。例如，在当时极具影响力的建筑手册《绅士之家》（*Gentlemen's House*）里就曾有这样的规定：餐厅（dining room）必须宏伟简单，表现出男性的重要地位；起居室（drawing room）必须是令人愉快的、纤巧的、优雅的、轻松明快的，一言以蔽之，它必须是"非常淑女的"。图书室属于男性，晨厅（morning room）属于女性。② 可以说，男性和女性之间被想象成具有分明的界限。事实上，这种性别特征还延伸到更广阔的层面，那就是"家庭"或"家庭生活"被视作私人的、女性的，而经济、政治等领域则被看作公共的、男性的。现在的问题是，两个领域的分离是古而有之的，还是到了维多利亚时期才变成如此的呢？如果是后者，那它背后的根源和动机又是什么呢？

一、维多利亚时期的"分离领域"之说

从词源上看，家庭与公共领域的分离并非古而有之。在政治经济学中，

---

① 参见朱立元：《当代西方文艺理论》，上海：华东师范大学出版社，2005 年，第 412 页。

② See Robert Kerr, *The Gentlemen's House*, 3ʳᵈ edition, London：John Murray, 1871, pp. 94－107.

"经济"（economy）词源为希腊语"Oikonomia"，意为"家政术"。其中"oiko"表示房子或家庭，词根"nomos"则表示管理，该词最初的含义指治家理财的方法，含有节约与管理等意思，后来才被逐渐扩大到智力城邦与国家的范围。[①] 而"家庭"（domestic）一词既指"家庭的"，还指"国内的"。家庭也是一种经济结构，亚里士多德的《家政学》一书就曾讨论一家之主如何组织、管理家庭成员，并且做到生财有道。[②] 一直到十七八世纪，家庭生活仍被视作公共生活的一部分，家庭生活既是个人的，更是公共的。

18世纪以来，随着工业大生产的发展，许多手工业作坊逐渐从家庭中分离出来，以往许多在家庭内部生产的日用品，也开始纷纷转移到专业化和机械化的大工厂里。生产方式的改变，在很大程度上促成了家庭与工作场所的分离，这种分离又进一步引起家庭结构的变化。除了经济和商业方面的原因，两个领域的分离还有另一个重要的促成因素。从宗教层面看，对于家庭美德的歌颂一直都是清教的传统，其中较为突出的当数18世纪英国最受欢迎的两位福音派作家：威廉·考伯（William Cowper）和女作家汉纳·摩尔（Hannah More）。这两位牧师对后来几代的中产阶级行为规范的形成产生了深远的影响。考伯在创作中描绘了静谧的家庭日常的诗意，将家庭上升到神圣的地位，使得家庭祷告和平凡的家庭责任成了接近上帝的最佳途径。摩尔除了强调家庭对个人的精神救赎作用，还规范了男性和和女性在风格上的恰当行为，在《科埃莱布斯寻妻记：家庭习惯与行为的遵守》（*Coelebs in Search of a Wife: Comprehending Observations of Domestic Habits and Manners*，1807）一书中，她特别提出男性和女性属于不同的领域：男性适合在公共场合出现，而女性则应该待在家庭私人空间里。该书是摩尔著作中最受欢迎的作品（9个月里连印了11次），书中规定了许多日常行为准则，其中许多观点都对英国后来的家庭观念产生了深刻的影响。

到了19世纪，达尔文的进化论思想无疑为"分离领域"之说提供了重要的生物学基础。1871年，他在《人类的由来》一书中从生理方面论证了两性差异生物学基础，达尔文将"母性""温柔无私"等特点视作女性的特质，并认为女性所擅长的感性、直觉能力和模仿能力是"属于过去的落后的文明的"。在达尔文看来，两性在智力方面有着明显的差异：无论男性从事什么行业，不

---

① 参见陈礼珍：《盖斯凯尔小说中的维多利亚精神》，北京：商务印书馆，2015年，第154页。
② 参见俞金尧：《欧洲历史上家庭概念的演变及其特征》，《世界历史》，2004年第4期，第4～22页。

管这些行业要求什么能力——理性、体力或想象力，男人总能比女人取得更高的成就。如果分列在诗歌、绘画、雕塑、音乐（包括作曲和表演）、历史、科学和哲学领域有贡献的男人和女人的名单，只需各列六人，就会发现，女人与男人的成就完全不可同日而语，男人的思想（mental power）远在女人之上。①

　　罗斯金则进一步对男性和女性的社会角色作了分工。一方面他鼓励女性将自己的技能运用于更广阔的社会，摆脱家庭私人领域的限制，进入公共领域以对抗工业自由主义（laissez-faire）带来的种种弊端。另一方面，他仍认为男性能维护、捍卫国家利益，使国家进步，而女性对公共领域的贡献仅限于与女性气质相关的方面，她的作用仅仅是"安慰他人，或将国家点缀得更为美丽而已"②。无论女性的贡献在哪个领域，有一点是确定的，作为维多利亚时期重要的文化代言人之一，罗斯金和这个时期许许多多的英国人一样，都秉持男性和女性分属两个不同领域的观点。其实，这种以本质主义为基础的性别观念很容易引发"家庭崇拜"的另一层含义，那就是政治、经济等社会领域与家庭领域的分离，即私人领域（domestic/private sphere）和公共领域（public sphere）的分离。③

　　私人领域与公共领域的分离，是和"女性理想"紧密相关的概念，即要求必须将一切和女性相关的私人生活情感从市场逻辑中区分开来，从而达到利用家庭理想拯救被市场异化的公共领域的目的。这两个领域的分离被莉奥诺·达

---

① See Charles Darwin, *The Descent of Man*, selected and edited by philip Appleman, New York: W. W. Norton & Company, 2001, pp. 234-235.

② 罗斯金曾指出："现在简单地说明一下他们双方各自拥有的独立的人格特点。男人的力量来自积极、进取和防卫。他是杰出的实干家、创造家、探险者和卫士。他的智慧用于推测和发明，他的精力则用于冒险、战争和征服，无论战争公正与否，征服是否必要。相反，女人的力量则用于规划，而非战斗。她的智慧并非用于发明或创造，而是用于做决定、整理内务，将一切安排得秩序井然。她所看到的是事物本身的实质，它们的诉求，以及它们的地位。她最大的作用就在于去'赞美'，她无意参与竞争，但却能判断谁才是比赛的冠军。得益于自己的职责与地位的庇护，她可以远离所有的危险与诱惑。在大千世界中辛苦劳作的男人，却一定会遭遇林林总总的危机和考验——等待他的，将是失败、冒犯和不可避免的错误。他势必会经常受伤、屈服，会经常误入歧途，而他'永远'都是一副铁石心肠。然而，他却守护女性免遭这一切。在他的家里，她是主导，除非她自寻烦恼，否则将不会出现任何的危险、诱惑、错误或侵犯。"可以看出，在罗斯金眼中，两性是有着本质的差异的，而这正是两性不同社会职能的基础。See John Ruskin, *Sesame and Lilies*, Deborah Epstein Nord, ed., New Haven: Yale University Press, 2002, p. 88.

③ 关于"公共领域"一词在不同的专著里，内涵也不尽相同。如在哈贝马斯的《公共领域的结构转型》一书里，"公共领域"是指介于私人领域和国家政治领域的中间领域，其原词为Offentlichkeit，在德语里-keit后缀常指"具有……性质"，类似于英语中的"-ity"，因此如果直译的话，应为"公共性"。而在英国维多利亚时期的文学或文化语境里，"公共领域"常指政治、经济领域，而私人领域常指家庭内部。

维多夫（Leonore Davidoff）称作"大分裂"（great divide）。① 在关于维多利亚时期家庭的著作中，关于"分离领域"的表述有很多，如艾瑞克·霍布斯鲍姆认为在这个时期"家与外面的世界形成鲜明对比，家成了沙漠中的绿洲，枪林弹雨世界里的一片和平净土"，"家庭从社会中剥离……家是避难所，是'无情世界里的避风港'"（a haven in a heartless world）②；约翰·蒂莫斯（John Demos）则认为当时的家庭不再是政治和经济世界的补充，而是要远离那个世界③；戴安娜·阿奇博尔德（Diana C. Archibald）也提到"天使"是家庭圣人，是女牧师，"天使"的道德和情感维系了中产阶级家庭的神圣性，可以防止家庭遭受外部世界的侵蚀。④ 家成了男性在残酷的商业和政治世界里的城堡，同时它又保护女性不受那个世界的污染。

在"分离领域"一说里，所谓的"分离"既是性别的分离，同时也是家庭代表的私人领域与公共领域的分离，关于这一点，表述最为确切的是安·麦克林托克（Anne McClintock）和詹姆斯·F. 吉劳埃（James F. Kilroy）两位学者。麦克林托克指出，对于男性而言，政治关系第一次从家族关系中完全脱离就在于男人经济领域与女人家庭领域得以分离，至少在观念上，维多利亚时期中产阶层的家庭成了远离公共商业的领域，因此也不受自由市场经济和理性原则的制约。⑤ 吉劳埃甚至明确提出："19世纪中叶起，家庭领域越来越被看作与商业世界分离，甚至是其对立面……家庭和市场的分离甚至被看作是女性和男性的二元对立，二者是疏离的，敌对的。"⑥ 总之，在维多利亚时期，公共领域被看作男性施展抱负的场所，与阶级、权力相关，而家庭是私人的、亲密的场所，是女性的避难所和男性远离公共领域的休憩场所。这种分离也被形象地称作"经济男和家庭女"（economic man and domestic women）。也就是说，在经济和政治公共领域里，男人负责赚钱，而在家庭私人领域里，女性则

---

① See Leonore Davidoff，"'Gender and the Great Divide'：Public and Private in British Gender History，"*Journal of Women's History*，Vol. 15，2003，pp. 11−27.

② 参见艾瑞克·霍布斯鲍姆：《资本的年代》，张晓华等译，南京：江苏人民出版社，1999年，第325页。

③ See John Demos，*Past，Present and Personal*，New York：Oxford University Press，1986，pp. 24−40.

④ See Diana C. Archibald，*Domesticity，Imperialism and Emigration in the Victorian Novel*，Columbia and London：University of Missouri Press，2002. p. 5.

⑤ See Anne McClintock，*Imperial Leather：Race，Gender and Sexuality in the Colonial Contest*，London：Routledge，1995，p. 167.

⑥ See James F. Kilroy，*The 19th Century English Novel：Family Ideology and Narrative Form*，New York：Palgrave Macmillan，2007，p. 14.

负责培养道德观，并对其家人，尤其是孩子发挥积极的影响。

可以说，与性别分离密切相关的"分离领域"之说是维多利亚时期家庭观念形态最核心的内容之一，用莉迪安·默多克（Lydian Murdoch）的话说，"分离领域"之说成了维多利亚时代人赞许、重新阐释和抗议的重要理念框架。① 两个领域分离的观念构成了维多利亚时代精神的重要组成部分，但无论是从"家庭崇拜"还是从"女性理想"的角度看，分离之说都充满了悖论。下文将从现实生活中家庭法案的修订、对家庭教育态度以及不同阶级的家庭状况等角度论述"家庭崇拜"的内在矛盾，并从女性作为"道德的典范"或"家庭"修辞的挪用等角度，借助家庭女性参与公共事务的具体例子，阐述维多利亚时期的家庭领域与公共领域之间界限的模糊。

二、"家庭崇拜"：理想与现实的矛盾

具有讽刺意味的是，维多利亚时期的学者越是强调"家庭理想"，在某种程度上就越是透露出当时家庭的不稳定。伦理学家和文人雅士从来不会去关注那些没有争议的问题，对家庭讨论得越多，越说明"家庭理想"内部存在矛盾。早在《简·爱》之前就有幽默杂志《潘趣》（Punch，1844）对家庭生活手册进行戏仿，并提供了夫妻互相激怒对方的方法。在现实生活中，极力宣扬"甜蜜之家"的罗斯金，家庭生活并不幸福；艾略特也因与有妇之夫同居而成为"家庭理想"的反面例子；思想家约翰·密尔（John Mill）与哈丽特虽志同道合，但两人却经历了十多年漫长的等待后才步入婚姻的殿堂；狄更斯的离婚绯闻以及夏洛特姐妹的单身生活也为其例。这些知名作者的情感与家庭生活或许只代表了一小部分人，但这些至少说明现实中的家庭与规范中的"家庭"是有距离的——美满的婚姻生活似乎只在想象世界里存在。

最能说明19世纪英国家庭矛盾频繁的例证莫过于这个世纪不断修订的婚姻法案了。英国1839年通过的《幼儿监护法案》在一定程度上是卡洛琳·诺顿（Caroline Norton）为自己的合法权益努力的结果。这个法律保障了那些与丈夫分居的女性拥有向法院申请孩子监护权的合法权利，这从一个侧面说明维多利亚时期的家庭并不完全是报纸杂志或文学作品里宣扬的理想状态，家庭内部依然有破裂的痕迹。1857年关于离婚法案的讨论（Divorce and Matrimonial

---

① See Lydian Murdoch, *Daily Life of Victorian Women*, Santa Barbara: Greenwood, 2014, p. xxiv.

Causes Act）进一步反映了家庭观念的偏狭和家庭内部的压迫。在维多利亚时期，男人只要证明妻子对他不忠就可以无条件离婚，而女人要想离婚，不仅要证明自己被对方抛弃，还需要证明丈夫通奸、乱伦或重婚罪等。这个双重标准反映了两性之间权利的不公。1869 年，约翰·密尔在《论妇女的屈从》（*The Subjection of Women*）一书里对父权制家庭观念进行了指控：

> 如果说家庭是培养同情、柔情和自我宽恕的学校，那更多的时候，考虑到家庭头领的存在，家还是充满固执、骄横和无止境的自我陶醉的场所。家具有双重性，它将自私理想化，而自我牺牲不过是其中一种特殊的形式：对妻子和孩子的照顾不过是男性自我欲望的延伸，他们的幸福不过是男性的微不足道的一点喜好罢了。[1]

对于维多利亚时代人而言，有关婚姻中两性关系最大的变革当属 1870 年和 1882 年的《已婚妇女财产法》（*Married Women's Property Acts*）了。这项法案承认了婚姻中女性的财产权，而在此之前，女性一旦离开丈夫，就没有任何法律身份了。

以上这些法案每一项都通过得极其艰难，而英国的女性直到 1928 年才具有和男性一样的选举权。维多利亚时期各种婚姻法案的反复修订，是人们对自身、对世界的理解深化的必然结果，但这也从一个侧面反映了现实生活与家庭理想的种种断裂。

从家庭功能的角度看，维多利亚时代人对家庭的态度也充满了矛盾。当时的家虽被视作培养个人品格的重要场所，但在子女教育问题上，大部分中产阶级（即倡导"家庭崇拜"的主要群体）却宁可将孩子早早送到寄宿学校，让他们尽可能多地待在学校，以便培养良好的品行。这种做法似乎也印证了这样的矛盾：人们虽极力提倡家庭生活，却又时时表现出对它的不信任。[2] 同时，作为"家庭理想"最重要的组成部分的女性一方面谨守"家庭天使"的典范，充当道德的模范和精神的领袖；另一方面也常常暗地对这种角色表现出不满。就连当时人们心目中"完美家庭主妇的典范"——维多利亚女王，在其"完美主妇"形象的背后，也有鲜为人知的一面。女王婚后十多年共生育九个子女，相

---

① See John Stuart Mill, *The Subjection of Women*, Susan Moller Okin, ed., Indianapolis: Hackett, 1988, p. 39.

② See F. M. L. Thompson, *The Rise of Respectable Society: A Social History of Victorian Britain, 1830 - 1900*, Cambridge: Harvard University Press, 1988, p. 152.

夫教子，可谓维多利亚时期贤妻良母的最好典范，但在给女儿的私信中，她却表现出对婴儿的恐惧和对婚姻的怀疑。①

此外，不同的阶层对"家庭理想"的实践也有一定差距。尽管家庭理想最先得到中产阶级的认可，但后来也同样成为工人阶级默认的一种理想家庭模式。例如，将女性空间等同于家庭领域的做法虽是中产阶级地位的重要标志，但这个观念在工人阶级中也极为盛行。② 但事实上，鉴于经济、社会地位低下，许多成年甚至未成年的工人阶级女孩迫于生计，都必须出外工作，并不可能全身心投入家庭。因此，女性对家庭的精神性作用可谓微乎其微。而执意地追求"体面"的家庭生活不仅不会让为生计奔波的劳苦大众成功登上社会的上升阶梯，还会让他们陷入困境。③ 这一点在当时的文学作品中也多有探讨，如盖斯凯尔夫人的小说《路德》中的女主人公和狄更斯小说《大卫·科波菲尔》（*David Copperfield*，1850）中的艾米丽正是因为有着对"淑女"身份的向往，才试图跨越阶层，而卑微的出身、教育的匮乏以及经济的拮据，使得这个愿望变得特别遥远，最终她们都成了这个理想的受害者，成了维多利亚时期社会道德难以容忍的"堕落的"女人。而 E. M. 福斯特（E. M. Forster）的小说《霍华德庄园》（*Howards End*，1910）中的巴斯特先生，作为工人阶级的代表，则在对"文化"的孜孜不倦的追求中失去了赖以生存的工作，更具有讽刺意味的是，他最后丧生于作为文化象征的书架之下。④ 同时，这个时期的人口普查也透露了家庭内部常常上演的悲剧，如童工问题，由于健康护理不善引发的高死亡率，等等。可以说，维多利亚时期的中产阶级"甜蜜的家"对于当时许多挣扎于贫困线的工人阶级来说，如海市蜃楼一般，可望而不可即。

---

① 在她给女儿的书信来往中，她的许多观点竟与 19 世纪的女权主义者的思想不谋而合："所有的婚姻都靠运气，幸福一直是种交易，或许她相当幸福，可怜的是，无论在身体和道德上，她都是丈夫的奴隶。每每想到此，我就感到有根刺插进喉咙。想想那些欢快、幸福和自由女孩，再看看大多年轻妻子都要面临的病痛和痛苦，你就不得不承认，这的确是婚姻的代价。"这封私信透露了作为个人的女王与作为公众人物、作为英国子民偶像的女王之间的差异，体现了现实中的家庭生活与理想家庭生活之间不可逾越的隔阂。See Claudia Nelson, *Family Ties in Victorian England*, Westport：Praeger Publishers，2007，p. 6.

② See Lydian Murdoch, *Daily Life of Victorian Women*, Santa Barbara：Greenwood，2014，p. xxiv.

③ 在维多利亚时期，"体面""尊贵"（respectability）具有很强的道德意味，尤其是对于那些上升中或渴望上升的工人阶级而言，他们希望通过得体的礼节、修养表现得像"绅士"或"淑女"，从而得到社会的认可。

④ 关于巴斯特先生的分析，参见何畅：《阅读趣味背后的中产阶级文化建构——从乔治·吉辛的〈女王 50 周年大庆〉谈起》，《外国文学研究》，2015 年第 4 期，第 120～127 页。

三、"女性理想"的悖论

与"家庭理想"一样，"分离领域"一说本身也是矛盾重重。从 17 世纪开始，诸如考伯之类的福音教派诗人就试图通过描绘温馨、静谧的家庭生活表达对机械化、城市化的超越，他们对家庭的称颂是建立在对英国传统的田园牧歌式生活的留恋和对工业化大生产的逃避的基础上的。然而，从逻辑上看，只要仍以外在世界为基点，无论是为了远离外部世界还是为了融入外部世界，家庭私人领域都不可能真正远离外部世界或公共领域，这一点和伊格尔顿提出的形式主义批评并没有远离现实的道理是一样的。[①]

从家庭的结构上看，维多利亚时期的中产阶级家庭本身也是一个社会组织，它就像一个工厂里的机器一样需要有序的管理：

> （维多利亚时期的乡村之家）的运作如一台巨大的机器一般精准，其等级构造如英国宪法一般复杂和循序渐进。但也有危险，一旦没有良好的管理，它就会变成许多堆积的小屋，混乱的走廊，昏暗的角落和繁杂的楼梯间。[②]

在家庭里，父亲处于"首领"的位置，家庭内部的秩序结构基本就是外部社会结构的复制。夫妻关系、父子关系和主仆关系都以父权制社会为参照，当父亲在外经营的时候，则由家里的女性来充当"女主管"的角色。

维多利亚时期中产阶级女性在家庭中的地位实际上存在悖论。一方面，"家庭天使"的理想要求她们必须是柔弱的、顺从的；另一方面，随着工作与家庭的进一步分离，男性大多在外工作，而家庭内务的事务则需要精明能干的女主人进行打理。狄更斯的许多小说都有这种女性的影子，她们拿着"钥匙"，管理家庭内部各种杂务。尽管这种女性在家庭中显示的责任和才干并没有得到公众的认可，正如《家庭财富》（*Family Fortunes*）中提到的那样：

> 女性遇到了矛盾。她们的宗教承认她们在精神上的平等，但却维护她

---

① 形式主义批评是建立在远离被现实玷污的语言的基础之上的，出于这样的目的，无论是远离现实还是贴近现实，其反而都说明该批评方式与现实有着密切的关联。

② Mark Girouard，*The Victorian Country House*，New Haven：Yale University Press，1978，p. 34.

们在社会和两性关系上处于从属地位。她们阶层要求她们具有决断力，但女性理想又要求她们必须是无私的。社会不断强调女性的柔弱和不独立，但同时又要求她们必须处理好母亲"事务"并管理好家庭内部。很多女性将毕生精力都奉献给家庭事业，但却没有获得任何公共的、经济的认可。①

女性未获公众承认的能力尽管是隐蔽的、辅助性的，但并不能抹杀其存在的事实。维多利亚时期的女性在许多时候并非就如当时的"家庭理想"宣传的那样，温顺如鸽子，远离政治和经济领域。这些女性在持家的过程中，如管理仆人、记账的时候，以及在帮助丈夫打点公共事务的时候，已经具备一定的公共性，或者说是"女性权力"（female authority）。南丁格尔自称她所具备的管理护士队伍和财务的能力，大大受益于自己当年对家庭事务的管理。这种能力使得维多利亚时期的中产阶级女性在从事当时社会认可的慈善事业的时候，也显得得心应手，甚至其中有些慈善家后来还依靠家庭的影响力成了社会改革者。②

即便在一些具有历史意义的社会事件中，如在反对奴隶运动的过程中，英国女性也曾使用"道德典范"的家庭角色以及家庭的修辞，不断征用家庭女性的话语，直接或间接地参与奴隶解放运动。如汉娜·摩尔（Hannah More，1745—1833）和萨拉·斯蒂克尼·艾丽斯（Sarah Stickney Ellis，1799—1872）曾通过强调女性特色鲜明的家庭角色（如家庭的守护人、道德和宗教的引导者等），争取废奴者的支持。早在1800年，《对英国女性的呼吁》就呼吁

---

①　Leonore Davidoff and Catherine Hall，*Family Fortunes*，London and New York：Routledge，2002，p. 451.

②　维多利亚时期的中产阶级倡导已婚女性的权力主要在家里，她们要为社会创造一个道德基础，对丈夫保持依赖性，妻子与丈夫的关系就像孩子与父亲的关系一样。这一时期的家庭观念使得一些女性虽在事业上帮助了丈夫，却很少引起公众的注意。例如监狱改革家伊丽莎白·福莱（Elizabeth Fry，1780—1845）和住房改革家奥克塔维亚·希尔（Octavia Hill，1838—1912）。伊莎贝拉·比顿（Isabella Beeton）不仅写作，还为她丈夫创办的时尚期刊《皇后》进行编辑和设计；艾格尼斯·李斯特（Agnes Lister，1834—1893）在丈夫进行无菌外科手术试验的过程中，帮助他作详细的记录；睿智的玛丽·凯瑟琳·布斯（Mary Catherine Booth，1847—1939）给丈夫的利物浦蒸汽船公司（Liverpool Booth Steamship Company）提出过许多宝贵的建议，并直接参与他关于社会调查的17卷经典著作《伦敦人民的生活和劳动》（*Life and Labour of the People in London*，1902）的创作。其中，最广为流传的是哈莉耶特·泰勒·密尔（Harriet Taylor Mill，1807—1858）的观点对约翰·密尔的《女性的屈服》一书的影响。作为丈夫的陪伴，这些妻子的活动领域从未跨越家庭领域，但她们却得以通过当时社会认可的妻子或女儿的责任和义务与外界的商业、科学和政治关联起来。See Sally Mitchell，*Daily Life in Victorian England*，London：Greenwood Press，2009，p. 80.

广大英国女性考虑到自身的能力、特权和责任，采取力所能及的行动，抵制英国经由奴隶制获得的产品，如棉布和白糖。[1] 此外，这些所谓的家庭女性还通过缝纫组织、日常集会和茶会等方式募集资金，并在威基伍德（Wedgewood）[2] 和其他制造商生产的传统的瓷器（如碗、盘和花瓶等家庭内部物件）上绘制女奴及其和孩子们的悲惨生活，引导人们看到奴隶制不人道的一面，从而唤起公众的同情与支持。

1852 年，美国的《汤姆叔叔的小屋》（*Uncle Tom's Cabin*，1852）中有关奴隶被迫妻离子散的催人泪下的情景描写，在英国引起了巨大的反响，促进了公共阅读、地方剧院演出和家庭演出的增多，同时也使废奴情绪在英国一度高涨。同年，70 多万女性在沙夫茨伯里勋爵（Lord Shaftsbury）起草的废除奴隶制的请愿书上签字，请求美国废除奴隶制，在请愿书《成千上万的英国女性对她们的姐妹们——美国的女性们——发出的真挚的基督徒的呼吁》里，英国女性仍然恪守维多利亚时期女性的典范，多次使用婚姻和子女等与家庭有关的词汇，谴责奴隶制的不人道：

> 对于你们国家对待奴隶的许多问题上，我们不能再保持沉默，比如说，在你们国家，奴隶没有结婚的权利，尽管它能带来无边的快乐和相应的权利和责任，而且主人可以随意拆散夫妻，将子女从父母身边掠走。[3]

请愿书不仅在形容美国对待奴隶的不平等待遇上使用家庭修辞，而且在呼吁美国姐妹团结行动的时候，英国女性请愿者也一再征用既定女性家庭角色，呼吁她们本着女性是家庭道德典范的宗旨，采取行动："我们请求你们，作为姐妹，妻子和母亲，对你们的同胞们发出声音，并向上帝祈祷，要求消除奴隶制的迫害。"[4]

这些活动表明，女性的活动领域并不局限于私人领域内部，她们可以通过

---

[1]　See Sally Mitchell，*Daily Life in Victorian England*，London：Greenwood Press，2009，p. 236.

[2]　Wedgewood 是英国著名陶瓷厂，成立于 1759 年。其创始人乔舒亚·威治伍德（Josiah Wedgewood）因在陶瓷方面有精湛的技艺和成就而被誉为"英国陶瓷制造业之父"。如今，Wedgewood 的品牌已经成为世界上最具有英国传统的陶瓷艺术的象征。

[3]　See Lydian Murdoch，*Daily Life of Victorian Women*，Santa Barbara：Greenwood，2014，p. 240.

[4]　See Lydian Murdoch，*Daily Life of Victorian Women*，Santa Barbara：Greenwood，2014，p. 240.

父权社会许可的各种"家庭"活动，参与到社会公共领域中。两个领域之间的界限是很模糊的，"家庭"活动也并不总是琐碎无聊的。在许多维多利亚时期的文学文本中，我们会发现，所谓的"家庭"也并非维多利亚人所宣称的那样远离政治和经济领域。在阿姆斯特朗看来，虽然英国女性在某种意义上就是家庭女性（domestic woman），但她却反对将家庭女性视作边缘化和被压抑的形象。在她看来，家庭女性是权力的所在地，女性是"性别形成的监督者"，是"主体性的表述者和规定者"，在资产阶级现代自我的形成中，不应忽略女性的历史作用。① 在某种意义上，阿姆斯特朗已经看到了"家庭"日常生活的公共性，但她的关注点主要停留在女性上。事实上，考虑到家庭日常生活的物质性一面，小说中无论是家庭布置、家庭食物还是家庭管理的描写都可能在无形中构成一种话语，看似属于个人的、私密的家庭空间也在每时每刻受到更广阔的外部世界的影响。

维多利亚时代人宣称两个领域必须相互分离，但在实际生活中，二者则不断渗透。首先，充斥于各种报纸杂志和家庭手册的"分离领域"之说在对"家庭理想"充满溢美之词的同时，也已经在破坏"家庭"的私密性，并让它具备一定的公共性了。其次，"分离领域"之说的产生也与公共事件有一定关联，具有一定的政治原因。维多利亚时代之前，摄政朝皇室内部的家庭丑闻以及其他在公众看来"不检点"的行为的发生，引发了舆论关于家庭问题讨论的白热化。尽管私人领域和公共领域的区别仿佛就是"家"（home）与"非家"（not home）的区别，但"家"并不必然是私人的。女性在家待的时间较男性长一些，但这些时间未必都是私人的。例如，她们可以在邻里之间相互拜访，而在此过程中，家庭私人性就带有了公共性特征。而且，家庭空间也并不总是女性的领域。不少家庭手册和管理手册的作者恰恰是男性，这也表明，男性也很重视与家庭有关的一切。家庭私人领域与公共领域是相互融合的，它们是同一个硬币的正反两面。就像哈贝马斯所说的那样："私人空间与公共空间通过家庭相互延伸。私人化的个人从客厅私密性进入沙龙公共领域，二者完全是相互补充。"② 最后，从家的物质性角度出发，无论是家庭产品的生产还是消费，家庭都与公共领域有着千丝万缕的关系。而维多利亚时代人在享受工业化带来的巨大物质享受的同时，却在观念上极力将家庭从公共领域之中分离出来，将家

① See Nancy Armstrong, *Desire and Domestic Fiction: A Political History of the Novel*, Oxford: Oxford University Press, 1989, pp. 108, 66.

② Jürgen Habermas, *The Structural Transformation of the Public Sphere: An Inquiry into a Category of Bourgeois Society*, Cambridge: MIT Press, 1991, p. 45.

视作远离外面世界的净土，这不能不说是一种巨大的反讽。

私人领域与公共领域的相互渗透，除在现实生活中有所体现外，在维多利亚时代的文学作品中也时有透露。这个时期的文学关于家庭日常生活的表征，至少从两个方面透露了家庭私人领域与公共领域的互渗性。一方面，"家庭"成为维多利亚时期作家探讨社会问题的重要隐喻，虚构文本中的"家庭"是他们借以批判"社会家长制"、探讨阶级身份和参与公共事务的重要修辞；另一方面，这些作家又通过文本对家庭场景的想象，自觉或不自觉地巩固了中产阶级的文化领导权并参与到英帝国话语的建构之中，在倡导家庭是远离公共邪恶的避风港的同时，又完成了对"分离领域"神话的解构——尽管家庭的救赎功能建立在私人领域远离公共领域的基础上，但在实践中家庭领域又不断被公共化。

16 世纪法国政治神学家博丹指出："家庭是每一个国家的开端和国家的基础，国家是拥有最高主权的由若干家庭及其财产组成的合法政府。"① 家庭是人类社会得以延续的重要条件，也是国家得以发展的基本要素之一。维多利亚时期文学对于家庭的大量描写，既有家庭自身发展的原因，也有特殊的历史现实因素。家庭元素的凸显以及对"家庭理想"的讴歌，与个人情感的崛起关系紧密，但同时没有哪个人能离开更为广阔的社会语境和时空限制，从这个意义上讲，"个人的"往往也是"公共的"。

正如桑德斯所说，维多利亚时代是一个充满互相矛盾的学说和理论的时代②，尽管维多利亚时代的人不断强调"分离领域"，但无论在文学层面，还是在现实生活中，家庭和公共两个领域常常都表现出某种渗透性或交融性。家庭同政治、经济领域的分离并非古而有之的事。在传统文化中，公共经验模式和个人经验模式有所区别，但并没有分离。马克思也说，家庭"以缩影的形式包含了一切后来在社会及国家中得到广泛发展起来的对立"③，家庭从来都是以直接或间接的方式映射着更为广阔的社会空间。而在英国现代家庭的表述里，公共领域和私人领域则完全分离了。尽管维多利亚时代人从生物学、经济和文化等角度，多方位论证了"分离领域"之说的客观性，但这不足以消除规范性的"分离"与描述性的"分离"之间的悖论。

---

① Jean Bodin, *The Six Books of a Commonwealth*, Richard Knolles, trans., Kenneth D. McRae, ed., Cambridge：Harvard University Press, 1962, p. 8.

② 参见安德鲁·桑德斯：《牛津简明英国文学史》，谷启楠、韩加明、高万隆译，北京：人民文学出版社，2000 年，第 410 页。

③ 马克思：《摩尔根〈古代社会〉一书摘要》，北京：人民出版社，1956 年，第 38 页。

事实上，维多利亚时代的"分离领域"之说并未远去，只不过每个时代对"家庭"修辞的具体征用有所不同。在消费文化空前兴盛的 21 世纪，一方面，家依然被视作远离工作场所和其他外部领域的个人休憩的私密空间；另一方面，关于家的"舒适"和"温馨"的修辞的泛化又使得私密空间和公共空间的界限变得十分模糊。商家以"家"的名义，为各种连锁酒店、旅行打广告，让看似与家毫不相干，甚至原本与家庭相对立的公共空间的消费方式，带有"家"的意味。① 在销售与"家"相关的商品的同时，商家也是在销售与家以及与私人空间密切关联的更为广阔的公共空间的各种价值理念，从内部空间上重构人们对个体存在和世界的认识。当今中国在经济和文化层面亦进入重要的历史转型期，在很多方面都与维多利亚时期的英国有着相似之处，通过分析英国现代家庭模式成型期的文学作品，重审"家庭"的政治性和"分离领域"之说，对于同样重视家庭传统文化和家风建设的中国无疑也有重要的启示。

---

① 如《家的政治》（2011）一书借知名连锁酒店成功运作的例子，说明企业如何恰如其分地使用"家的策略"，让"家的感觉"发生在与家无关的公共场所。该书以当前西欧各国不断崛起的民族主义为主要研究对象，分析了"祖国"一词的意义与法律上肯定家庭价值二者之间的关联，并提出"家"、"家的感觉"（feeling at home）和"家的策略"（home-making strategies）在全球化的今天为何依然重要的理论依据。See Jan Willem Duyvendak, *The Politics of Home: Belongings and Nostalgia in Western Europe and the United States*，New York：Palgrave Macmillan，2011.

第九章　文化研究

"文化"一词原本指与文学、艺术和古典音乐有关的领域,"有文化"即指拥有某种艺术品位。人类学家则认为"文化"与我们的生活方式和社会表现形式有关,它包括人们的衣食住行以及人际交往和家庭组织方式等。广义上,文化不仅包含语言和艺术,还包含人类群体的制度以及各种仪式。文化研究作为一个跨学科领域,主要研究文化如何以复杂的方式影响社会、政治和经济并受到其反影响。它起源于 20 世纪中期,特别是在 20 世纪 60 年代伯明翰当代文化研究中心(Birmingham Centre for Contemporary Cultural Studies,CCCS)成立之际。这一研究借鉴了社会学、人类学、文学理论和媒体研究等多个学科的理论,探讨权力、身份和意识形态如何与文化生产和消费交汇。

第一节　理论发展

文化研究关注权力动态,特别是关注文化实践是如何强化或抵制支配性结构的,并批判性地研究流行媒体、亚文化和日常实践等现象,揭示它们如何塑造并反映社会层级、身份和抗争。

一、威廉斯

自 19 世纪马克思主义出现之后,文化往往也被视作一种具有政治意味的概念。文化是一种统治方式,可以帮助一个社会阶层或群体实现对另一个社会阶层或群体的统治;文化也是一种反抗方式,一种对抗统治的力量。阿多诺和霍克海默在《启蒙辩证法》(*Dialectic of Enlightenment*,1944)中提出,大众文化,如电视、电影和廉价的平装书籍等,都可以是统治的方式,是资本主义提供给终生劳作的人们的短暂满足。20 世纪 60 年代,以霍加特、威廉斯和汤普森为代表的英国文化研究学派则认为,文化是对资本主义的抵制,如果

"不识字"（illiteracy）是为了让底层远离反抗的思想，那么秘密的小册子和地下报纸则体现了一种不同于工业资本主义的视角。

威廉斯的《文化与社会》（*Culture and Society*，1958）一书梳理了"文化"一词的历史演变过程，尤其是在工业革命和现代资本主义兴起期间发生的变化。威廉斯引用埃德蒙·伯克、威廉·布莱克、马修·阿诺德和马克思等思想家的观点，说明文化的内涵始终是充满争议和不断演变的，它的涵义也从最初的"耕作"（农业或个人修养）扩展到后来的艺术、文学及更广泛的社会实践。该书批评了传统上对"高雅文化"（如美术、古典文学）与"低俗文化"（如流行文化、大众娱乐）的划分。"文化是普通的"（Culture is ordinary），其能塑造社会的日常生活实践、价值观和信仰，文化作为一种生活方式，不仅仅局限于精英形式的艺术或文学，而是融入日常生活的方方面面，涵盖了日常实践和信仰。威廉斯主张，所有形式的文化——无论是艺术、媒体还是日常实践——都值得进行批判性分析。这挑战了传统的价值等级观，为研究流行文化、亚文化和普通人的日常生活打开了大门。

威廉斯的《漫长革命》（*The Long Revolution*，1961）延续了他在《文化与社会》中的思想，是文化研究领域的另一部奠基之作。该书描述了塑造现代社会的三个相互关联的革命：扩展政治权利的民主革命；体现经济体系和生产方式转型的工业革命；以及以思维方式、表达和交流方式的变革为主，并同教育和媒体密切相关的文化革命。这三场革命共同构成了"长革命"，即人类社会中渐进但深远的变革。威廉斯将文化的概念扩展为"一种完整的生活方式"，包括艺术、制度和日常实践，文化反映并塑造了普通人的生活经验，而不是局限于精英或知识分子的追求。该书指出，文化实践可以巩固或挑战现有的权力结构，使文化成为斗争和变革的场域。教育和传播系统（如印刷、广播、电视）影响人们感知世界、进行互动并形成集体认同的方式，是文化变革的核心。

"情感结构"（Structures of Feeling）是威廉斯提出另一重要概念，它不仅仅指个体情感，还是深刻的社会性和文化性现象，反映了特定时代或历史时期那些未被言明的广泛的集体情感和社会经验。这些结构代表了人们所经历的共同情感、态度和情感反应，虽然未必能自觉地被人们认识到，但可能会在日常生活、语言、艺术和社会互动中显现出来。例如，20 世纪 40—50 年代，第二次世界大战刚结束，许多西方社会都进入重建时期，这一时期的情感氛围充满希望、宽慰和进步的感觉，人们普遍相信技术进步、社会改革以及和平与繁荣的可能性。这种乐观主义在当时的文化中得到体现，包括消费主义的兴起、郊区生活的繁荣以及流行文化的蓬勃发展，充满励志情节的电影，如《生活多美好》（*It's a Wonderful Life*，1946）就反映了这种情感结构。相比之下，60年代美国处于一个社会和政治动荡的时期，民权运动、女性主义、反战抗议以及青年文化的崛起致使各种运动纷至沓来。这一时期的情感氛围充满了反叛、对传统机构的失望以及对个人自由的追求，人们普遍对现状感到不满，渴望社会变革，当时的音乐（如摇滚乐的兴起、鲍勃·迪伦的抗议歌曲）、文学（如"垮掉的一代"诗人）以及艺术（如波普艺术）都表现了这种情感结构。

对特定时期情感结构的研究，揭示了社会如何回应政治、经济或文化的转型，以及这些情感潮流如何影响个体对世界的看法。它为我们提供了一个更全面的历史视角，不仅关注事件本身，还关注伴随这些事件的情感和情绪。情感结构存在于个人情感和集体社会实践的"中介"空间，威廉斯的这一概念架起了有意识的文化（如文学、艺术和政治等制度化的文化形式）与无意识的文化（人们日常生活中不一定能意识到的文化形式）之间的桥梁，成为文化批评家、历史学家和社会学家了解那些不太容易识别的力量的重要工具。

二、赫伯迪格

美国文化研究主要围绕人类学和传播学领域展开，英国的文化研究则主要是在伯明翰大学的当代文化研究中心里开展的。在霍尔的带领下，该文化研究中心的成员将社会学、马克思主义政治学理论和解构主义符号学结合在一起，分析媒体如何"监督"经济危机并让我们的世界有利于权贵阶层，以及劳动阶层的青年如何通过服饰、舞蹈和音乐对抗现代经济生活。迪克·赫伯迪格（Dick Hebdige）的《亚文化：风格的意义》（*Subculture: The Meaning of Style*，1979）是该中心最重要的一本著作。该书分析了亚文化与主流社会规范之间的关系，特别是第二次世界大战后英国的青年亚文化，如朋克（punk）、摩登派（mod）、雷鬼舞（reggae）等是如何通过风格（包括时尚、音乐、语言和行为等形式）来抵抗主流文化的。

亚文化群体指那些与主流文化规范相背离的群体，这些群体不仅有相似的兴趣，而且主动表达反抗的文化形式，其风格成为与主流文化相区别的重要方式。在此意义上，亚文化是斗争与抗议的场域，其通过音乐、装饰等看似表面或无关紧要的风格，传达政治信息，挑战社会规范。例如，朋克风格通过具有挑衅意味的服饰（如破旧衣服、安全别针、皮夹克、尖刺头发和鲜艳的发色）来表达对社会期望的蔑视，同时通过朋克摇滚等音乐风格来拒绝主流的流行文化，对抗并挑战资产阶级的美学和社会常规。这正是赫伯迪格所说的"符号化"过程，它突出了亚文化如何操控文化符号并创造新的意义：亚文化群体通过创造性地使用日常物品，生成了一种新的风格语言，以此传达愤怒、沮丧和对权威的不屑。符号化过程揭示了文化不是静态的，而是可以不断协商的。亚文化试图通过赋予日常物品新的意义，颠覆对于主流文化的解释。

与此同时，主流文化也可能接纳亚文化的风格并将其商品化。朋克的服饰风格最初是一种激烈的反抗形式，但随着这些符号的流行，主流文化开始吸收其特色并将其商品化。例如，时尚设计师、唱片公司和媒体开始采纳朋克风格的元素，将其转变为一种可销售的商品。这种商品化过程也是亚文化中的反叛元素被主流文化"收编"的过程。朋克的反体制风格最终变成了一种流行趋势进入市场，失去了其政治含义。虽然朋克的风格和音乐最初提供了反抗的形式，但它无法摆脱资本主义社会中商品化的逻辑，从而从一种挑战性的、激进的声明变成了一个市场上的商品、一种特殊的"景观"，其反叛精神也就变成了消费对象。通过将亚文化的叛逆符号商品化，主流文化能够化解亚文化带来的威胁，同时维持现有的权力结构。这种现象与更广泛的马克思主义意识形态和下文将要探讨的文化领导权理论相联系，即主导阶级不仅通过强制手段控制社会，还通过文化的主导作用来获得被支配者的"同意"。

赫伯迪格的理论重在展示亚文化何以成为主流以外构建身份和表现能动性的场所，并为边缘群体提供了发声的空间，这种关注使他的研究与身份政治理论形成共鸣。不过，他将亚文化描绘为天生具有反抗性，这种观点将亚文化的对抗性质去浪漫化了，因为并非所有亚文化实践都具有政治性或意识形态性，有一些仅仅是出于美学或个人表达，而非系统性的批判。

总体而言，《亚文化：风格的意义》仍然是文化研究领域中的奠基性文本，启发了随后关于青年文化、身份认同和消费主义的研究。它对资本主义体系如何将反叛变成商品的分析，在今天的研究者群体中仍然能产生共鸣，正如马克·费舍（Mark Fisher，1968—2017）所说：

> 如今我们面对的，不是对之前看似具有颠覆潜能材料的吸纳（incorporation），而是对它们的预纳（precorporation）：资本主义文化预先设计和塑造人们的欲望、渴望与希望。比说，我们看到，资本主义文化设立了固定的"另类"或"独立"文化区，这些区域没完没了地重复旧的反叛和争论姿势，就像是第一次这么搞一样的。"另类"和"独立"指的不是主流文化之外的某种东西；相反，它们是主流内的风格，事实上更是

唯一的风格。①

可以说，当代文化研究在赫布迪奇的基础上进一步发展，融入了交叉性视角，旨在探讨全球背景下的亚文化以及数字亚文化。

三、塞图

米歇尔·德·塞图（Michel de Certeau）是法国哲学家和社会学家。在《日常生活的实践》（*The Practice of Everyday Life*，1984）一书中，塞图探讨了普通人如何"应对"（make do）支配社会的制度力量，即如何在消费和日常行为中进行反抗实践。也就是说，尽管社会的、政治的和经济的力量在很大程度上决定了社会将会发生的事情，但个人依然能通过他们的日常行为找到反抗或抵制的方式。

《日常生活的实践》一书区分了"策略"（strategy）和"战术"（tactics）。策略是指那些掌权者为控制空间或行为而采取的有计划的、制度化的行动（例如企业或政府施加的规则），战术则是指个人在日常生活中如何对这些被施加的结构进行应对或反抗——通常是通过一些微妙、看似不重要的行动来避开或抵制。例如，人们在城市街道上以"之"字形走路的方式，创造了替代性的意义和体验，突破了用于限制他们行为的结构。塞图通过各种日常生活中的例子，比如阅读、做饭和使用公共空间，展示了个人如何在更大的社会结构限制下，发挥他们的能动性。这些实践可以看作反抗的行为，即使它们看起来是微不足道或无关紧要的。以下是他在书中讨论的一些关键例子。

（一）阅读——作为一种反抗的方式

塞图认为读者并非简单地接受作者或出版商所设计的文本，而是通过自己的兴趣和经验积极地与文本互动。读者可能会"颠覆"作者原本的意义，选择性地提取段落，或者创造出与文本原始意图不同的解读。例如，一个人在阅读一本关于自我提升的书时，可能更关注符合自己个性的章节，而忽视与个人生活情境不符的部分。通过这种方式，读者"把书变成了自己的"，在某种程度上改变了它的目的和意义。

---

① 马克·费舍：《资本主义现实主义》，王立秋译，南京：南京大学出版社，2024年，第16页。

（二）烹饪——家庭中的战术

其主要指个人可以"利用"现有的食材和食谱制作新的菜肴。虽然由食品工业（例如预包装食品、广告、饮食指南）制定的标准化食谱和产品代表了"策略"，但个体在家中常常会对这些产品进行调整。他们可能会替换食材，或根据个人口味和文化习惯修改食谱。这类"应对"行为是对食品生产和消费的僵化系统的反抗，为个人表达和自主提供了空间。

（三）使用公共空间——个体能动性

通常，城市规划者设计空间以实现特定目标，如效率或控制等，但个人可能会以其他的方式使用城市空间。例如，人们可能会穿过公园走捷径，或者以偏离既定路径的方式行走。这种行为是对城市规划者所设计的结构性秩序的"战术性"反抗，通过将公共空间转变为个人自由和不可预测的场所，悄悄地反抗了城市的既定秩序。

（四）购物——对消费主义的战术反抗

虽然购物中心和商店是精心设计的环境，旨在引导消费者做出决策（例如商店的布局、营销策略），但个体往往会抵制或颠覆这些设计。人们可能会随意地走过过道，不按照商店的广告或促销活动选购商品。这种消费行为是一种对市场战略的"战术性"使用，让个人在购物中体验掌控感，从而抵制了零售商施加的商业策略。

（五）观看电视——对媒体控制的反抗

尽管媒体行业控制了播放的内容和时间，但观众可以通过改变观看的方式来抵抗这种结构。例如，他们可能会换台、随意观看节目，或选择在自己方便的时间通过网络观看节目，而不是按照电视的播出时间观看。虽然这种反抗不会从根本上改变媒体的权力结构，但它改变了个人与媒体的互动方式，使其更具个人性，不再完全受制于生产者。

（六）语言——创造性的反抗

在日常生活中，人们并不会仅仅按照支配性语言规范或官方结构（如政府法规或教育体制）来讲话或写作，而是会根据具体的社会互动、地方性语境，甚至玩笑和讽刺的方式来调整语言。这种语言的调整是对规范化沟通的反抗，是一种创造性的、非标准的表达。

通过这些例子，塞图强调了日常生活并不仅仅是处于更大社会结构控制下的被动经验；相反，个人可以积极地与这些规范和权力结构互动并重新解释它们，通过微小的反抗行为塑造个人的身份。这些看似微不足道的行为在某种程度上改变了空间、物品和社会互动的意义，具有重要的政治和文化含义。

塞图的观点反映了布尔迪厄高度决定论的社会文化模型的"另一面"。对于布尔迪厄来说，社会结构①塑造了社会行动者可能做出的所有个人或特定决策和行动。然而，按照塞图的说法，社会和文化生活并不能完全由这种完全决定论的模型（total determination）来解释。人类的能动性有一定的余地去"偏离"（err）、"游走"（wander）于社会的主导结构所规定的轨迹中。"战术"，或者说那些独立的个体化行为和决策，并非整体设计或战略的一部分。战术性地使用文化形式，可以使个体获得逃避（或反抗）结构性决定论（structural determination），从而"抵消"（undo）社会决定性力量的能力。通过创造反霸权的仪式和风格化实践，允许一些荒谬和游戏的元素存在于一个看似完全被决定的社会体系中。

个人能够通过日常行为和实践行使一定的能动性，反抗对个体生活施加了限制的社会结构和权力控制（如制度、媒体或城市规划），也就是说个体并非完全被结构决定，这是塞图的主要看法。需要指出的是，塞图似乎高估了这种能动性的范围。尽管塞图关于日常生活中反抗的小例子（如曲线行走或反消费主义）非常有启发性，但这些小反抗是否真的能改变被企业资本主义所支配的社会结构呢？个人是否能够通过改变购物方式或使用公共空间的方式，真正抵

---

① "结构"一词在文化研究里，具有特殊的内涵，此处主要指对个体生活施加了限制的社会结构和权力控制，如制度、媒体或城市规划等。文化研究除了吸纳马克思主义理论，还吸收了结构主义理论，尤其是索绪尔的"语言"与"言语"的概念。索绪尔认为，语言（langue）是一个社会中共享的语言系统，是一套规则、惯例和结构，使交流成为可能。它是集体的、抽象的，而言语（parole）指的是语言在具体语境中的个体使用，即实际的言语行为或表达。它是个人的、情境化的。这两个概念表明，意义的生成既依赖于一个总体性的系统（语言），又体现在具体的使用（言语）中。文化研究借用这一组概念，将"语言"视为文化的结构系统，是一套组合意义的符号、规则和惯例的集合，代表了由主导系统（如城市规划、消费主义）强加的规则和结构，如大众媒体的规范与惯例（电影类型、广告语言的代码等），以及社会实践的"语法"，如仪式、时尚或社交礼仪；"言语"则指的是个体或群体进行文化表达或抵抗的实践行为，如观众对媒体内容的解读（斯图亚特·霍尔的编码/解码模型）；亚文化（如朋克或嘻哈文化）通过重新诠释主流文化代码创造替代意义。在结构主义的影响下，文化研究认为文化形式由潜在结构（如二元对立、意识形态框架）影响。不同的是，索绪尔强调"语言"对"言语"的结构性支配作用，但文化研究将重点转向二者之间的动态关系探究：一方面它强调意义的政治性，即系统结构（语言）如何强加意识形态于个体（言语）；另一方面它还关注个体与群体（言语）如何对其进行抗争。

抗这些压倒性的力量？答案似乎是否定的。很多时候，塞图所提倡的"战术"可能不会带来真正的结构性变化，甚至可能被这些结构吸收，进而强化原有的秩序。此外，塞图所描述的"战术"似乎是孤立的、个体化的行为，而这些行为虽然可以看作一种反抗，但也可能无意中强化了以个体为中心的权力和反抗观念，使社会不自觉地进入一种自由主义的个体主义范式，忽略了集体动员（例如社会运动、工人罢工或政治革命）所带来的深远变革。

第二节　主要概念

文化研究认为，文化不仅是现实的被动反映，还是一个积极的斗争场域，各个群体通过协商意义和权力进行交流。与只关注高雅艺术或经典文学的传统不同，文化研究接纳了广泛的文化形式，如流行文化、媒体、时尚和消费品，并关注其是如何反映、延续或抵制主导意识形态的。

一、文化领导权

"文化领导权"（有时也译作"霸权"）一词源自希腊语"hegemonia"，意思是"领导"或"支配"，常指一个国家或群体对其他国家或群体的统治。在现代批判理论中，意大利马克思主义思想家安东尼奥·葛兰西（Antonio Gramsci）对这一概念进行了深入的研究，用它来解释主导群体是如何通过从属群体的同意和文化影响来实现自身统治的：一个群体对其他群体的支配主要不是通过武力或强制（coercion）实现的，而是通过同意（consent）和文化领导来实现的。统治群体通过塑造文化规范、价值观和信仰，使其与自身的利益一致，从而让他们的权威看起来是自然的、必然的，而且是对整个社会有益的。

统治阶级通过控制社会机构影响大众的世界观，确保从属群体接受并支持他们的领导。这种微妙而广泛的支配形式通常不会引起反抗，因为它依靠被支配群体对统治群体意识形态的"内化"（internalization）而运作，从而成为一种"常识"、一种自愿的认同感。上文提到赫伯迪格分析的主流文化对亚文化的吸纳，就是文化领导权作用的一个典型例子。这种认同通常是通过学校、媒体和艺术等机构进行生产和再生产的。例如，学校可以利用课程控制、日常的例行程序和教师的权威，传授符合主导意识形态的知识、规范和价值观，将学生培养成能够接受社会秩序的生产性成员。学校也能强化社会等级结构：来自富裕背景的学生通常能接触更好的教育资源和网络，有更多机会维持或提升其特权地位，而贫困背景的学生则被边缘化或面临较少的机会，从而强化了"某些人更值得成功或拥有权力"的看法。

此外，在影响公众认知方面具有巨大影响力的媒体也是统治阶级行使权力的最强大工具之一。借助媒体，主导意识形态往往可以以一种自然且毋庸置疑的方式传播给大众。媒体通过框架设置与议程设置，决定哪些问题需被关注以及如何呈现，从而控制话语。例如，贫困问题可能被解释为个人的失败，而不是系统性的问题，从而强化了资本主义意识形态，因为成功是个人努力的结果，而不平等是自然的结果。在文化生产方面，通过电视、电影、音乐以及如今的社交媒体的共同作用，主流文化不断得到推崇。主流媒体中对生活方式、关系、美学标准和成功的表现，往往会强化那些服务于资本主义社会中强者利益的价值观，如消费主义、个体主义和服从社会期望等。

在数字时代，算法决定了信息如何被筛选、排序和呈现，在塑造公共话语方面发挥着至关重要的作用。像脸书（Facebook）、照片墙（Instagram）、X和油管（YouTube）这样的社交媒体平台特别依赖算法来决定用户看到的内容。算法并非独立运作，它们嵌入在现有的权力结构中，并强化主导意识形态，从而延续既有的社会秩序。算法的设计目标通常是获得最大化的用户参与度（例如点赞、分享、评论、观看时间）。虽然这种设计源于商业目的（如广告收入），但被放大的内容类型往往反映并强化主导的文化、政治和经济意识形态。优先显示吸引眼球或已经流行的内容，不可避免地边缘化了对抗主流或少数派的声音，从而形成了"回声室"（Echo Chambers）和"过滤泡"（Filter Bubbles）。算法通过筛选，向用户推送与他们已经阅读的内容相似的信息，形成回声室，强化主流叙事，排除异见。例如，在西方政治事件（如选举）期间，社交媒体算法经常优先显示耸人听闻或主流视角的内容，而忽略草根或其他运动的信息。

葛兰西的一个关键见解是，文化领导权依赖于"同意"，而非单纯的强制。换句话说，要维持统治阶级的主导地位，就必须确保被统治群体自愿接受其权威。这是通过使大众相信统治阶级的利益与他们自身的利益相一致来实现的，即便事实并非如此。例如，资本主义社会推崇每个人通过努力工作和富有雄心壮志就可以取得成功的理念（在美国就是所谓的"美国梦"），即便边缘化的人群难以通过该手段获得成功。

在当代，文化领导权以各种形式表现出来，尤其通过媒体和数字平台，它们会优先展示与主流观点或资本主义消费价值相一致的内容。娱乐产业、广告和政治话语同样受到主导意识形态的塑造，从而形成了一种霸权文化，鼓励人们接受某些价值观，如消费主义、个人主义和物质成功的追求。现代文化领导权的另一个关键是全球化。在全球化的世界中，文化领导权意识形态通过媒体、跨国公司和国际机构传播到世界各国，塑造了世界各地人民对自我和他者的认知。例如，西方关于美丽、成功和幸福的理想常常主导全球媒体的报道，这不仅影响西方社会，也影响非西方社会对自己的认知。

虽然文化领导权的概念是理解权力如何运作的一个强有力工具，但它也遭遇了一些批评。有人认为，葛兰西对同意的关注低估了强制的物质力量在维持权力方面的作用。在许多情况下，统治阶级不仅依靠同意，还依赖于警察、军队和法律系统来维持统治。还有人批评文化领导权理论，没有完全考虑到被压迫群体的能动性和抵抗，尤其是在现代全球化社会中，数字技术的普及创造了新的文化生产和消费形式，使得传统的文化领导权模式变得复杂。例如，互联网、社交媒体和数字内容生产导致了声音的多元化，并提升了反对文化领导权的可能性。

二、表征

斯图亚特·霍尔（Stuart Hall）的表征理论是其文化研究以及媒体与身份理论的核心思想之一。在霍尔看来，再现是一个通过语言、符号和图像，在文化成员之间生产和交换意义的过程。它不仅仅是对现实的反映，更是对现实的建构。霍尔借鉴了符号学（来自索绪尔）和后结构主义（来自巴尔特和福柯）的思想，来解释语言和符号在表征中的工作原理。词语、图像和声音是能指（signifier），它们通过与所指（signified）概念的关系产生意义，但这些意义并不是固定的，而是依赖于文化和社会背景的变化而变化。以下将从表征方式和解码方式展开探讨。

（一）三种表征形式

1. 反映论（Reflective Approach）：语言和媒体真实地反映了对象或事件在现实中存在的意义。

2. 意图论（Intentional Approach）：关注生产者或说话者的意图，意义完全源自他们希望传达的内容。例如，一幅批评政府腐败的政治漫画反映了漫画家揭露或嘲讽政治人物的意图。不过，尽管漫画的意义由创作者希望传达的内容决定，却并不完全由创作者控制，观众可能会根据自己的文化或政治背景对漫画做出不同的解读。

3. 建构论（Constructionist Approach）：意义是通过共享的文化代码和表征系统被社会建构的。这种方式承认语言、权力和意识形态在创造意义中的相互作用。奢侈品牌的时尚广告通过特定的文化代码建构财富和地位的意义，比如优雅的模特、奢华的背景和高雅的语言。这些广告并不是单纯地反映奢侈的现实，也不仅仅表达广告商的意图，而是主动建构出这样一个观念：拥有这些产品象征着声望和成功。

事实上，看似客观的反映论，也可能充满了意义建构。例如，当气候变化通过北极熊的形象来呈现时，这种表征建构了一种观念：气候变化似乎是一个遥远的问题，只影响与我们关系不太紧密的动物，这无疑会影响公众的态度和政策，因为它让人们觉得气候问题并不那么紧迫。一部展示野生老虎生活的纪录片可能被认为是对现实的直接反映。老虎的行为（如捕猎、休息）被视为真实且未经加工的表现。但即使是这种"中立"的表征也是经过建构的，因为纪录片制作人选择了哪些片段需要拍摄，如何设置镜头角度，以及如何配音解说等，这些都影响了观众对老虎的理解以及可能做出的回应。

霍尔通过对符号和标记的研究，解释语言如何成为一种表征体系。在他看来，符号的意义不是确定的，而是通过文化的作用逐渐形成的。语言就是一套表征体系。我们使用的符号，无论是声音、文字还是电子图像、音符和物体，都是用来代表为我们的概念、理念和情感的，语言是表征思想、观念和情感的"媒介"（media）之一。[①] 霍尔认为，作为媒介的语言，与电视、电影、音乐和广告等娱乐方式一样，都不是中性的，它受到意识形态的影响，这些表征会影响公众的感知。

（二）解码方式

在《编码/解码》（"Encoding/Decoding"，1973）一文中，霍尔将焦点从媒体文本的生产转向了观众对这些文本的接收。他提出，媒体生产者使用符号、标志和文化代码对信息进行编码，这些编码通常受到其意识形态和假设的影响；观众则根据自己的经验、信仰和背景解读或"解码"这些信息。解码的结果并不总是与生产者的意图一致，这创造了一个空间，观众可以按照不同的方式解读媒体，传播并不是一个线性的过程。意义是由生产者编码的，而观众

---

① See Stuart Hall, ed., *Representation*, London：Sage Publications, 1997, p. 2.

根据他们的文化和社会背景对其进行解码。解码的方式可以分为以下三种：

1. 接受解读（Dominant-Hegemonic Reading），完全接受生产者的意图传递的意义；

2. 协商解读（Negotiated Reading），部分接受信息，但会结合自己的观点进行解读；

3. 对立解读（Oppositional Reading），完全拒绝生产者的意图，做出相反的解读。

例如，当广告中展示了一群年轻、快乐的人分享可乐，将饮料与友谊、快乐和包容性联系在一起时，观众可以接受广告传递的信息，即喝可口可乐是快乐且能拉近人际关系的行为，这是接受解读；一些人可能欣赏广告的包容性，但觉得广告过度商业化，这是协商解读；一些人则可能完全是对立解读，认为广告很不恰当，具有操控性，居然用幸福的形象来鼓励不健康的消费行为。

霍尔的"编码/解码"模型强调观众在解读媒体时的主动性，对于媒体和流行文化的研究至关重要，因为它展示了意义是如何在社会背景下协商、被争论并得以形成的。它超越了传统的被动观众模型，鼓励学者关注个人或群体如何根据自身的社会地位、意识形态和经验来解读媒体。

三、文化资本

法国人类学家和社会学家布尔迪厄（Pierre Bourdieu）在《区分：判断力的社会批判》（*Distinction: A Social Critique of the Judgement of Taste*，1979）中指出，文化品位并非个人的喜好和审美判断，而是社会建构的。文化就像资本主义社会一样，是具有等级的。某些文化形式（如古典音乐或精致饮食）并非自然形成一种主流或时尚，而是基于社会合法化的过程。布尔迪厄认为，统治阶级通过将自己的文化偏好呈现为"普遍"或"优越"的方式，利用品位来维持权力和合法性。布尔迪厄基于广泛的实证研究（包括调查和访谈），运用统计方法和社会学理论，评估法国各社会群体的文化实践和偏好，揭示了文化消费背后的社会机制。通过这些研究，他展示了品位是如何与个人的社会地位、教育背景和经济状况紧密相关的。文化是一种区分社会地位的方式，那些出生于上等阶层的人可以获得享有某种高级文化（如高雅艺术）的特权，而这样的能力又可以帮助他们进一步巩固其社会地位。相反，工人阶级从家庭或学校教育中获得的"文化特性"是有限的，这让他们难以摆脱自己的阶层。社会阶层因此通过文化和教育不断得以固化。

布尔迪厄还提出了"习性"（Habitus）、"场域"（Field）和"文化资本"（Cultural Capital）等几个相关联的概念。"习性"指个人的品位、行为和感知，受到个人成长环境的影响，并巩固该社会结构。"场域"指的是个人或群体为争夺某些资本（如文化资本、社会资本、经济资本和象征资本），而卷入各种竞争和斗争的场所。每个场域都有相应的法则和规范，在文化生产场域里，艺术家、批评家和消费者都在争夺资本。

布尔迪厄把资本分为多种形式，除了我们熟悉的经济资本（如金钱和物质财富）、社会资本（如人际关系网）、身体资本（如体型、健康等），还有文化资本和象征资本。其中，象征资本指的是个人或群体在社会中获得的声望、荣誉或认可，是他人在社会情境中赋予个人、群体或物体的价值，通常是其他形式资本（如文化资本、经济资本、社会资本）被公众认可和合法化的结果，可以被视作一种权力来源。例如，一位受人尊敬的学者可能拥有象征资本，因为他的专业知识得到了同行和社会的认可，这种认可赋予他社会声望，并可能使他在自己的领域中拥有影响力或决策的权威。

文化资本主要指个人通过社会化、教育和家庭背景获得的知识、技能、教育、品位以及其他文化实践，它主要有以下几种形式。

（一）具身（embodied）文化资本

具身文化资本指长久存在于身心之中的特质，如一个人的言谈方式、社交礼仪和智力能力，它经过教育和社会化的过程，随着时间的推移而获得。

（二）物化（objectified）文化资本

物化文化资本指具有文化价值的物品，如书籍、艺术作品、乐器或技术产品。这些物品可以被转移或传承，并且在社会和文化场域中具备象征意义。

（三）制度化（institutionalized）文化资本

制度化文化资本包括学历、学位和证书等，可以使文化资本获得正式的认可和制度化的合法性，为个人提供获得有社会声望职位的机会。

文化资本在社会不平等的再生产中起着重要作用，因为它在不同社会阶层之间的分配并不均衡。例如，来自较高社会经济背景的人更有可能获得与主流文化和教育系统相一致的文化资本，从而在社会和职业生活中占据优势。文化资本与象征资本有着密切的关联，前者有时可以转化为后者。虽然文化资本更多的是指个人所拥有的实际知识、技能和资源，但象征资本则关乎这些资源如何被他人认可和合法化。换句话说，文化资本在被社会承认和认可时，便转化为象征资本。例如，一个拥有丰富文化知识（文化资本）的人，可能不会自动获得尊重或认可。但当这种知识得到承认并获得奖励（如奖项、荣誉称号或社会地位）时，它便成为象征资本。文化资本维系并再生产社会不平等，因为拥有更多文化资本的人，在社会中往往更容易取得成功。

布尔迪厄这一观点揭示了特权是如何被复制或再生产的：具有良好社会经济背景的人往往拥有更多的文化资本并更有能力影响社会主流价值，不平等不仅仅发生在经济领域，一个人的社会地位还和其教育、语言、品位和社会习性密切相关。

第三节　批评与实践：海外中国女性研究
——基于 SSCI 国际女性研究期刊（2008—2020）的分析

本节搜集了 2008—2020 年在 4 种 SSCI 国际女性研究期刊上发表的 108 篇关于中国女性的研究论文，并使用定量分析和定性分析的方法，结合跨学科、跨文化的视角，对结果进行可视化的呈现和讨论。通过对这几本刊物上刊登的关于中国女性研究论文的数目、占比、作者机构、期刊编委构成以及文章内容等维度进行仔细的梳理，旨在全方位地观测过去 13 年里国际上妇女期刊对中国女性问题研究的热点以及造成该现象的可能原因。研究发现，海外中国女性研究成果较为丰富，视角新颖，但也存在一定的问题。如何结合中国本土实际和研究现状，正确地看待这些海外中国女性研究，对于我们创办好具有国际视野的女性学术刊物，在国际舞台上更好地讲述中国女性甚至中国的故事，具有重要的意义。

人类的文明和进步，离不开作为"半边天"的女性的参与。可以说，女性地位已经成为衡量一个国家文明水平和现代化程度的重要标志之一。[①] 近年来，随着中国综合实力的提高，我们也更加注重国际形象问题，注重中国故事的讲述。改革开放以来，中国女性的地位得到了明显提高，国内学界也出现了不少关于女性健康和女性角色的研究，这为促进性别平等，推动世界妇女事业的发展起到了重要作用。进入 21 世纪后，随着国门的进一步打开，海外学界也开始越来越关注中国的女性问题，但这些研究却没有在国内学界引起应有的

---

① 夏晓虹：《晚清女性与近代中国》，北京：北京大学出版社，2004 年，第 4 页。

重视。"横看成岭侧成峰，远近高低各不同"，海外学界的中国女性研究，尽管水平参差不齐，但它们也同样可以提供给我们一个看问题的新视角，让我们拥有一种"他者"的眼光，进而更好地审视我们本土的女性研究。此外，对海外中国女性研究进行梳理和分析，了解其发展现状以及其与中国本土研究的异同，对于我们在国际舞台上更好地讲述中国女性的故事，在中西文化交流中更好地掌握话语权，也有着非同寻常的意义。

一、研究对象与方法

本书选取 4 种具有较大影响力的关于女性的人文社会科学综合类国际 SSCI 来源期刊——《前沿：妇女研究》（FJOW）、《妇女研究国际论坛》（WSIF）、《亚洲女性》（AW）和《亚洲妇女研究》（AJOWS）①，并将其作为主要观测对象。这 4 种刊物都注重人文学科普遍性的话题。本研究将以 Web Science、Science Direct 等数据库以及上述 4 大期刊网站为主要依托对象，重点审视 2008—2020 年在这 4 种期刊上发表的所有与中国女性研究有关的论文。由于关于中国女性研究论文的标题、关键词或主题词里未必都有"China"或"Chinese"等词（有一些是直接以中国城市、地区甚至是省份名作为关键词的），因此笔者在输入与中国相关频率高的关键词和主题词进行搜索后，又通过逐期翻阅，统计出自 2008 年 1 月到 2020 年 12 月在这 4 种期刊上发表的 1167 篇文章中，关于中国女性研究的所有论文共计 108 篇，进而从刊物、作者和内容等维度展开具体的分析，以期较为全面地掌握海外学界关于中国女性的研究现状、与本土研究的差异及其原因。

二、数据及主题分析

从时间上看，2008—2020 年，在 4 种刊物上发表的关于中国女性研究的文章都于 2011 年后达到峰值。具体而言，《亚洲女性》上的关于中国女性的文章数目在 2012 年达到高峰，年度发文 8 篇；《亚洲妇女研究》则在 2015 年到达高峰，年度发文 8 篇，后来几年略有下降，2020 年再次到达 8 篇的高点。关于中国女性研究的发文总数最少的是《前沿：妇女研究》，2008—2020 年总

---

① 4 本杂志的英文名分别为 FRONTIERS－A JOURNAL OF WOMEN STUDIES、WOMEN STUDIES INTERNATIONAL FORTUM，*Asian Women* 和 *Asian Journal of Women Studies*.

共发文仅为 3 篇，其中有 2 篇发表于 2016 年。《妇女研究国际论坛》则于 2013 年、2014 年到达峰值（年度发文 2 篇）。因为各个刊物年度发行的刊数以及文章的总数目差异较大，因此除了观测关于中国女性研究论文的发表数，还有必要考察其在论文总数中所占的比重。

　　其中，关于中国女性研究论文占比最高的是《亚洲妇女研究》，为 16.64%（如图 9-1）。相比之下，《亚洲女性》低了 5 个百分点，其甚至比《妇女研究国际论坛》还低了 4 个百分点。《亚洲女性》虽然声称是亚洲女性研究机构的官方刊物，但研究对象并不局限在亚洲内，主要刊发与跨学科、跨文化有关的文章，如女性福利、女性权利、生态女性、女性健康、女性和生物技术、女性和历史、男性研究以及其他相关研究。从它历年发表的文章主题上看，除了涉及中国、韩国、日本和菲律宾等亚洲国家，也涉及爱尔兰和非洲地区的女性话题，甚至包含对德国、奥地利和瑞典等欧洲国家的女性的研究，因此不可将刊物名称与其涉及的区域范围相混淆。值得注意的是，另外一份针对世界女性的刊物——《妇女研究国际论坛》上刊登的关于中国女性研究的论文占比高达 15.51%，远高于《亚洲女性》，仅比《亚洲女性研究》低了不到 1 个百分点，可见该刊物对中国女性话题的兴趣是十分浓厚的。

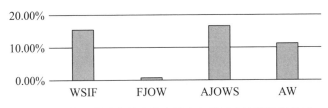

图 9-1　关于中国女性研究文章占各期刊文章总数的比重

　　从内容上看，这 4 种期刊涉及的话题十分广泛，既有关于中国女性权利的文章，也有关于文学作品或文艺作品中的女性形象再现，其中有四大主题占据了主要地位，大致情况如下：第一大板块是涉及女性权利话题的论文，共有 24 篇，占 4 种国际期刊中关于中国女性研究论文总数的 22.22%（如图 9-2）。其中既有关于中国女权运动的历史性回溯的研究，也有针对近些年来广受关注的一些女性权益问题的研究。第二大板块是与女性身体有关的论文，具体包括女性欲望、性、美容和生育等问题。这类文章有 18 篇，占总数的 16.67%。其中有 7 篇与女性生产、育儿和流产等话题有关，7 篇与女性的性、生理现象等话题有关，另有 4 篇与同性恋问题相关。此外，农村女性、女性农民工也是这些国际杂志比较关注的一种主题，在 108 篇与中国女性研究相关的文章中，共有 12 篇与此有关，占总数的 11.11%。其中有 4 篇文章是和女性农村生活有关的，如农村女性互助、农村女性参与村里的发展规划等。另外 8 篇则都是和女性农民工有关的。这些国际期刊中还有 11 篇是涉及城市女性婚姻和跨国联姻的，其占总数的 10.19％。其中有 5 篇涉及都市女性婚姻问题，尤其是对晚婚现象论述较多。另有 6 篇是涉及跨国婚姻的，这些问题往往还伴随着劳工、移民等问题。总的来看，上述四大主题占了这 4 种刊物中关于中国女性研究论文总数的 60.19％，而比例最高的两大板块"女权权利"和"女性身体"占了 40％左右，接近四大刊物关于中国女性研究论文总数的一半。这些主题具有以下特征：第一，关注女性个体的需求，如个人的权利、身体和欲望的诉求等；第二，比较关注一些边缘话题，如跨国婚姻；第三，关注两性之间的关系。

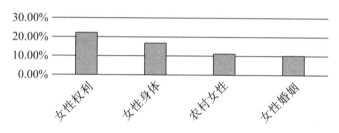

图 9-2　关于中国女性的四大主题文章占比情况

相比之下，国内学界对女性的研究更倾向于把女性放在关系网里，尤其是放在家庭的背景下进行考量。在国内女性研究的权威刊物《妇女研究论丛》上发表的论文，从 2008 年 1 月到 2020 年 7 月，共有 97 篇是关于家庭的研究，17 篇是关于女性在家庭里充当母亲、妻子等角色的研究，加起来约占这个时段里该刊物发文总数的 10％，具体内容涉及女性在家庭与职业间的平衡、家庭妇女的变迁、家庭照料、家庭决策、家庭购买以及家庭叙事等多方面的话题。对于女性与家庭的关系，当代著名学者、复旦大学的沈奕菲女士在《个体家庭 iFamily：中国城市现代化进程中的个体、家庭与国家》（2013）一书中有着清晰有力的论述。沈女士通过对上海数十个中产阶级家庭的观察，审视了中国女性如何在传统与现代交接的转型期里，在复杂的家庭关系中，尤其是在纵向关系上，处理个体与家庭之间的种种矛盾和张力，如今该论著指出的模式已经成为国内各大二线、三线城市中许多职场女性共同要面对的问题。无论从历史的角度，还是从现实的角度，离开家庭谈论中国女性难免失之偏颇。

遗憾的是，上述 4 种国际学界的女性刊物探讨中国女性与家庭的文章仅有 4 篇，其中 2 篇涉及家庭劳动分工和家庭与工作的平衡，1 篇涉及家暴问题。这说明以上 3 篇主要还是围绕女性权利展开的，而真正涉及中国女性的家庭角色并在话题上接近中国本土研究的论文只有 1 篇。

三、原因及启示

不可否认，海外学界对中国女性的多角度的考量具有方法论的意义，为我们全方位地考察中国女性的地位、现状提供了难能可贵的观察视角，有利于促进我国女性事业的发展。与此同时，我们也发现，海外中国女性研究也有不足之处。将女性放置到家庭的维度中进行考察，是中国历史的必然，也是现实性的存在，可是为何这些国际学术期刊的中国女性研究却忽略了这个视角？是有意为之，还是无心之举？更为吊诡的是，在这 108 篇关于中国女性的研究论文中，有 68 篇文章的第一作者的单位为中国研究机构（包括港澳台地区），占总数的 62.96%。可见作者的身份构成对造成这一差异的影响较少，下面我们试从其他视角探究其原因。

一方面，从编委的构成来看，《妇女研究国际论坛》刊物的 1 名主编和 3 名副主编均来自英国、美国和加拿大等发达国家，在其 40 名编委会成员里，仅有 2 名来自中国（一名来自香港特别行政区，另一名来自台湾地区），另有 1 名来自黎巴嫩，1 名来自南非，其他均来自欧美发达国家（占比高达 90%）。《亚洲女性》是由韩国淑明女子大学和韩国政府的国家研究基金会资助的刊物，其主编和执行主编均来自韩国淑明女子大学，在其 41 名编委会成员中，有 14 名来自美国的大学或研究机构，2 名来自澳大利亚，1 名来自加拿大，5 名来自英国、丹麦和瑞典等欧洲国家。也就是说，在该杂志编委构成里，来自欧美国家的共有 22 名，占半数以上；另有 10 名来自韩国；剩下 9 名来自亚洲其他国家和地区。《前沿：妇女研究》是美国俄亥俄州立大学创立的期刊，该刊物的几名主编都来自美国的大学或研究机构。《亚洲妇女研究》期刊为韩国梨花女子大学所创办，1 名主编、2 名副主编和 1 名执行主编均来自这所大学，在其 28 名编委会成员中，首次出现了非欧美国家的人数超过欧美国家的现象，虽然大多数编委都来自韩国，但至少在名义上是一个属于亚洲的刊物了。

总体看来，这 4 种具有重要国际影响力的关于女性研究的综合类期刊，除了《亚洲妇女研究》的编委主要来自亚洲（尤其是韩国），其他三大刊物的主编和编委会成员主要都是欧美（尤其是美国）大学或研究机构的学者。这些西方学者对中国女性的理解，难免带有"先见之明"，会以西方女性主义的诉求来审视中国的女性。这种"他方之学"，有其产生的特定语境，若我们能以一种开放平和的态度看待它，会发现其不乏启发性的地方。但与此同时，也要清醒地意识到，由于其编委成员的特殊组成，刊物在选稿的过程中，难免戴上了西方文化的"有色眼镜"，用一种先入为主的方式看待关于中国女性的研究，更多地关注女性权利、女性身体、族群婚姻等在西方已经普遍存在了的一些主流话题，而对一些具有中国本土特色的女性话题，如纵横两轴上的家庭关系，不免陷入认识的盲点。事实上，这个忽视可谓由来已久，正如旅美学人笑思先生所说，西方人的"家盲点"和"家的弱点"是在历史中形成的，而且他们至今仍对此缺乏明确的认识。① 一些西方学者虽然看到了家，但更多的是一种否定性的态度，即把个人与家庭的分离，把家庭与政治、经济等领域的各自分离，看作西方现代社会和个人主义兴起的重要特征。② 而这种将"分离"的规范性特征视为描述性的、普遍性的特征的做法，近年来在学界也受到一定的质疑。有学者指出，即便在英国，家庭也并未成为独立领域。③ 在日本学者村上泰亮看来，"'家社会'作为东方型高度文明的一个文化统一体，积蓄了对抗、评判欧美型产业社会的内在能力"④。将女性与家庭紧密结合的中国本土研究视角，或许也能对当下西方女性主义研究产生一定的启发作用。遗憾的是，西方主流学界关于中国女性的研究却有意无意地忽视了这个维度。

另一方面，对于中国女性本土研究主要视角的忽略，还和中西方文化交流的平等性有关。尽管这些文章中超过 60% 的作者都来自中国的研究机构，但由于关于中国女性研究的一些本土话题，一直没有进入西方期刊主编的视野或不符合西方人对女性问题研究的期待视野，许多论文在初审的时候很可能就因为"不符合本刊要求"被退回了。而投稿人为了文章的发表，也常常需要照顾刊物的价值取向，撰写更加符合刊物发表要求的论文。久而久之，作者与刊物之间也就形成了一种默契，在刊物给定的框架里思考中国女性的问题。当然，基于西方视角的探讨有其特定的背景和意义，但从学理性的角度看，有关讨论应该放在一个多元的、多层次的现实架构下看待，如果因为突出了边缘而忽略了中心，甚至为了迎合西方的视角而忽略中国的客观现实和中国的特定视角，也是不值得提倡的。正如日本学者沟口雄三在对竹内好的中国论进行批判时提出的：其本质上不过是日本论，并没有将中国当作一个客体来认识，这种主体

---

① 参见笑思：《家哲学——西方人的盲点》，北京：商务印书馆，2010 年，第 1 页。

② 参见艾伦·麦克法兰：《现代世界的诞生》，清华大学国学研究院主编，上海：上海人民出版社，2013 年，第 140 页，第 230~232 页。

③ 参见陈勇：《近代早期英国家庭关系研究的新取向》，《武汉大学学报》，2002 年第 1 期，第 25~31 页。

④ 杨劲松：《日本文化认同的建构历程——近现代日本人论研究》，北京：中国建筑工业出版社，2011 年，第 164 页。

是"内向的""主观臆断的"。① 与此同时，只靠西方的评判去评价中国，又让中国原理失去了自我呈现的余地。这些刊物上的中国女性论，某种意义上也不过是一种"西方论"。正如罗志田先生对思想史研究的评价那样："我们的思想史研究最常见用西方观念来套中国实际……追随西方'问题意识'的新潮，而不问这些从非中国历史环境中产生出来，有着特定的基本预设、方法论与认识取向的'问题'和思路，是否与中国自身在不同的历史条件下所存在的'问题'相一致。"② 长此以往，也势必难以实现中国的"世界化"（"worlding" China），即难以将中国纳入世界，并将世界纳入中国。③ 国际社会能否客观、全面地认识中国女性，这关乎海外学界是否愿意把中国当作一个主体来对待，并在此基础上实现真正的中西交流和理解，而不是让一切皆着"西方之色"，让中国女性研究成为西方女性研究理论的注脚。这一点需要一代甚至几代中西学人的共同努力，才可能得到改变。

关于中国本土女性的研究，国际学界有着一定的"西方化"倾向，一方面，对于这些外在的研究，我们可以充分借鉴其视角，对其做出一定回应，以免陷入自说自话的境地；另一方面，我们也要意识到其局限性，以开放的心态主动寻求对话的可能。中国女性的多面性与特殊性，尤其是在家庭中的重要地位，没有很好地进入国际学术研究的视野，除了中西方传统对家庭的认知观念不同，还有一个很重要的原因是语言问题。我们国内有许多优秀的学者，但由于缺乏学术英语的表述训练，难以在国际上发声。现在英文学习的条件很好，年轻人大多有良好的英语背景，若能辅以良好的专业素养，便可更好地在关于中国女性研究的学术舞台上发出中国学者的声音。同时，我们还可以加强与国际学术界的合作，鼓励学者积极参加国际会议或举办组织一些国际会议，多在国际会议上获取一些发声的机会，从而更好地讲述中国女性的故事。

① 沟口雄三：《作为方法的中国》，北京：生活·读书·新知三联书店，2019年，第31页。
② 罗志田：《中国的近代：大国的历史转身》，李冠南、董一格译，北京：商务印书馆，2019年，第231页。
③ 阿里夫·德里克：《后革命时代的中国》，上海：上海人民出版社，2015年，第2页。

主要参考文献

一、中文出版物

鲍曼，2000．立法者与阐释者：论现代性、后现代性与知识分子［M］．洪涛，译，上海：上海人民出版社．

勃朗特，2002．简·爱［M］．林子，译．哈尔滨：哈尔滨出版社．

布尔迪厄，2011．文学场的生成与结构［M］．刘晖，译，北京：中央编译出版社．

布鲁姆，2006．影响的焦虑［M］．徐文博，译，南京：江苏教育出版社．

费舍，2024．资本主义现实主义［M］．王立秋，译，南京：南京大学出版社．

葛兆光，2019．思想史研究课堂讲录（增订版）［M］．北京：生活·读书·新知三联书店．

郭绍虞，2012．中国历代文论选［M］．上海：上海古籍出版社．

普林斯，2013．叙事学：叙事的形式与功能［M］．徐强，译，北京：中国人民大学出版社．

萨义德，2002．知识分子论［M］．单德兴，译，北京：生活·读书·新知三联书店．

申丹，2005．英美小说叙事理论研究［M］．北京：北京大学出版社．

申丹，2009．叙事、文体与潜文本［M］．北京：北京大学出版社．

宋兆霖，1996．勃朗特两姐妹全集［M］．石家庄：河北教育出版社．

宋兆霖，2012．狄更斯全集［M］．杭州：浙江工商大学出版社．

汪曾祺，2018．汪曾祺小说集［M］．北京：时代文艺出版社．

王汎森，2020．执拗的低音：一些历史思考方式的反思［M］．北京：生活·读书·新知三联书店．

王国维，2018．人间词话［M］．北京：人民文学出版社．

王元化，2015．思辨录［M］．上海：华东师范大学出版社．

亚里士多德，1996. 诗学［M］. 陈中梅，译，北京：商务印书馆.

燕卜荪，1996. 朦胧的七种类型［M］. 周邦宪，王作虹，邓鹏，译，杭州：中国美术学院出版社.

詹姆斯，2001. 小说的艺术［M］. 朱雯，乔似、朱乃长，等译，上海：上海译文出版社.

赵一凡，张中载，李德恩，2006. 西方文论关键词［M］. 北京：外语教学与研究出版社.

赵毅衡，2013. 当说者被说的时候：比较叙述学导论［M］. 成都：四川出版集团.

赵毅衡，2013. 广义叙述学［M］. 成都：四川大学出版社.

赵毅衡，2013. 重返新批评［M］. 成都：四川出版集团.

周宪，2007. 文化表征与文化研究［M］. 北京：北京大学出版社.

朱光潜，1984. 诗论［M］. 北京：北京出版社.

朱立元，2009. 当代西方文艺理论［M］. 上海：华东师范大学出版社.

二、外文出版物

ARMSTRONG N，1989. Desire and domestic fiction：a political history of the novel［M］. Oxford：Oxford University Press.

AUSTEN J，2003. Pride and prejudice［M］. New York：Bantam Dell.

BARRY P，2017. Beginning theory：an introduction to literary and cultural theory［M］. Manchester：Manchester University Press.

BAUMAN Z，1989. Legislators and interpreters：on modernity, post-modernity and intellectuals［M］. Cambridge：Polity Press.

BHABHA H K，1994. The location of culture［M］. London：Routledge.

BOOTH W，1983. The rhetoric of fiction［M］. Chicago and London：The University of Chicago Press.

BOURDIEU P，1991. Language and symbolic power［M］. Cambridge：Harvard University Press.

BROOKS C，1947. The well wrought urn：studies in the structure of poetry［M］. London：Dobson Books Ltd.

EAGLETON T，2007. How to read a poem［M］. Oxford：Blackwell Publishing.

EAGLETON, 2012. The event of literature [M]. New Haven and London: Yale University Press.

ELIOT T S, 1950. The sacred wood: essays on poetry and criticism [M]. London: Methuen and Co. Ltd.

ELSTERMANN A, 2023. Digital literature and critical theory [M]. New York: Routledge.

EMPSON W, 1949. Seven types of ambiguity [M]. London: Chatto and Windus.

FAIRCLOUGH N, 1995. Critical discourse analysis [M]. London: Longman.

FANON F, 1963. The wretched of the earth [M]. New York: Grove Press.

FERGUSON M, MARY J S S, JON S, 1970. The Norton anthology of poetry [M]. New York: W. W. Norton and Company.

FORSTER T C, 2008. How to read novels like a professor [M]. New York: Harper Collins Publishers.

FREUD S, 1964. New introductory lectures on psychoanalysis [M]. New York: Norton.

FROST R, 1942. Collected poems of Robert Frost [M]. New York: Halcyon House.

GASKELL E, 1985. Ruth [M]. Oxford: Oxford University Press.

GASKELL E, 1999. Wives and daughters [M]. Hertfordshire: Wordsworth Editions Limited.

GUERIN W L, EARLE L, LEE M, 1999. A handbook of critical approaches to literature [M]. London: Oxford University.

HAWTHORNE N, 1992. Young Goodman Brown and other short stories [M]. New York: Dover Publications, Inc.

HOOKS B, 2004. The will to change: men, masculinity, and love [M]. New York: Atria Books.

IRIGARAY L, 1985. This sex which is not one [M]. New York: Cornell University Press.

ISHIGURO K, 2015. The remains of the day [M]. London: Bloomsbury.

JAMESON F, 2005. The political unconscious: narrative as a socially symbolic Act [M]. London: Routledge.

LEECH G, MICK S, 2007. Style in fiction: a linguistic introduction to English fictional prose [M]. London: Pearson.

MAYHEW H, 1968. London labour and london poor [M]. New York: Dover.

NELSON C, 2007. Family ties in Victorian England [M]. Westport: Praeger Publishers.

PAGE R, 2010. New perspectives on narrative and multimodality [M]. New York and London: Routledge.

PHILLIPS J, 1832. The moral and physical condition of the working classes employed in the cotton manufacture in Manchester [M]. London: James Ridgway.

POLLARD L, 2005. Nurturing the nation: The family politics of modernizing, colonizing, and liberating Egypt, 1805－1923 [M]. Berkeley: University of California Press.

POOLE L S, 1844. The Englishwoman in Egypt: letters from Cairo, written during a residence there in 1842, 1843, and 1844 [M]. London: C. Knight.

POOVEY M, 1995. Making a social body: British cultural formation 1830－1864 [M]. Chicago & London: The University of Chicago Press.

RICHARDS I A, 1930. Practical criticism: a study of literary judgement [M]. London: Kegan Paul, Trench, Trubner & Co. Ltd.

SAID E, 2003. Reflections on exile and other Essays [M]. Cambridge: Harvard University.

SCAFFER T, 2011. Novel craft: Victorian domestic handicraft & nineteenth-century fiction [M]. Oxford: Oxford University Press.

SHAKESPEARE W, 2003. Hamlet: prince of Denmark [M]. New York: Cambridge University Press.

SHANLEY M L, 1989. Feminism, marriage, and the law in Victorian England, 1850－1895 [M]. Princeton: Princeton University.

SHKLOVSKY V, 1991. Theory of prose [M]. Elmwood Park: Dalkey Archive Press.

SIMPSON P, 2004. Stylistics: A resource book for students [M]. London:

Routledge.

SMITH M M，2007. Sensory history [M]. Oxford and New York：Berg.

TENEN D Y，2024. Literary theory for robots [M]. W. W. Norton & Company.

TROLLOPE A，1974. The way we live now [M]. New York：The Bobbs-Merrill Company，Inc.

WARREN R P，1966. Selected essays of Robert Penn Warren [M]. New York：Random House.

WEBSTER J，2002. Linguistic studies of text and discourse [M]. London：Continuum.

WOOLF V，1977. A room of one's own [M]. London：Grafton.

后 记

本书的写作过程恰似一场穿越文学密林的跋涉，沿途既有理论星光的指引，也有文本荆棘的牵绊，但最终留下的是对于"批评"这一古老智性活动的重新理解。在键盘上敲下最后一个句点时，我意识到，这本书与其说是答案的集合，不如说是问题的延展——它试图在技术的轰鸣声中，守护一种属于人类的沉思姿态。

必须承认的是，本书所征引的每一种理论——无论是新批评的"细读法则"、结构主义的叙事语法，还是解构主义的文本裂隙追踪术——都如同棱镜的不同切面，既有照亮文学星空的光芒，也有投下阴影的局限。形式主义赋予我们解剖文本肌理的精密手术刀，却可能割裂文学与历史语境的血脉；精神分析为潜意识的深渊投下探照灯，却时常陷入过度诠释的泥潭；看似全景式的文化研究，也可能将诗歌降格为意识形态的注脚。但这种缺陷绝非理论的弱点，反而恰是其保持开放性的证明。

感谢四川省哲学社会科学规划项目（SC24BS047）和西南石油大学研究生教材建设项目（2022JCJS054）的支持，让本书得以面世。希望读者带着怀疑翻开这本书，也请带着更大的怀疑合上它。文学批评从来不是真理的保险箱，而是问题的接力棒，因为"唯有未完成之物才是真实的"。

著 者
2025 年春于成都武侯区